안형찬 퓨전 판타지 소설

마린 4

안형찬 퓨전 판타지 소설

초판 1쇄 찍은 날 § 2007년 2월 1일
초판 1쇄 펴낸 날 § 2007년 2월 10일

지은이 § 안형찬
펴낸이 § 서경석

편집장 § 문혜영
편집책임 § 서지현
편집 § 심재영

펴낸곳 § 도서출판 청어람
등록번호 § 제1081-1-89호
등록일자 § 1999. 5. 31
어람번호 § 제1-0794호

주소 § 경기도 부천시 원미구 심곡1동 350-1 남성B/D 3F (우) 420-011
전화 § 032-656-4452 팩스 § 032-656-4453
http://www.chungeoram.com
E-mail § eoram99@chollian.net

ISBN 978-89-251-0531-4 04810
ISBN 89-251-0228-5 (세트)

MARIN
마린
MariN

안형찬 퓨전 판타지 소설

마왕강림 그리고…　　[완결]

4

도서출판 청어람

CONTENTS

Chapter 1

드래곤

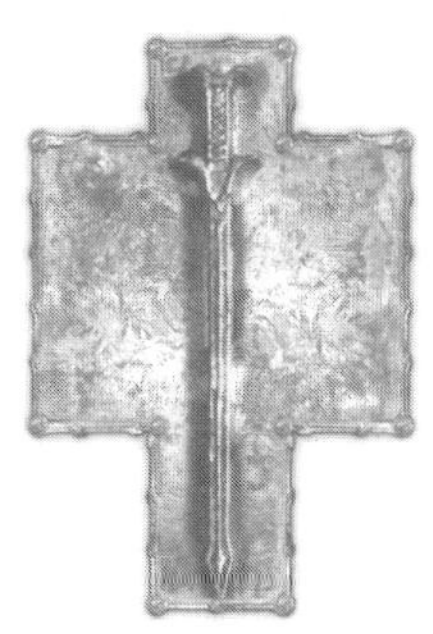

크로센 제국에 도착하여 그가 가장 먼저 간 곳은 고향이었
다.

자신의 고향은 아직 무사한 것인지, 그는 가는 내내 마음을
졸였다. 검사의 경지에 들어선 그는 말을 타고 가도 한 달은
족히 걸릴 거리를 일주일 만에 도착하였다. 최절정이라는 말
이 어울리는 검사의 경지는 밤낮을 가리지 않고 경공을 펼쳐
도 진기가 끊이지 않은 덕분이었다.

마치 새가 날아가듯 마지막 산 고비를 넘어선 그는 마을을
바라보았다. 아니, 이제 폐허가 돼버린 곳을 바라보았다 하는
것이 옳으리라.

활기가 넘쳤던 그 마을은 이제 시체 썩은 내가 물씬 풍긴
다. 건물들은 무너지고, 맑았던 시냇물도 썩어버렸다. 살아
있는 것은 아무것도 존재치 않는다. 고개를 젓던 그는 예전
부모님이 살던 집으로 떨리는 걸음을 옮겼다.

그의 집은 다른 곳과 마찬가지로 무너져 있었다.

'생기가 느껴지지 않는다.'

인정할 수 없는 불길한 그 예감이 눈앞에 보이자 그는 하늘
과 땅이 뒤집어진 듯 캄캄해졌다. 곧 그의 손에서 4촌가량의
검기가 나오더니 크게 휘저어졌다. 강렬한 검기의 힘에 수북
이 쌓여 있는 잔해물들이 날아갔다. 잔해물이 날아가고 마린
은 볼 수 있었다. 부둥켜안고 있는 두 구의 시체를……. 너무
나 처참한, 오랫동안 썩어 누구인지 모를 정도이나 그는 안
다. 알 수 있었다.

부모님이었다.

부모의 주검 앞에 아무 말도 없이 다가서던 그는 천천히 무
릎을 꿇었다. 현실감이 느껴지지 않는다. 멍하니 구더기가 끓
는 시체를 바라보던 마린의 눈가에 눈물이 흘러나온다.

분노가 치밀어 오른다. 그리고 뜨거운 분노 뒤로 슬픔이 그
의 가슴을 차갑게 적신다. 그는 부모님의 주검 앞에서 결심한
다.

'마족…… 멸(滅)하겠다. 반드시…… 반드시!'

누구도 모르는 자신에게 한 약속이지만 그 약속을 지키기

전까지, 그는 한 줌의 숨이 끊어지지 않는 한 검을 놓지 않을 것이다.

그는 마계를…… 마기를 지닌 모든 것들을 베어버릴 것이다. 지금껏 그것이 자신의 운명이고 또한 그것을 바라며 희생을 한 많은 이들의 바람이었지만, 이제 그것보다 더한 확실한 이유가 늘었다.

그토록 강한 힘을 지니게 된 아들을 두고도 부모는 마족에게 죽임을 당했다. 그건 그에게 너무나 큰 자책감이었다. 또한 견디기 힘든 일이다.

전생에도 부모의 존재가 있었지만, 그때는 정을 받지 못했다. 가난한 자, 배고픈 자에게 그런 여유 따위는 존재치 않는다.

현생에서야 그는 부모의 정이 어떠한 것인지를 알게 되었다. 그 정은 아무리 많이 먹어도 고파온다. 더 달라고. 언제나 그는 더 달라고 한다. 그때마다 그의 부모는 그에게 넘치는 정을 주었다. 그로 인해 냉막하기만 했던 그의 감정이 따스하게 감싸졌다. 그랬다.

그런 부모님을…….

'내가 지켜주지 못했어. 내가 조금만 더 총명하였다면, 조금만 더 노력하였다면, 욕심을 버리고 부모님의 곁에 있었다면… 그랬다면 이런 일은 일어나지 않았을 텐데…….'

너무나 괴롭다. 자신이 너무 싫어진다. 또한 욕구가 치밀어 오른다, 마(魔)를 베고 싶은 욕구가. 그의 눈에 광기 섞인 살기가 일렁인다.

노을이 지는 저녁.

마린은 스승에게 배운 마를 물리치는 진법을 그린 곳에 두 개의 봉목을 만들었다. 그리고 그곳에서 삼 일 밤낮을 무릎 꿇고 앉아 부모와 대화를 나눴다. 아니, 용서를 빌었다.

'아버님, 어머님, 죄송합니다. 제가 모자라서. 힘이 있음에도 두 분을 지키지 못했습니다. 죄송합니다. 도시로 안 나갔으면 이런 일이 없었을 것인데. 그럴 것이 분명한데… 정말 죄송합니다.'

그러면 그의 부모는 아니라는 듯, 괜찮다는 듯 웃음을 짓는다. 그럴 때면 정말 너무나 깊은 슬픔이…… 그리움이 가슴에 서려 눈물로 흘러나왔다.

나흘째 새벽.

슬픔에 잠겨 있던 그는 천천히 일어섰다. 이제 복수를 해야 한다. 그와 마계 둘 중 하나는 끝이 나야 한다. 마린은 다시 한 번 부모님께 절을 하고 한참을 쳐다보다 이내 폭풍같이 사라졌다.

그가 발걸음을 옮긴 곳은 스승이 계시는 숲이었다. 지금의 그라면 5일이면 충분히 도착할 거리였지만 그는 오랜 시간을 한곳에 붙잡혀야 했다.

그곳으로 가기 위해선 중간에 악명 높은 말로틴 산맥을 건

너야 한다. 마기가 넘쳐 나는 그곳에서 그는 자신의 결심을 지키려는 듯 그 거대한 산맥의 일부가 변형이 될 정도로 현란 스럽게 검을 휘둘렀다.

마치 벌레를 터뜨려 죽이는 듯 마린은 무수한 몬스터와 마 족들을 베었다. 마기가 느껴지는 곳이면 잠시도 쉬지 않고 다 가갔다. 그 때문에 마족과 몬스터들은 그 기색을 꽁꽁 숨겨야 했지만, 마치 하늘을 덮는 그물과도 같은 기감에 여전히 벗어 나지 못해 죽임을 당해야 했다.

마치 산맥에 존재하는 마의 속성은 다 없애 버리려는 듯했 다.

일 주야가 지나자 말로틴 산맥이 너무나 넓은 탓에 많은 것 을 없애지는 못하였지만 최소한 그의 기감에 잡히지 않을 정 도로 현격히 줄어 있었다. 그제야 그도 가슴 깊이 쌓인 분노 가 조금은 풀리는 듯했다.

일반 상식으로서는 생각지 못할 이 일은 지고한 검사의 경 지와 매화이십사수검법의 그 오묘한 묘를 보았던 그이기에 가능한 일이었다.

그로부터 며칠 되지 않아 그는 스승이 계시는 안개가 가득 한 숲에 도착할 수 있었다. 결계가 예전보다 더 강화되어 아 직 피해를 보지 않은 듯했다.

지금의 그에게 안개는 아무런 피해도 주지 못할 것이나 마 린은 억지로 통과하지 않았다. 자신으로 인해 결계가 망가질 수 있다는 생각이 든 것이다. 대신 그는 오면서 가져온 넓적한 잎에다 진을 그렸다.

4년 만에 스승 오렌에게 보내는 편지이다.

대륙에 들썩거리는 마기로 교신의 흐름을 방해받아 그동안 연락 못하였지만 오렌의 결계에서는 가능했다. 곧 잎이 노랗게 빛나더니 물처럼 일렁인다. 교신이 된 것이다. 그는 떨리는 손가락을 휘저었다.

스승님. 마린입니다.

잠시 아무런 화답이 없던 잎에 글자가 떠오른다.

잠시, 잠시만 기다리거라.

짧은 문구였지만 그는 스승이 많이 놀랐음을 알았다. 늘 올곧던 글자가 살며시 떨렸으니.

잠시 후 숲 속에서 빛이 일렁이더니 오렌과 레필로스, 레모닌, 그리고 회색의 갑옷을 입은 이가 나타났다.

오렌은 이제 노화의 시기에 들어선 듯, 저번에 보았던 것과는 달리 여러 개의 주름이 그의 얼굴에 새겨져 있다. 그런 스승의 모습에 그는 와락 눈물이 흘러나온다. 엘프는 노화 또한 천천히 진행된다. 한데 몇 년 사이 오렌의 노화 속도가 몇 배는 빨라 보였다. 그동안 자신 때문에 얼마나 심력을 소모하였는지 마린은 알 수 있었다.

오렌은 자신을 바라보며 눈물을 흘리는 제자를 측은한 눈으로 바라보다 다가왔다. 그동안 소식이 없었던 제자가 참으로 많은 고생을 한 것을 그는 알 듯했다. 옆에 있지 못해 자세히는 모르지만, 이 의롭고 용기로운 제자가 마계의 침공에 나타나지 못한 것만 해도 그 사연을 짐작할 수 있었다.

"참으로 힘들었겠구나. 괜찮다. 이제 괜찮을 것이야."

오렌은 그 말을 하며 제자의 등을 토닥여 주었다.

잠시 후 스승의 품에서 진정이 된 마린은 오렌에게 절을 올리고 레필로스와 레모닌과도 인사를 나누었다.

"오랜만에 뵙습니다, 레필로스님, 레모닌님."

"네, 마린님. 정말 오랜만에 뵙는군요. 어디 다친 곳은 없으신 것 같아 다행입니다."

"정말 다행이에요, 마린님……. 다행이에요."

그들의 진심 어린 걱정에 마린은 멋쩍어 웃음을 지었다.

"하하……. 한데 저기 갑옷을 입은 분은 누구신지……."

그의 말에 갑옷을 입은 자가 철투를 긁적인 후 마린에게 손을 내밀어 인사했다.

"반갑네, 마린 경. 모습이 많이 달라져서 못 알아볼 것이라 생각했네. 레니온일세."

"레니온 경?"

마치 인간 같지 않은, 예전 푸시스의 던전에서 본 골렘과도 같은 존재의 느낌을 받아 혹시 이 또한 골렘이 아닐까? 생각한 마린은 그가 한때 크로센 제국의 5대 기사 중 하나였던 레니온이라 하자 놀라움을 감출 수 없었다.

놀라는 그의 모습에 레니온은 철투 뒤를 긁적이더니 말을 이었다.

"자세한 것은 나중에. 일단 들어가서 차나 한잔하면서 좀 쉬는 것이 어떤가. 자네 몰골이 말이 아니군."

한 달간 마족 무리들을 미친 듯이 베어내며 다녔기에 여기 저기 진득한 피와 먼지가 묻은 옷은 확실히 좋은 상태는 아니 었다.

"그러지요. 그동안 있었던 일도 이야기해야 하고, 또한 스 승님께 여쭙고 싶은 것도 있으니 말입니다."

잠시 후.

숲의 결계를 지나 오렌의 집으로 온 그는 스승이 주신 차에 그동안 혼란스러웠던 마음이 진정되는 듯했다. 마음이 평안 해지자 머릿속으로 그동안 있었던 일들을 정리한 그는 자신 이 겪었던 일에 대해 담담히 말하기 시작했다. 그리고 그의 이야기에 오렌을 비롯한 주위의 모든 이들은 놀라움을 감추 지 못했다.

처음 말한 마계의 군주 베로제온에 대해서는 놀라웠다. 그 마기에 심상치 않은 상대라 생각은 했지만, 설마 마계의 군주 라니. 또한 홀로 그를 물리쳤다는 마린의 말은 경악에 가까웠 다. 마계의 군주라 한다면, 설사 대륙의 절대자라 불리는 드 래곤이라도 쉽사리 상대할 존재가 아니다. 하나면 필승이나 둘이면 무승부, 셋이면 필패일 정도로 마계의 군주는 어마어

마한 존재였다.

그런 존재와의 싸움에서 승리를 하기 위해, 생명의 근원을 소진하였다 할지라도 인간인 이상 혼자의 힘으로 이기는 것은 불가능한 일이었다. 잠시 후, 기가데인의 도움으로 무찔렀다는 말에 그제야 고개를 끄덕인 그들이었다.

정령에 대한 일반적인 상식을 뛰어넘은 기가데인이라면 그럴 능력이 있을 것이다. 하지만 그렇다 하더라도 마계의 군주를 물리치는 것이 아니라 소멸시켰다는 건 놀라운 일이다.

이야기를 마친 그는 가람 휠셋에게 받은 구슬로 인해 살아남았고, 지난 4년간 어떻게 살아왔는지, 젤리라는 뛰어난 악사를 만난 것에 대해 이야기했다. 이에 대해서는 현재 삼왕의 하나인 악왕이라 불리는 젤리에 대해 들었던 터라 그들은 많이 놀라지 않았다. 하지만 그 치열했던 전장에 마린이 있었다는 것에 고개를 저어야 했다.

마치 필연인 듯 기억을 잃은 상태에서도 그 끔찍했던 전쟁에는 그가 있었으니 말이다.

그 전쟁에서 두 번째 구슬로 목숨을 구한 그는 하이만 제국의 한 마을에 대한 이야기를 꺼내기 시작했다. 그곳에서 만났던, 예전 용병왕 마린에게 힘을 준 그 신령에 대해서.

그리고 그로부터 얻었던 힘에 의해 마스터의 경지를 넘어서 검사의 경지에 들어섰다는 말에 오렌조차 놀라움을 감추지 못하였다. 설마 소드 마스터를 넘어선 경지가 있을 줄은 그 누구도 몰랐던 것이다.

특히 검에 평생을 바친 레니온은 경악을 금치 못했다. 자세한 사정은 모르나 이곳에 들어서 레모닌을 통해 마린이 소드 마스터임을 알고 놀라워하였으나, 그도 시간이 지나자 이해가 되었다. 자신 또한 그 길에 들어서기 위해 노력하고 있었으니. 그러나 마계의 군주를 멸했다는 말에는 마계에 대한 지식이 얇아 그렇게 놀라워하지는 않았다.

하지만 그 경지를 넘어섰다는 말엔 놀라고 말았다. 인간의 한계를 넘어선 소드 마스터는 인간이 갈 수 있는 검의 끝자락이다. 한데 그 이상의 경지라니… 상상조차 되지 않는다.

아무래도 자신의 말이 이해가 되질 않는 이들의 모습에, 마린은 검을 꺼내어 한 자(1미터) 가까운 검사를 뽑아내었다.

검에서 무형의 검기가 아닌 유형의 검사가 나오자 그들은 감탄사를 내며 놀라워했다. 설마 검에서 유형의 형태를 지닌 검이 나올 것이라 어찌 상상하였겠는가? 또한 검에서 나오는 기운은 대단하여 방 안은 검을 중심으로 묵직한 압박감에 휘말렸다.

이미 자연과 하나 되어 곧 자연으로 돌아가는 오렌을 제외한 이들이 그 강한 압박에 힘들어하자 그는 검사를 집어넣으며 말했다.

"그로 인해 이 힘을 얻게 된 저는 마계의 군주만이 아니라 그 어떤 존재와 싸울지라도 패하지 않게 되었습니다."

광오한 말이나 누구도 부정할 수 없다. 방금 그가 보여준 그 힘은 마치 드래곤에게 느껴지는 절대자의 힘이었으니.

마지막으로 이곳에 오기 전 부모의 주검을 보게 되었다는 말을 하는 마린에, 레니온은 한숨을 내쉬었다. 그 또한 마족에 의해 부모를 잃었던 탓에 그의 심정이 이해가 된다. 아니, 마린은 더할 것이라 생각이 든다.

'나도 그런데, 그토록 강한 힘을 지녔음에도 부모를 잃었으니 얼마나 회의감을 느꼈을까?'

한숨을 내쉬는 그의 모습에 마린은 자신도 모르게 고개를 내젓다 곧 생각난 것이 있어 그에게 물었다.

"그런데 레니온 경께서는 어떻게 그렇게 되었습니까? 인간의 기운이 아닌 것이 분명한데."

마린의 물음에 레니온은 웃음을 짓더니 말한다.

"하하, 이거 말인가? 사실 나 또한 부모님을 잃고 너무나 괴로웠네. 또한 복수심에 불탔었지. 운이 좋아 검의 마음을 알게 되는 공명의 경지에 들어섰으나, 그걸로는 중급 마족도 버거웠네. 결국 고민 끝에 금지의 힘을 얻기로 결심하였네. 그리고 운이 좋아 변화계 속성의 힘을 얻게 되었지. 계약을 하게 되었을 때 내가 걸었던 것은 생명. 그리고 모순되게도 얻은 것은 불사의 몸이었지. 아니, 불사에 가까운 몸이라 해야겠군. 불사란 것은 없으니. 하여튼 그렇게 해서라도 마족들과의 싸움에서 살아남아야 했네. 그래야 복수를 할 수 있으니. 그렇게 이 몸을 얻고 2년간 마족들이 나타난 전장을 찾아 다니며 검을 휘둘렀네. 하지만 상급 마족에게 검을 휘둘렀던 것이 문제였어. 압도적인 힘의 차이에 나는 몇 번이고 망가졌으니까. 그에 마족은 트롤보다 더 빠른 속도로 복구되는 내가 재미있었던 모양이야. 난 한 달을 그렇게 마족에게 끌려 다녀야 했지. 그런 나를 오렌님께서 구해주셨네. 정신을 차리고 보니 이곳이더군. 하하하. 뭐, 운이 좋았지. 덕분에 레모닌님과 함께하게 되었으니."

담담히 말하는 그였으나, 어찌 아무렇지 않을 수 있겠나. 아마 그 한 달간 스스로도 죽음을 맞이하고 싶을 정도였을 것이다. 마족이란 존재는 인간을 벌레와도 같이 취급하는 이들이니. 자신보다 더하면 더하였지 덜하지 않은 참으로 기구한 사연에 마린은 가슴이 답답해졌다. 또한 마족에 대한 살심이 다시 들끓으려 했다. 그런 그에게 오렌이 고개를 저으며 말한다.

"차 한잔 더 하겠느냐."

마린은 자제심을 잃어가는 자신에게 차를 권하는 오렌의 말에 깨달은 바가 있어 고개를 숙이며 눈을 감았다. 그런 제자의 모습에 오렌은 차를 따라주며 말했다.

"너의 심정 모르는 바는 아니나 그래도 사이한 길에 빠져서는 안 된다. 너를 바라보는 이와 너 자신을 위해서도 그래서는 아니 되는 일이니라. 네가 네 자신이 아닐 때 그것만큼 무서운 것은 없으니.”

부모의 죽음으로 부동심이 흐트러져 쉽사리 마에서 벗어나지 못했던 마린은 스승의 말에 마음을 잡아갔다. 그리고 잠시 후 그가 눈을 떴을 때 그는 치우침이 없는 중의 모습을 보인다.

“감사합니다, 스승님.”

“아니다. 참 좋구나…… 말년에 정말 좋은 제자를 두었으니.”

떨쳐 버리기 힘들 것인데 자신의 말 몇 마디에 떨쳐 내는 제자를 보며 오렌은 미소를 띠었다. 그런 스승의 모습에 마린 또한 미소를 띠고는 문득 생각난 것이 있어 여쭈었다.

“이를 먼저 이야기하여야 했는데… 스승님, 혹시 계약을 한 정령이 진을 그려 불렀음에도 나오지 않는 경우가 있습니까?”

괴이한 말에 오렌은 천천히 고개를 절로 흔들었다.

“그러한 경우는 정령이 외부의 강한 힘의 압박에 강제로 소환당한 경우가 있겠지. 하나 그런 일이 있어도 상급 정령은 보름이면 다시 소환이 가능하다.”

오렌의 말에 마린은 곤란하다는 듯 다시 여쭈었다.

“그 외에는 다른 경우가 없습니까? 예를 들어 정령이 다른 것에 봉인된다라던가?”

“허~ 봉인이라…….”

　예측하지 못한 마린의 물음에 생각에 빠져들던 오렌은 차가 식어갈 때쯤 무언가 기억이 난 듯 말을 꺼내었다.

　"아주 오래전에 그런 일이 있었지. 그러니까 약 400년 전의 일이구나. 산 지 70년밖에 되지 않았으니 내가 태어나기 전의 일이라 나 또한 들은 얘기니라. 그때 당시 마을의 장로 중 바람과 유독 잘 맞는 분이 있었지. 그분은 유독 활을 잘 쏘는 분이었어. 얼마나 정확하고 빠르던지 따로 정령이란 존재가 없이 활만으로도 마을에 당할 자가 없던 분이셨지. 그런 그가 상급 정령을 부리며 활을 쏘았으니, 설사 소드 마스터라도 쉽사리 볼 상대자가 아니었어. 그러던 어느 날, 늘 같이 생활하다시피 하던 정령이 그의 곁에서 사라졌지. 또한 그분은 화살이 없어도 그보다 더 강력한 힘을 쏘게 되었지. 그런 일은 처음이라 주위의 이들이 어찌 된 것인가? 라고 물으니, 그분이 하는 말이 정령과 자신은 언제나 함께 있어, 하였다네. 아니, 실제로도 그리하였지. 그러다 보니 서로의 마음이 맞아 간절히 바랐고, 정령은 활에 들어섰다고 하더군. 시간이 흘러 그가 자연으로 돌아갔을 때 계약 또한 깨져 활은 다시 평범하게 변하게 되었어. 그때 처음으로 정령을 물건에 봉인하게 될 수 있음을 알았지."

　오렌의 그 말에 마린은 낯이 굳어졌다. 기가데인이 한 일이 무엇인지 알 수 있었던 것이다. 그는 조금은 다급한 마음으로 스승에게 다시 물었다.

“하면, 그렇게 봉인된 것을 다시 풀 수 있는 방법이 있는지
요.”

“방법이라……. 흠~ 무엇 때문에 그러느냐.”

스승의 물음에 마린은 자신이 처한 상황을 말하지 않은 것
을 깨닫고 이야기했다.

“사실, 계약진을 펼쳤음에도 기가데인이 돌아오지 않습니
다. 도저히 그 연유를 몰라 했는데, 스승님의 말씀을 들으니
이제야 알 것 같습니다. 마지막 베로제온에게 검을 씰렀을
때…… 아무래도 당시 나를 구하기 위해 기가데인이 스스로
검에 봉인된 것 같습니다. 하지만 스승님의 말씀처럼 그때 이
후로는 검에서 번개가 나온 일은 없습니다.”

“허~ 그런 일이. 그래서 네가 그런 질문을 하였구나. 글쎄
다. 현재로서는 마땅히 방법이 없구나. 정령이 무언가에 봉해
진 경우는 그분이 처음이라……. 한번 고대 문서를 찾아보면
답이 나올지도 모르겠구나.”

“부탁드리겠습니다. 못난 놈 때문에 이 대단한 친구가 더
이상 피해를 보는 것은 싫습니다.”

걱정 가득한 제자의 모습에 오렌은 걱정 말라는 듯 고개를
끄덕인다.

삼 일 후.

오렌은 고대 문서로도, 정령과의 대화에서도 그 봉인을 풀
방법을 찾지 못하였다. 낙심하던 그는 참선을 하다 아주 오래

전 드래곤이 정령에 대해 관심을 가졌다는 말을 기억했다.

'분명 대륙의 한 축을 짊어진 그분이시라면 방법이 있을 것이다. 잘되었군. 앞으로의 싸움에 있어 그분들의 도움이 절실한 바이니 이참에 소개를 시켜주면 좋겠지.'

곧 앞으로의 여정에 대해서 정리한 그는 다음날 아침 마린을 불러들였다.

"미안한 일이나 고대 문서에서도 방법을 찾지 못하였다. 하지만 걱정 말거라, 내 이미 그것을 아실지도 모르는 분을 알고 있으니."

마린은 스승의 말에 화색을 띠며 물었다.

"그것을 아시는 분이 누구신지요?"

"그분은 바로 드래곤님이시다. 내 오래전부터 너와 그분들을 만나게 해야 함을 생각했으니 이 일도 물어볼 겸 그분들을 직접 뵙도록 하자꾸나."

전설 속에서나 들어볼 수 있는 드래곤을 찾아가자는 말에 마린은 잠시 머뭇거렸다. 시간 때문이다. 드래곤 산맥으로 가는 길은 자신이 최대한 힘을 발휘해 경공을 펼친다 해도 30일은 걸린다. 더구나 스승이 같이 가니 그보다 늦어질 수도……. 또한 드래곤과의 대면이 하루 이틀로 끝맺을 것이 아니니 더욱 꺼려진다.

마린 그는 해결해야 할 일들이 많다. 친구들과 자신의 연인인 루아라가 살아 있는지를 알아야 할 것이다. 어쩌면 죽었을

지도 모른다. 그 불안감은 부모의 주검을 본 뒤 더 커져 조금이라 빨리 그들의 소식을 알고 싶었다. 그것이 괴로운 소식일지라도 자신이 사랑하는 이가 어찌 되었는지 알았으면 하는 욕심이 컸던 것이다.

또한 현재 대륙을 어지럽히는 마족과 몬스터들을 멸해야 한다. 힘을 지닌 자로서, 아니, 그 스스로 맹세한 바를 지키기 위해서도 그는 이들을 베어야 한다. 그 자신이 검을 듦으로써 피해를 보는 이들은 현격히 줄어들 터이니.

'하지만 나를 위해 봉인을 당한 친우이자 버팀목인 기가데인을 이대로 놔둘 순 없는 일.'

고민을 하는 마린의 모습에 오렌이 그의 어깨에 손을 올리며 묻는다.

"마음이 내키지 않는 것이더냐."

"아니, 아닙니다, 스승님. 드래곤님을 뵙게 되는데 어찌 그런 생각을 하겠습니까? 그보다 시간이……. 아직 생사가 분명한지도 모르는 친구들과 사랑하는 사람을 보고 싶은 마음이 커 잠시 흔들렸습니다. 하지만 저를 위해 희생한 기가데인에게 그러는 것은 의를 모르는 것이니 그 마음을 접고 스승님의 말씀을 따르도록 하겠습니다."

그런 제자의 말에 오렌은 미소를 띠며 말한다.

"그것 때문에 고민이더냐. 걱정 말거라. 나도 이곳을 지켜야 하니 그리 많은 시간을 비울 형편이 못 된단다. 많은 기일

도 필요치 않다. 5일이면 충분하다. 그 기간이면 드래곤님을
뵙게 될 것이야."

5일이면 충분하다는 스승의 말에 마린은 의아해하며 묻는
다.

"5일이라니요? 나는 새라 할지라도 그러지를 못합니다. 이
곳에서 드래곤 산맥까지 최선을 다해 경공을 펼친다 해도 한
달은 족히 걸릴 터인데. 아니면 혹시 리리진이라도 따로 있는
것입니까?"

"허허……. 드래곤 산맥까지 갈 필요는 없단다. 현재 그린
드래곤님께서 가까운 곳에 자리 잡고 계시니 그분께 여쭤보
면 될 일. 한데 한 달이라. 참으로 대단하구나. 바람의 정령에
몸을 싣는 나라도 그러지를 못할 것인데."

스승의 감탄에 멋쩍어하던 마린은 곧 떠날 준비를 하였다.
오렌 또한 대진법을 더 강화한 뒤 장로들에게 유사시에 할 일
에 대해 말을 하고는 기다리고 있는 마린과 함께 안개 가득한
결계의 숲을 벗어났다.

바람의 정령에 몸을 싣고 가는 오렌과 경공을 펼치는 마린
은 마치 새와도 같이 놀라운 속도로 숲을 지나가고 있었다.
벌써 삼 일째, 피곤치 않았던 그들은 시간을 아끼며 갔기에
생각보다 빨리 나흘째 아침이 되는 때면 도착하게 될 듯 보였
다.

그동안 마린은 오렌에게서 드래곤에 대한 것을 들었다. 그는 이 이야기를 들으며 놀라움을 감추지 못했다. 책에서 보았던 것처럼 드래곤은 그 거대한 몸체도 몸체이지만 그 힘이 참으로 놀라웠다. 마법은 물론이고 체의 힘도 대단했다. 꼬리를 휘두르는 것만으로도 산이 부서지고, 또한 날카로운 송곳니는 뚫지 못한 것이 없을 정도이다. 또한 이들은 브레스라는 거대한 힘을 날릴 수 있는데, 그들이 함께 펼친 브레스는 마왕소차 쉽사리 보시 못했나 한나.

그 밖에도 그들은 죽을 때가 되면 알로 돌아가 500년간 있다 다시 젊음이 가득한 시절로 부활하는 말을 들었을 때 마린은 놀라움을 감추지 못했다. 마치 무림에서 들었던 불사조 같은 존재였으니…….

마린이 만나게 될 그린 드래곤은 현재 존재하는 드래곤 중 가장 젊은 드래곤으로 부활한 지 80년이 채 되지 않았다 한다. 부활 과정 중 풍성한 숲의 기운이 필요하여 이곳으로 오게 되었다 한다.

새벽 무렵이 되어서야 드래곤이 살고 있다는 곳에 도착한 마린은 잠시 당황하였다. 스승의 말로 의하면 거대한 숲이 있어야 하건만 도착한 곳은 천 리 낭떠러지였으니.

혹시나 싶어 기파를 열어 살펴보았으나 느껴지는 것은 없었다.

그런 그의 옆에서 스승인 오렌이 두 손으로 진을 그리더니 합쳤고, 곧 절벽 밑으로 환한 빛이 일렁였다. 그리고 서슴없이 절벽의 앞으로 몇 걸음 지나치자 거대한 숲이 나타났다. 수십여 장이나 되는 거대한 나무가 가득한 생전 보지 못한 밀림을…….

이곳은 따로 이름이 정해져 있지 않았다. 극소수의 이들만이 이곳에 들어설 뿐인 탓이다. 인간만이 아니라 타 종족의 수장이라 할지라도 이곳이 있는 줄은 모른다. 그도 그럴 것이 거대한 곳이라도 던전에서 겪었던 대환각 마법진보다 규모나 힘으로나 비교가 되지 않을 정도로 완벽했다.

거대한 숲 속으로 들어선 마린은 저 멀리 거대한 산에서 강력한 기운을 느꼈다.

그 기운은 너무나 거대하여 검사의 경지에 들어선 마린이라 할지라도 쉽사리 승부를 보지 못할 것 같았다. 가슴이 두근거렸다. 그건 강자가 강자를 만난다는 희열 때문이었다.

제자의 그런 심정을 아는 것일까? 오렌은 제자의 어깨에 손을 올리며 말했다.

"너라면 이미 이 기운을 느꼈을지 모르겠구나. 대단하지 않느냐. 마치 대자연의 한 축을 모아놓은 것 같다. 이분들은 이런 거대한 힘을 지니고도 한 번도 이 힘을 사사로이 쓴 적이 없다. 그저 세상의 균형을 맞추기 위해 노력하실 뿐."

스승의 말에 마린은 잠시나마 승부욕이 들끓었던 자신을 질책했다.

그런 제자의 모습을 미소를 띠며 지켜보던 오렌은 곧 고대 언어를 읊어 손에서 영롱한 녹색을 띠는 구를 생성하더니 저 멀리 있는 거대한 산을 향해 날렸다.

저 끝 어딘가로 사라진 그 빛은 잠시 후 아주 작지만 환한 빛이 뿜어져 나온다. 그리고 그들 머리 위의 대기에서 녹색의 빛이 펼쳐지더니 그들을 감쌌다. 갑자기 나타난 이 미묘하면서도 거대한 힘에 마린은 저항을 하려다 곧 드래곤의 마법인 것을 알고 순순히 빛에 몸을 맡겼다.

곧 빛이 강렬히 번쩍이더니 스르륵 하며 자연스레 사라졌다.

거대한 숲이 한눈에 보이는 산중턱에 위치한 거대한 동굴.

입구만 하더라도 수십여 장인 그 동굴은 들어설수록 넓고 웅장하게 펼쳐져 있었다. 컴컴한 동굴…… 그곳에 잠시 후 녹색 빛이 갑자기 나타나더니 이내 두 인영을 남기며 사라졌다.

한 치 앞도 안 보일 정도로 껌껌한 곳이었으나 이미 그러한 것의 제한은 사라진 마린은 이 거대한 동굴의 깊은 곳에 무언가 있음을 보았다. 그것은 자신이 착각을 한 것이 아닐까, 생각이 들 정도로 거대해 마린은 잠시 놀라움을 감추지 못했다.

못해도 50여 장(150미터)은 될 듯한 거대한 생물체. 생전 처음 느끼는 순수하면서도 거대한 압박감.

드래곤…… 지상 최고의 생물체를 본 마린은 확실히 대륙의 절대자라 불리는 것이 어색하지 않다 느꼈다. 수많은 이야기를 들었으나 실제로 본 것은 확연히 달랐다.

'멀리서 느낀 것과 다르구나……. 정말 대단하군, 이런 존재라니.'

오렌은 그런 제자를 잠시 보다 이내 앞으로 나가 반절을 올리며 인사했다.

"숲의 일족이 위대한 종족을 뵙습니다. 그동안 안녕하셨는지요."

오렌의 인사에 1여 장이나 되는 거대한 두 개의 눈꺼풀이 열렸다. 그 현기 어린 눈에서 나오는 빛에 이 넓은 동굴은 환해지는 듯했다. 곧 그는 그 거대하고 날카로운 송곳니가 수백 개나 되는 거대한 입을 열었다.

"이곳에 오느라 수고하셨소, 오렌. 근 10년 만에 보는구려. 그리고 그대여, 반갑소. 오래전 그대를 만나 도움을 주었어야 하건만 지금 움직일 수 있는 상태가 아니라……. 그대가 이해를 해주시오. 그대의 이름은 어찌 되오."

역시나 자신을 아는 듯한 드래곤의 말에 마린은 인사를 올렸다.

"인사가 늦어 죄송합니다. 마린이라 합니다."

"마린. 흠~ 좋은 이름. 그 옛날 고대 신 중에서도 마린이라는 이름을 지닌 전투의 신이 있었지요. 강한 투기와 정의 가득한 신기의 힘으로 신마대전 때 수많은 공을 세운 그 신의 이름을 이어받으셨군요. 이름에 성스러움이 가득하니 만마가 접근하지 못할 터. 이 또한 좋은 일. 예언을 어긋나게 할 자로서 좋은 이름을 지녔소. 예전 오렌에게서 그대의 이야기를 들었으나 당시 위급한 일이 있어 만나지 못하였건만. 오랫동안 기다리고 있었소. 이야기가 길어질 것 같으니 무언가 대접을 해야겠군."

그의 말과 동시에 그들의 앞에 아름다운 융자가 깔리고, 그 위에 고급스러운 식탁이 나타났으며, 식탁 위에는 먹음직스러운 과일들과 향기로운 허브차가 나다났다.

"음식이 그대의 입맛에 맞을지 모르겠소."

눈앞에 나타난 음식에 마린은 잠시 놀라다 곧 감사의 인사를 올리고는 오렌과 함께 차를 마시며 허했던 배를 채웠다.

식사를 하며 마린은 드래곤에게서 왜 그동안 대륙이 혼란스러웠음에도 드래곤이 나서지 못했는지 이유를 듣게 되었다.

마왕의 힘을 흡수한 신기 중 3분의 2를 흡수한 용사의 방패 알리오스.

마왕 부활의 조짐이 보이는지 신의 금속이라고도 불리는 오리하르콘으로 만들어지고 또한 신에게 강한 신성력을 받았던 방패가 깨지려 하기 때문이라 했다. 단순히 깨지는 것을 막는 것이라면 다섯 드래곤이 나설 필요는 없다. 하나 그 넘쳐흘러 나오는 마기를 막기 위해서는 다섯 드래곤이 모두 나설 필요가 있었다.

　마계에 발각되어 신기를 빼앗기게 된다면 이는 걷잡을 수 없이 일이 커진다. 현재 마족들은 자신의 힘을 대부분 쓰지 못한다. 하지만 마왕이 깨어나게 되면 그들 자신의 본모습과 힘을 지니게 되고, 몬스터 또한 본래의 모습과 힘을 찾게 된다. 또한 군주 급 이상의 힘을 지닌 마족들이 내려서게 된다면 설사 드래곤이라 할지라도 이를 막지 못한다.

　단순히 상대할 수가 많아서가 아니다. 그들 중에는 상식을 벗어날 정도의 힘을 지닌 이들이 있어서다.

　그중 하나가 악몽이라고 말할 수밖에 없는 사신 셀리온. 마왕의 부활을 막기 위해 나섰던 드래곤 모두를 잠시라곤 하나 단신으로 막아섰으니…….

　2천 년 전 전쟁에서의 승리는 그저 운이 따랐을 뿐이다.

　신이 개입하였고, 인간의 범주를 넘어선 삼왕의 등장과 용사 아덴이 있었다. 또한 고대 창조신의 유적에서 발견된 신의 눈물이 가장 큰 역할을 하였다.

　하지만 그때도 물러서게 하는 것만으로 만족하였을 뿐 멸하지는 못하였다.

　다시금 시작되는 저주와도 같은 현실. 다행히도 마린 그가 어긋난 예언에 맞춰 나타났고, 또한 삼왕의 염을 이어 새로운 삼왕이 대륙에 등장하였다. 비록 신의 구슬은 없으나 그 모든 것을 상회할 만큼 마린은 강한 변수였다. 그에게서 느껴지는 기운은 예전 용사 아덴과는 그 본질이 다르나 분명한 것은 마기와는 천적의 관계라는 것이었다.

예상보다 더욱 좋은 모습으로 나타난 어긋난 예언의 주인.

사실 그린 드래곤은 처음 마린을 보았을 때 너무나 놀라워했다. 과연 인간인가, 싶을 정도로… 그 자신이라 할지라도 마린을 상대하라 한다면 꺼려졌다.

한동안 대륙의 현황과 마계에 대한 이야기를 듣던 마린은 드래곤의 이야기가 끝이 나자 자신이 이곳으로 오게 된 주요 인인 기가데인에 대해 말을 꺼내었다. 이미 예전 오렌에게서 기가데인의 존재에 들었던 그는 그 스스로를 봉인했다는 말에 놀라워하지 않았다.

그 정령이라면 충분히 그럴 능력이 있으리라 생각한 탓이다. 곧 봉인을 풀 수 있는 방법이 있는가, 라는 말에 드래곤은 생각에 잠기더니 잠시 후 말을 꺼내었다.

"물론, 방법은 있네. 하지만 이를 실행하려면 시간이 조금 걸릴 것 같군. 모든 드래곤의 힘이 조금씩 필요하니 말일세."

봉인을 풀 방법이 있다는 말에 마린은 크게 기뻐하며 물었다.

"그러면 어느 정도의 시간이 걸리는지요."

"흠~ 일단 다들 봉인에 힘을 쓰고 있느라 정신이 없으니 이들을 깨우는 데 아무리 적게 잡아도 두 달 정도의 시간이 걸릴 거세. 하나 이들을 깨우기만 한다면 그 힘을 조금씩 보태어 봉인을 풀 수 있을 걸세."

두 달이라는 말에 마린은 난감했다. 설마 그렇게 많은 시일이 걸릴 줄을 몰랐던 것이다.

"이리 신경을 써주어 봉인을 해제해 주신다니 감사합니다. 하나 다른 방법은 없는지요? 기억을 되찾은 지 얼마 되지 않아 아직 찾아봐야 할 사람들과 해야 할 일들이 있어서 그렇게 오랜 시일 기다리기는 힘들 것 같습니다."

그의 말에 드래곤은 다른 방법은 없다는 듯 그 커다란 두 눈을 살며시 껌뻑였다.

"없네. 사실 봉인이란 것이 계약에 의해진 거라 그와 계약을 한 이가 생을 끝내지 않고서는 방법이 없다네. 내가 말하는 방법은 오로지 우리 드래곤이기에 가능한 방법일세. 다섯 드래곤의 피와 마력이 모이면 무로 돌아가는 힘을 발휘하게 되네. 난 그것을 이용하여 봉인을 풀려는 것일세."

봉인을 푸는 데 그 대단한 드래곤이라 할지라도 피와 마력까지 사용이 된다고 하자 마린은 생각보다 어려운 일에 사죄의 인사를 하였다.

"죄송합니다. 설마 그렇게까지 해야 하는 것인 줄은 미처 몰랐습니다."

"아니네. 그대라면 우리가 그런 희생을 감수한다 해도 당연한 일이네. 사실 그대가 이곳에 온 것이 그대의 의지도 있겠으나, 우리에게도 그에 못지않은 책임이 있으니. 무어라 보답해야 할지 모르겠군."

"그 무슨 말씀을. 이미 이곳으로 와 너무나 과분한 것을 받았습니다. 오히려 제가 보답을 해야 할 입장이지요."

마린의 말에 웃음을 짓는 듯 거대한 입가를 움직이던 드래곤은 잠시 무언가를 생각하더니 이내 말하였다.

"좋은 생각이 있네. 한동안 이 검은 내가 보관하도록 하지. 대신 예전 위대한 대장장이 미르치가 만들었던 검을 그대에게 주겠네. 예전 그대의 이야기를 들었던 미르치가 만들었던 섬일세. 아마 쓰는 데 아무런 문제가 없을 것일세. 아니, 자네가 쓰는 검보다 훨씬 나을 걸세. 차라리 이참에 검을 바꾸는 것이 어떤가? 앞으로의 싸움에서 이 검이 버티기는 어려울 듯한데."

그 말을 끝으로 허공에서 공간이 왜곡되더니 이내 은은한 광태가 나는 검이 모습을 드러내었다.

성스러운 기운이 감도는 그 검은 검 자체만으로도 마를 물리게 하는 성질을 지닌 듯했다. 마린이 손을 뻗어 검을 움켜쥐자 검에서 강력한 광채가 뿜어져 나온다. 그리고 그를 주인으로 모시겠다는 듯 검은 우웅거리며 울었다.

검에서 느껴지는 그 대단한 기운은 실로 놀라운 것이었으나, 이미 검을 잊는 경지를 넘어서 다시 검을 그리는 경지에 들어선 마린이었기에 이 검이 그렇게 특별하게 느껴지지 않았다.

그보다는 12년간 자신이 쥐었던 검이 더 특별하게 느껴진다. 단순히 검 자체의 강도나 예리함이라면 비교할 수가 없을 정도로 이 검이 뛰어나다. 아니, 그런 것이 없다 할지라도 이 검의 성스러운 힘만으로 비교할 수 없을 것이다.

하지만 그가 쓰는 검은 아스토에 의해 다시 탄생하게 된 뒤 단순히 느낌만이 아니라 실제로도 그만을 위해 사는 검이 되었다. 다른 이에게는 그저 잘 드는 명검일지 모르나 그 검은 마린의 힘과 영을 그대로 받아들이는 검이었다. 그 어떤 세상에 가장 좋은 검을 마린에게 가져다준다 할지라도 마린에게는 자신이 쓰는 검에 미치지 못하는 것이다.

그랬기에 그는 담담히 웃음을 지으며 말했다.

"좋군요. 전설 속에서나 나올 법한 대단한 검입니다. 하지만 이보다는 제 검이 더 마음에 듭니다. 아니, 실제로도 이 검이 가장 저의 뜻과 의념을 그대로 받아들입니다. 이 검이 아니면 안 됩니다. 앞으로의 싸움에 있어서도."

그의 말에 드래곤은 역시나 그런가라는 생각을 하며 말했다.

"역시나……. 예전 미르치의 말이 맞았군. 자네가 이미 검을 지니고 있다면 그 검이 타인의 입장에서 좋든 나쁘든 그 검이야말로 그에게 가장 잘 어울리는 검이라 하더니……. 검에 대해서는 잘 모르나 확실히 알면 알수록 미로에 빠지는 듯하군. 그럼 그 검에 추적 마법을 걸어두겠네. 그리고 봉인이 해지되면 그대에게 검을 보내주겠네."

"감사합니다. 그럼."

마린은 자신의 검을 뽑아 드래곤에게 건네주었고, 대신 받았던 검을 검집에 넣었다.

그러다 작은 형겊 주머니에 넣어둔 묵직한 것을 느꼈다. 당시 악령에게 쫓기며 기어이 지켰던 알 수 없는 재질을 지닌 금속이었다.

그는 이에 대해 드래곤이 알지 않을까 싶어 곧 그에게 꺼내 보였다.

"혹시 이것에 대해 아시는 바가 있으신지요?"

마린이 보여준 금속에 그는 놀란 듯 크게 눈을 떴다. 그리고 아무 말도 않던 그는 다급히 마린에게 물었다.

"이것을 어디서 찾은 것인가? 예전 골든 드래곤의 정화가 담긴 구슬로 인해 완벽히 봉인되었던 것인데……. 설마 최근에 느꼈던 군주 급의 마기가 이 때문에 온 것이란 말인가? 그렇다면 큰일이군. 마계 측에서 우리 드래곤에게 이 신기가 있음을 알아차렸을지도 모르는 일이 되었어."

처음에는 자신에게 묻던 드래곤이 차츰 혼잣말로 한 말에 마린은 이것의 정체를 그제야 알 수 있었다.

"그렇다면 이것 또한 신기의 일부 중 하나란 말씀입니까?"

드래곤의 말에 오렌은 걱정을 금치 못했다. 이제 더 이상 그로서도 엘프 부족들을 보호할 수 없는 지경에 처할 것이란 생각이 든 것이다.

잠시 아무 말 없던 드래곤이 마린에게 물었다.

"그럼 다른 다섯 조각은 악령에게 빼앗겼는가? 아니, 당연한 이야기인지도 모르겠군. 예전 삼왕과 아덴, 우리만이 아는 비밀을 알아낼 정도라면……. 그래도 다행이네. 비록 신기 중 하나에 속하는 작은 조각이긴 하나 이에도 상상도 할 수 없는 마왕의 마기가 깃들어 있으니."

"그렇습니까? 다행이군요."

잠시 마린이 꺼낸 신기를 바라보던 드래곤은 이내 말을 꺼냈다.

"그것은 그대가 맡았으면 좋겠네. 어쩌면 그로 인해 그대가 위험에 빠질지도 모르지만 현재 그대의 힘을 보았을 때 내가 가지고 있는 것보다 그대가 지키고 있는 것이 더 나을 듯하군. 혹시나 우리가 신기를 빼앗기게 된다면 남은 것은 예전 현왕이 검왕과 권왕의 전인에게 준 신기와 마지막 조각인 그것일 테니. 앞으로 험해질 대륙의 상황을 보았을 때 그들의 후손이 신기를 빼앗기지 않는다는 보장이 없네. 하면 남은 것은 그 한 조각이지만 그것이 없다면 마왕은 부활이 불가능하네. 미안하네. 너무나 큰 짐을 그대에게 떠맡기는 것 같군."

"아닙니다. 이로 인해 수많은 마족들이 나에게 온다면 이는 오히려 반가운 일. 이미 마를 멸할 것을 결심한 바. 찾을 수고를 덜게 되었군요."

자신감 넘치는 그의 모습이 자만심으로 엿보였던지 드래

곤은 걱정된다는 듯 말한다.

"그리 쉽게 생각할 게 아니네. 마계는 단순히 군주만이 있는 것이 아닐세. 그런 이들도 벌레 죽이듯 하는 강한 이들이 있는 곳이네. 그대가 지금껏 싸워왔던 존재들과 차원이 다른 이들이 한둘이 아니란 말일세."

그의 말에 마린은 미소를 띠며 말했다.

"걱정 마십시오. 마왕이 아니라면 그 상대가 누구라 할지라도 패하시는 않을 사신이 있으니 밀입니다."

무언가 믿는 듯한 그의 말에 드래곤은 의아함을 감추지 못했다.

'마왕을 제외하면 그 어떤 존재라도 패하지 않는다니. 참으로 광오한 말이 아닌가? 무엇을 믿는 것이 있는가?'

믿을 수 없다는 듯한 드래곤의 모습에 마린은 웃음을 짓더니 검을 꺼내었다.

"믿기지 않는 듯하시군요. 그럼 제가 왜 그런 말을 했는지 알려 드리겠습니다. 완전한 것이 아니긴 하나 지금으로서도 충분합니다."

검을 살짝 비틀어 흔들자 그의 주위에서 매화 향이 퍼져 나간다. 그 향기는 순식간에 그 거대한 동굴을 가득 채운다. 그리고 그의 모습 또한 사라졌다. 자연과 동화가 된 듯, 아니, 하나가 된 듯. 오렌만이 아니라 드래곤이라 할지라도 그의 기척을 느끼지 못했다.

드래곤은 완전히 사라진 마린의 기척에 놀라움을 감출 수 없었다.

'마법이 아니다. 마법으로는 이럴 수가 없다. 공간이 왜곡되는 것을 느끼지 못했다. 분명 이곳에 있는 것이 맞는데. 한데 어떻게 볼 수도 아무것도 느낄 수도 없는 것인가? 예언을 바꿀 자라 하더니 정말 놀라운 이군.'

검기의 경지에서도 최강의 파괴력을 자랑하는 마계의 군주인 베로제온은 그를 건들 수가 없었다. 분명 눈앞에 있음에도 그를 치지 못하여 그의 공격을 받아야만 했던 것이다. 하지만 여전히 기의 소모가 많아 마린은 일각을 넘지 못하였고, 결국은 선천의 기까지 소모해야 하는 경우를 보아야 했다.

하지만 검사의 경지에 들어선 마린은 그 스스로도 매화만리향을 펼치며 놀라워했다. 지금의 그는 예전처럼 막심히 기를 소모하지 않는다. 그가 무리만 하지 않는다면 하루 종일 펼친다 해도 무리가 없을 정도였다.

매화이십사수검법의 그 끝없이 변화 속에서 나오는 무한적인 힘을 조금이나마 얻게 된 마린은 그 힘을 끌어들여 사용하고 있었다. 자세히 말한다면 오렌과 드래곤이 느꼈다시피 자연과 동화되었다는 말이 맞다.

그의 향기가 펼쳐져 있는 곳을 날려 버리지 못한다면 그에게 상처를 입힐 수가 없을 터이니. 또한 매화만리향을 펼치고 있을 때 나타나는 검사는 그가 무리를 하여 힘을 가한다면 진

검과도 같은 굵기를 지닌 검이 될 수 있었다. 그만큼 그의 검사 또한 일순간이나마 몇십 배나 강해지는 것이니, 그걸 맞이함에도 살아 있을 자가 어디 있을까?

그렇기에 마린은 그 마신이라 일컫는 마왕이 아니면 패배하지 않는다고 자신있게 말한 것이다. 설사 자신의 검을 막는다 할지라도 상대 또한 자신을 잡을 수 없을 터이니.

잠시 후 매화 향기가 사라지며 검을 집어넣은 마린이 나타났다.

놀랍게도 그는 한 걸음도 움직이지 않았었고, 드래곤과 오렌은 그가 그 자리에 있음에도 보지도 느끼지도 못한 것이다.

잠시 그런 마린을 바라보던 드래곤은 조금은 떨리는 목소리로 물었다.

"그것은…… 그 초식의 이름은 무엇인가?"

"매화이십사수검법의 마지막 초식인 매화만리향이라 합니다. 아직 대성하지 못해 미숙하지만 이것이 완성되었을 때는 설사 마왕이라 할지라도, 아니, 신이라 할지라도 저를 멸하지 못할 것입니다."

그 검을 보기 전이었다면 참으로 광오한 말이라 생각했을지 모르나 방금 그 초식을 보았던 드래곤은 자신도 모르게 고개를 끄덕였다. 아직 완성되지 못한 초식이 이런데 완성되면 어떤 이가 그를 해칠 수 있을까? 그 누가 그의 검을 막을 수 있을까?

시간이 흘러 노을이 진다.

오렌은 몇 시간 전에 숲으로 돌아갔고, 매화만리향으로 인해 마린에게 깊은 흥미를 느낀 드래곤은 그와 많은 대화를 나누고 있었다.

드래곤과 대화를 나누며 마린은 오랜 세월을 살았던 그 존재인 만큼 그 끝 모르는 지식과 혜안에 감탄을 금치 못하였다. 드래곤 또한 인간이라 믿기지 않을 만큼 엘프의 수장인 오렌과도 비교될 만한 자연에 대한 이해와 깨달음을 지닌 마린에 놀라워하였다.

모든 이야기를 마치고 떠나려 하는 마린에게 드래곤은 작은 지뢰계와 아름다운 보석으로 장식된 목걸이, 그리고 마력석 네 개와 하나의 책을 선물했다.

작은 지뢰계는 마린 그를 위한 것이다. 그것은 그가 싸울 마족들이 어디에 있고, 어디에 거대한 마기가 있는지 대륙에 존재한다면 어느 곳이든 알려줄 것이다. 현재 마와 싸워야 할 마린에게 가장 필요한 것인지도 모른다.

목걸이는 그와의 대화에서 알게 된 그의 연인에게 주는 선물이었다. 화려한 보석으로 장식된 이 아름다운 목걸이에는 드래곤의 거대한 마력과 수식이 그어져 있어, 적어도 물과 목의 기운이 담긴 마법은 통하지 않을 것이다.

네 개의 마력석은 그가 인간들이 만들었다는 마력석을 참고삼아 만든 것이다. 마법의 종주인 드래곤이 만든 것인 만큼 현재 나오는 극마력석이라는 5.5를 넘어선 8.0까지 해당하는 힘을 지닐 수 있었고, 또한 힘과 감각, 속도 세 가지를 동시에 올릴 수 있었다.

또한 여타의 마력석과는 달리 몸에 드는 무리가 최소한으로 줄여져 마력석을 사용하는 이들에게는 꿈과도 같은 것이라 할 수 있었다.

하지만 이미 그런 형식을 벗어난 마린에게는 아무런 득이 되지 않는 것.

이것은 드래곤이 그의 친우들에게 주는 선물이었다. 마지막의 책 또한 그의 현자 지망생인 친우에게 주는 선물이다. 이 책에는 마법을 좀 더 효율적으로 쓸 수 있는 수식과 놀라운 마법들이 적혀 있었다. 오래전 골든 드래곤이 서술한 책으로 현왕이 이 마법 책에서 새로운 깨달음을 얻었다고 하니 이 책의 가치는 말로 다 하지 못할 것이다.

생각지도 못한 자신의 주변 인물에게까지 신경을 써주는 드래곤에게 마린은 마음 깊이 감사해하였다. 자신에게 반절을 하는 그에게 드래곤이 물었다.

"어디로 갈 것인가? 하르미안 대륙 안에서라면 어디든 보내주지."

그 질문에 잠시 생각을 하던 그는 그녀의 고향이 있는 몬테스 백작가로 보내달라 하였다.

용병 시절 때 몬테스 백작가 쪽은 아직 건재하다고 했으니 그녀가 살아 있을 확률이 가장 높았기 때문이다. 아니, 살아 있어야 한다.

"아마레니온 산맥으로 부탁드립니다."

"알겠네. 신의 가호가 그대와 함께하기를."

곧 녹색 물결이 잔잔히 흐르며 마린을 감쌌고 이내 팍 하는 소리와 함께 그를 삼킨 물결이 사라졌다.

사라진 마린을 바라보던 드래곤은 다시 눈을 감았고, 깊이 몰입된 동료들을 깨우기 시작했다.

Chapter 2
친구들…… 그리고 그녀

악명 높은 말로틴 산맥만큼은 되지 않아도 아마레니온 산
맥 또한 마기가 들썩거리는 곳임은 확실하다.

그런 거대한 마기가 가득한 곳과 가까이 자리 잡은 몬테스
는 4년이 되도록 멸망하지 않았다. 나라의 양식의 대부분을
차지하는 곡창 지대라 나라에서 지원해 주는 것이 많긴 하나
이보다 더 커다란 도시들이 몰락당하는 이 악몽 같은 현실에
서 이곳이 멸망치 않은 것은 2년 전 이곳에 자리 잡은 4인의
기사와 물의 현자 덕분이었다.

위대한 그들의 이름.

세리온스, 로단, 하로인, 파니오, 그리고 물의 현자라 불리

는 레이센.

단 다섯 명이나 그들의 등장은 2년 전 몰락당할 때 때마침 나타나 마족들과 몬스터의 위협을 물리친 구원의 손길이었다.

그들은 하나같이 대단한 존재였다. 4인의 기사가 펼치는 일검에 그 누구도 상처를 입히지 못했던 마족들이 죽음을 맞이했고, 마계의 불꽃을 뿜어대는 마족들은 물의 현자라 불리는 레이센의 방어를 뚫지 못했다.

물의 현자 레이센은 마법에 한계가 없는 듯했다. 마치 세상 모든 물의 조종자처럼 수많은 물 속성의 마법을 쉴 틈 없이 펼쳐 냈다. 또한 그의 마법들은 하나같이 위력이 대단하여, 설사 상급 마족이라도 그의 마법을 고스란히 맞았다가는 큰 부상을 입을 정도였다.

그런 대단한 존재들이 전에는 왜 알려지지 않았는지 자세한 바는 모른다. 그저 그들이 이곳을 지키는 이유가 언제가 나타날 친우를 기다리며, 그의 아름다운 여인과 그녀의 아이를 지키기 위해서라는 것뿐.

이번에 쳐들어온 마족과 몬스터 군단은 다른 때보다 강하여 몬테스는 시작한 지 한 달이 되어서야 전투가 끝났다.

다른 때와 다름없이 그 전장의 중앙에서 큰 공을 세웠던 마린의 친구들은 전장을 정리하는 병사들을 보며 한숨을 놓았다.

"휴~ 이번에는 정말 끔찍했어. 상급 마족이 둘이라니. 레이센이 뒤에서 적절하게 도와줘서 다행이지, 아니었으면…… 으으으."

4년의 세월 동안 더욱 성숙한 단계로 들어선 로단의 느끼함은 경지를 넘어, 그때의 위기 상황이 생각난 듯 온몸을 떠는 그의 모습조차 느끼함이 가득했다. 그런 그에 아직도 성장기라는 듯 그 덩치가 일반 성인의 머리 두어 개는 더 커진 하로인은 입가에 굵직한 선을 그어내며 말했다.

"그래. 이번 전장도 위기의 연속이었지. 하지만 전장을 겪을 때마다 우리도 점점 성장하고 있으니. 흠~ 마린 녀석 우리를 보면 깜짝 놀라겠지."

"뭐! 마린. 어디, 어디! 어디에 있는데. 드디어 대륙의 혼란을 잠재울 영웅과의 조우인가!"

마린이라는 말에 소란스럽게 소리치며 여기저기 바라보는 요사스러울 정도로 아름다움을 지닌 세리온스 때문에 고생이 많았던지 이목구비 또한 날카롭게 변한 파니오가 눈썹을 찌푸렸다.

'어째 아무 말도 않고 가만히 있는가 싶더니만 저 혼자의 세계에 빠져 있었나 보군.'

고개를 휙휙 저으며 돌아봐도 마린 비슷하게 생긴 이도 보이질 않자 고개를 갸우뚱거리던 세리온스는 하로인에게 다가가 조용히 물었다.

"어떻게 된 거야. 우리가 기다리던 용사가 나타난 게 아니었어?"

소곤거리며 묻는 세리온스의 물음에 하로인이 아닌 파니오가 신경질을 부리며 소리쳤다.

"용사 좋아하고 있네! 니 나이가 몇인데 아직도 용사 타령이냐. 내가 그만 그놈의 책 좀 접으라고 했지. 그놈의 용사물 책들은 어떻게 이런 혼란스러운 때에도 끝없이 나오냐. 정말…… 날 잡아서 이 책 만드는 곳에 가서 푸닥거리라도 해야지 원."

"어허~ 참으로 정서가 메마른 친우여, 어찌 그리 사내의 로망이 없는가? 그 녀석은 온다. 대륙을 지킬 용사가 되어. 마계의 침공이 본격화 되면 이제 나는 예전 아덴의 동료가 그랬듯 그의 곁에서 검을 휘두르는 기사가 되겠지. 음하하하!"

화통하게 웃음 짓는 세리온스에 파니오는 얼굴이 붉게 물들이더니 화를 냈고, 세리온스는 그런 그에게서 도망치기 시작한다.

그들의 그런 모습에 웃음을 짓던 레이셴은 파니오가 지쳐갈 때쯤 소리쳤다.

"그만 하고 가자! 한동안 아린을 보지 못해서 얼굴도 기억이 안 난다. 더 이상 이곳에 있어봤자 피비린내 말고 무슨 득이 있겠냐."

아린이라는 말에 파니오는 세리온스를 쫓아가는 발을 멈

쳤다. 곧 저 멀리서 힘차게 뛰어가고 있는 세리온스에게 딱 한 번만 더 봐주마, 하며 소리친 그는 발을 돌렸다. 그제야 도망치는 발을 멈춘 그는 고개를 돌려 저 앞서 가는 친우들에게로 달려간다.

이들이 신성으로 떠오를 정도로 이리 강해진 것은 다른 이유가 아니다.

1학년 당시 마린이 친우들에게 가르쳐 준 토납수련법이 효과를 보았던지, 마린이 사라진 지 2년 만에 스스로의 벽을 무너뜨린 그들은 일류에 들어섰다.

일류에 들어서자 그들은 마린이 자신들에게 가르쳐 준 것들에 대해 이해가 가기 시작했다. 검과 하나가 되기 전 마린이 가르쳐 준 검의 묘리를 형식으로나마 이해했던 것이 검명을 울리게 되자 진정 그것의 묘를 알게 된 것이다.

하나하나가 파고들수록 오묘하였고 그것을 깨달아갈 때마다 그들의 검은 깊어졌다. 또한 검이 깊어지면서 마린이 자신들이 생각한 것보다 훨씬 뛰어난 이라는 것을 깨닫게 되었다. 그렇기에 그들은 마음 한구석에는 현왕의 던전에서 사라졌다는 마린이 살아 있음을 믿고 있다. 그토록 신비로운 녀석이, 알면 알수록 놀라울 수밖에 없는 그 녀석이 죽었음을 믿을 수 없는 것이다.

또한 레이센이 물의 현자라 불릴 정도로 그토록 마법에 정통하게 된 것은 마린이 사라진 지 1년이 지나서였다.

검을 쓰는 운동을 하지 않았기에 레이센은 토납수련법을 함에도 몸이 달라진 것을 느끼지 못했다. 하지만 토납수련법을 하고 나면 하루 종일 수식을 푸느라 복잡했던 머리가 맑아졌기에 그는 토납수련을 게을리 하지 않았다. 아니, 수식을 풀다 막히는 것이 있으면 토납수련법을 하였다.

그렇게 5년을 수련하던 때 마계의 침공이 시작되었다.

졸업을 앞둔 지 몇 개월 전에 학원이 문을 닫았기에 물 속성의 마법을 제외하고는 특별히 잘하는 마법이 없었던 그는 앞날이 막막해졌다. 높은 경지에 들어서기 전까지는 물의 마법은 실생활에 도움이 될지언정 살생에는 도움이 되지 않기 때문이다.

그날도 마법 수식을 풀던 중 생각했던 것보다 수식이 훨씬 복잡해지자 그는 토납호흡을 하였다. 하지만 이상하게도 그날은 머리가 맑아지고 난 뒤에도 호흡을 그만두고 싶은 생각이 나질 않았었다.

이미 머리 속으로 그 복잡한 수식을 풀었음에도 그는 계속적으로 토납수련을 하고 있었다. 6개월 전 머리 속을 간질간질하게 하던 무언가가 오늘따라 끝을 보려는 듯 점차 심해지는 것이다. 그렇다고 아프거나 한 것은 아니었다. 무어라 할까? 굳이 표현하자면 아픈 이가 빠지려는 듯했다.

그렇게 그는 시간도 잊어가며 어디 언제까지 이러는가? 하며 지켜볼 때쯤 자신도 모르고 있는 머리 속 어딘가에서 강한 기운이 무서운 속도로 튀어나오더니 간질간질한 그것을 뚫고 지나쳤다.

거대한 소리가 머릿속을 뒤흔들었고, 그는 참을 수 없는 희열을 느꼈다.

그후부터 레이센은 아무리 복잡한 초식이라 할지라도 쉽사리 풀 수 있었고, 물 속성의 마법 경우에는 새로운 마법을 창조할 정도로 정통해졌다.

놀랍게도 토납수련을 하면서 미리를 썼던 그는 몸 대신 상단전에 기가 모이기 시작하였고, 그날을 계기로 결국은 기재의 범주에 속한 그의 머리는 상상치 못할 정도로 대단한 지능을 지니게 된 것이다. 그가 이러하게 된 것에는 그의 우직한 노력도 있었겠지만 그보다는 마치 무림의 영험한 산보다 더 풍부한 이곳의 기의 분포 때문이었다.

그렇게 마법에 대한 새로운 눈을 뜨게 된 그는 그동안 자신이 이해하지 못했던 책들을 다시 보며 깨닫기 시작했다. 그렇게 일 년이 지난 후 친구들로부터 마린의 연인이자 세리온스의 누나인 루아라에게 마린의 아이가 태어났다는 말을 듣고 간 것을 계기로 지금은 그의 가족들도 이곳 몬테스에 살고 있었다.

저녁노을을 맞으며 몬테스 가의 대로에 들어선 그들의 모습에 수많은 영애와 소녀들이 그들 주위에서 술렁거린다. 다름 아니라 남자임에도 여자보다 더 아름다운 세리온스를 보기 위해서였다.

　세리온스의 손짓 하나에도 일일이 반응하는 그 여인들의 모습에 로단은 배가 아파왔다.

　'아이고, 어찌 세상은 이리도 겉만을 따지는 것인가? 세상이 내재적인 미를 조금이라도 안다면 저들은 나를 위해 소리를 지를 텐데. 아~ 로미아 그대라도 나를 봐주면 좋으련만…….'

　여전히 냉담한 로미아 탓에 끙끙 앓는 그였다.

　몬테스 가의 옆에 지어진 거대한 저택에 도착한 그들은 누가 먼저라 할 것 없이 뛰어들어 갔다. 그들이 쿵쾅거리며 계단을 오르자 2층에서 맑고 높은 톤을 지닌 여아의 웃음소리가 들려왔다.

　"아하하. 삼촌, 삼촌."

　붉은 머리에 하얀 피부, 커다란 눈망울을 지닌 귀여운 여아가 붉은 머릿결을 흩트리며 뛰어오는 모습에 그들은 전율을 느끼며 중얼거린다.

　"아~ 마음이 치유되는 것 같아."

　"그러게 말이야. 삶이 풍족해지는군."

　"…언제나 생각하지만 마린 그 녀석의 아이가 이렇게 귀엽다니, 믿을 수가 없어."

　"녀석, 당연한 이야기를……. 다만 사내아이가 아니라는 것이 아쉽군. 용사의 아들을 지도하는 동료의 이야기를 직접 겪을 수 있을 것인데.”

“또 헛소리. 어떻게 너 같은 녀석이 인기가 좋은 건지 이해가 되질 않……. 아! 아린 너마저!”

뛰어오던 아린이 세리온스의 품에 안기자 파니오는 믿을 수 없다는 표정으로 경악을 금치 못한다.

시끌벅적하는 그들의 소리가 컸던 것인지 저 멀리 있던 방에서 누군가가 나왔다.

아무 장식이 없는 백색의 드레스를 입은 여인. 하나 그녀가 입고 있으니 그 어떤 드레스보다 빛이 났다. 찰랑거리는 녹색 머리결과 크고 맑은 눈, 청조한 피부를 지닌 아름다운 그녀였으나, 아쉽게도 무표정한 얼굴은 차갑게 느껴진다.

마린이 던전에서 사라졌다는 말을 들은 순간부터 그녀는 그와 자신의 아이인 아린에게만 웃음을 보일 뿐 감정을 보이지 않았다. 예전 마린과 그녀 사이를 보며 얼마나 그녀가 아름다운 웃음을 지었는지를 아는 그들은 현재의 그녀가 너무나 안쓰러울 뿐이다.

시끌벅적하게 떠드는 그들에게 다가온 루아라는 달려와 안겨오는 아린을 토닥이며 말한다.

“다들 무사하셔서 다행이에요. 전장에서의 이야기는 들었어요. 이번에도 큰 활약을 하셨다고요.”

그녀의 말에 세리온스가 자신있게 소리쳤다.

“하하. 누나도…… 당연한 이야기를! 그중 내가 최고의 공을 세웠지.”

“흠……. 부정하고 싶지만, 이번에 세리온스 이 녀석의 활약이 컸죠. 이 녀석이 적절하게 그중 한 명의 마족을 베어내지 않았다면 우리도 크게 다칠 뻔했으니.”

“뭐~ 그래도 레이센이 그들의 마법을 차단하지 않았다면……. 으으으. 생각도 하기 싫다.”

“그래, 결론적으로는 세리온스 이 녀석의 공이 컸지만, 그래도 레이센이 없었다면 다들 위험에 처했겠지.”

“그래. 레이센, 다음에도 부탁하마.”

어느새 레이센이 최고의 공을 세운 것으로 이야기되자 이상하다는 듯 고개를 갸우뚱하던 세리온스는 떨떠름한 표정을 지었다. 하나 그것도 잠시, 루아라의 뒤에서 자신을 빤히 쳐다보는 아린을 보며 맑은 미소를 띤다. 오랜만에 돌아온 그들로 인해 한동안 조용했던 저택은 시끌시끌해져 갔다.

어느새 어두운 밤이 다가왔다.

오늘 하루 삼촌들과 놀아 피곤하였던지 색색 하며 잠이 든 아린을 보며 잠시 미소를 띠던 그녀는 조심스레 침가를 벗어났다.

가슴에 맺힌 것이 루아라를 잠 못 들게 했다.

갑갑한 마음을 털어내려는 듯 베란다에 나온 그녀는 깊은 한숨을 내쉬었다. 점차 시간이 흘러갈수록 마음이 갑갑해져 간다.

4년 전.

비밀리에 떠난 그는 그녀의 불길한 예감을 맞추려는 듯 돌아오지 않았다. 슬프게도 그건 믿기지 않는 현실이었다. 살았는지 죽었는지조차 알 수 없었다. 아니, 오히려 죽었을지도 모르는 일이다. 그 소식을 처음 접했던 그녀는 며칠 동안 그 슬픔에서 벗어나지 못해 침통해하였고 결국은 정신을 잃고 쓰러졌다.

그리고 그런 그녀에게 신이 힘을 내라 하는 듯 하나의 기쁜 소식이 찾아왔다.

그와 함께했던 꿈결과도 같았던 밤에서 일구어진 축복이 가득 담긴 선물을 받았던 것이다. 그와 자신의 아이. 그녀는 그것으로 인해 희망을 되찾았다. 그리고 그 좋아하던 검을 떨구었다.

유모를 두어 키울 수도 있었으나 그녀는 그러지 않았다. 그러고 싶지 않았다. 그와 자신의 소중한 선물을 그렇게 키우고 싶지 않았다. 결국 기사의 직책까지 물렀던 그녀는 그로부터 여덟 달이 지나 아린을 보게 되었다.

그리고 따스한 정으로 그녀를 보살피며 키워냈다. 마치 다른 이들에게는 냉담한 것이 정을 아린에게 모두 주었기 때문이라는 착각을 주는 것처럼.

시원한 바람이 살며시 다가와 그녀의 곁을 스쳐 간다. 잠시 멍하니 저 지평선을 바라보던 그녀는 한숨을 떨구어내더니 이내 돌아선다. 고운 달빛을 가로지르며 사라져 가는 그녀의 뒷모습은 슬픔으로 가득했다.

산산이 부서져 이곳이 예전 뛰어난 군사력으로 유명했던 도시였는지조차 모르게 만드는 벌판 위에 오만하게 선 채 무시무시한 기운을 뿜어내는 마족이 있었다.

최상급 마족 중에서도 최고 중 하나라 일컫는 바젠.

그 혼자서도 능히 상급 마족 20인을 상대할 수 있는 그는 오랜 시일 동안 자신과 함께했던 부하 두 명이 인간의 손에 죽자 분노를 감추지 못했다. 비록 그는 정이라는 것을 모르는 이였으나, 부하를 죽인다는 것은 자신에게 크나큰 모욕이라는 뜻으로 받아들였기 때문이다.

곧 이에 복수를 할 것이라는 듯 그는 대륙에 퍼져 있는 수많은 부하들과 몬스터들을 집결하여 크로센 제국을 가로지르며 그의 부하가 죽음을 맞이한 곳으로 빠르게 향했다.

그리고 일주일이 되던 날.

그의 부하가 죽음을 맞이한 곳에 도착한 그는 크로센 제국의 유명한 인사가 되어 있었다. 그가 이곳에 도착하는 과정에서 이미 십여 개의 크고 작은 도시들이 멸망하였으니.

이미 그들을 기다리고 있던 몬테스는 다른 어떤 전장보다 비장함이 흐른다. 이틀 전에 소식을 들은 몬테스의 사람들이 대피하지 못하였기에 그들은 최대한 시간을 벌어야 했다.

하지만 막상 악명 높은 그들과 맞서니 지금까지의 싸움이 쉽게 느껴질 정도로 이번의 싸움은 말도 되지 않게 어렵다는 것을 알았다. 그런 그들의 앞에 자리 잡은, 언제나 불가능하다 말하던 전장을 이겨온 위대한 4인의 기사와 물의 현자의 얼굴에도 긴장감이 흐른다.

지독한 마기에 막혔던 숨통을 뱉어내던 파니오가 입을 열었다.

"휴~ 이번에는 힘들셌군. 상위 마족이 셋에 중급 마족 여섯, 그리고 하위 마족만 수십여 명. 또한 대충 보아도 이만에 가까운 몬스터 군단이라……."

그의 말에 하로인이 고개를 저으며 그 수많은 마족 중심에 있는 마족을 가리켰다.

"그런 숫자 따위보다는 저기 저 녀석, 중앙에 자리 잡은 저 마족 하나가 가장 문제야. 이곳의 모든 병력이 모인다 할지라도 저 마족 하나를 상대할 수가 없을 것 같다."

그 말이 부정할 수 없다는 사실인 듯 그들 사이에서는 더 이상 아무런 말도 나오지 않는다.

현재 이곳 마족 결사대의 총작전관 위치에 있는 로단은 냉정하게 현재의 전력으로 저 막강한 저력을 어떻게 상대해야 할 것일까를 생각하고 있었다. 하지만 아무리 전략을 짜봐도 멸망뿐이다. 저 중앙에 자리 잡은 오만한 한 명의 마족은 그가 생각한 모든 가능성을 없애 버렸다.

한참 동안 아무 말 없던 로단은 아주 조금이라도 가능성이 있는 것을 선택했다.

"나랑 세리온스, 그리고 레이센이 저 마족을 상대한다. 남은 두 상급 마족은 파니오, 하로인이 금지의 힘을 지닌 이 중 절반과 함께 상대하도록 해. 그리고 남은 금지의 힘을 지닌 이는 중급 마족을 막도록 하고, 사제들과 현자, 기사들은 그 남은 마족들과의 싸움에서 우리의 싸움이 끝나기 전까지 버텨야 한다. 현재로서는 파니오, 하로인 너희가 그 상급 마족에게서 승리하는 것에 승패가 달렸어. 너희 중 한쪽이라도 이긴다면 아주 미약하나 멸망은 당하지는 않을 것이야."

로단은 상황이 상황인 만큼 다른 때와는 달리 이긴다고 말하지 않았다. 그저 멸망은 당하지 않을 것이라 말할 뿐이다.

하지만 그의 그런 말에도 누구도 실망하지 않는다. 현재의 상황에서 그 이상을 바라는 것은 무리임을 아는 것이다. 또한 그의 미약한 희망은 언제나 그들에게 승리를 주어왔기에 그들은 로단을 믿었다.

곧 로단이 언제나 연습시켜 왔던 방어적인 진법과 전술을 펼치는 것을 명하였고, 곧 그들의 모습에 대치하고 있던 바젠이 손을 앞으로 뻗었다.

쿠르르르룽—

먼지바람을 일으키며 달려드는 몬스터와 마족들을 향해 레이센이 수식과 진언을 빠르게 짓더니 그들에게 마법을 펼쳤다.

물 속성의 마법 중 최근 그가 만들어낸 극악한 마법.

바로 그가 펼치는 마법 범위 안의 모든 생물체의 피를 말려 버리는 마법이었다. 아쉽게도 마족들은 극강하게 강한 몸과 그 몸을 감싼 마력 탓에 효과를 보지 못했지만 몬스터들에게는 타고난 효과를 보인다.

수백여 마리의 몬스터가 이로 인해 큰 피해를 봐 마법의 여운이 있는 그 길을 피해 방향을 틀 정도였다.

그런 극강한 마법을 레이센이 쉴 틈 없이 다섯 차례 펼치자 그 뒤로 로단들은 마력석을 빛내며 무서운 힘으로 그 밀려오는 몬스터들의 길을 분열하기 시작하였다. 레이센의 마법과 그들의 힘이 합쳐지자 그 무서운 몬스터 군단들이 다섯으로 나누어져 갔다.

그리고 그렇게 나누어진 몬스터 군단을 기다리고 있던 병사와 기사, 삼 분의 일 남은 금지의 힘을 지닌 이들은 진법을 펼치며 몬스터와 마족들을 맞이하고 있었다.

자신들의 부하들을 일곱으로 나누어 힘을 줄인 그들의 힘.

그런 그들의 모습이 흥미롭다는 듯 웃음을 띠는 바젠과 두 명의 상급 마족은 성에서 제법 먼 곳에 자리 잡은 물의 수막에 감싸인 채 있는 수십여 명의 인간에게 다가오고 있었다.

10여 장의 앞에까지 온 그들은 멈추었다. 10여 장이라는 거리가 있긴 했으나 현재의 이들에게는 바로 코앞에 있는 것과도 같았다.

막상 싸움이 시작되려 하자, 그 강한 마기의 기세에 위축되기는커녕 그들은 냉정해져 갔다. 뒤에서 요란한 전장의 소리가 들렸으나 그들의 귀에는 아무런 것도 들리지 않았다. 눈앞의 이들에게만 신경 쓸 뿐.

앞서 이미 이야기했던 대로 금지의 힘을 지닌 이들이 자신의 자리로 돌아서는 동시에 로단과 세리온스, 레이센이 먼저 바젠에게 검과 마법을 날렸다.

그것이 신호인 듯 그들의 검과 마법을 막으려 하는 상급 마족 둘에게 다가간 하로인과 파니오가 검을 내려쳤다.

날카로운 그들의 검에 황급히 무기를 들어 막는 마족을 바로 뒤에서 변화계와 물질계의 힘을 지닌 몇몇이 묶고, 강화계에 속한 이들이 달려들어 멈추게 했다.

잠시 멈칫하자 그때를 놓치지 않고 하로인과 파니오의 검이 마족을 베어갔다. 운이 좋았던지 둘 중 하나의 팔을 잘라낸 그들은 바로 역공을 하는 마족의 공격을 막아냈다.

애초에 상급 마족을 그 두 명에게 맡긴 것이 무리였던 것이었는지 그 뒤부터 그들은 처참하게 당할 수밖에 없었다. 거세게 밀어치는 마족의 공격에 역공은커녕 방어하기에도 급급했으니……

하지만 이들보다 더 사태가 힘든 것은 로단 쪽이었다.

바젠의 몸은 그들이 생각조차 할 수 없을 만큼 단단하였다.

또한 그가 펼치는 마법과 공격은 엄청나 스치기만 하여도 중상을 입을 정도였다. 다행히도 레이센이 적절하게 마법을 펼쳐 흐름을 끊어놓았으니 지금껏 그들이 살아 있었지, 그것이 아니었다면 싸움이 시작된 지 얼마 안 돼 끝났을 일이었다. 현재로서는 당장 이들이 죽는다 해도 결코 놀라운 일은 아니었다.

점차 악화되는 이 상황에 로단은 자신이 생각했던 것보다 더 빨리 이 전쟁이 끝날 거라 예감했다. 자신들의 패배로…….

'설마 이토록 강할 줄이야……. 눈앞의 마족은 물론 그 옆에 있는 두 명의 상급 마족 또한 저번에 맞이한 상급 마족보다 강하면 강했지 결코 약하지 않구나. 앞이 캄캄하구나.'

그렇게 그들이 고전하고 있을 때 그들 뒤로 진법을 펼쳐 겨우겨우 막고 있던 사람들이 결국 중급 마족을 막지 못하고 죽어나가자 진법이 흐트러지고 말았다.

그렇게 한쪽이 무너지게 되자 도미노 현상처럼 다른 한쪽도 차례차례 무너지기 시작했다. 지난 몇 년간 근근이 버텨왔던 몬테스는 기적이 일어나지 않는 한 이렇게 멸망할 듯하다.

아마레니온 산맥에 녹색의 기류가 갑자기 나타나더니 팍 하며 사라진다. 그리고 그 속에서 한 명의 사내가 나타났다.

조금 전까지만 해도 그린 드래곤과 함께 있던 마린이었다. 숲의 가장자리에 나타난 그는 드래곤이 준 팔찌로 만들어진 지뢰계에서 마기를 느꼈다.

거리는 생각보다 가까웠다. 현재 그라도 이각이면 충분할 만큼. 하지만 이곳이 어디임을 아는 그는 결코 이 거리가 가깝다 느껴지지 않았다.

마기가 느껴진 곳은 그가 그녀를 만나려 한 장소이기에……

위험하다 생각이 든 순간 그는 이미 몸을 날린 뒤였다. 그리고 잠시 후 산봉우리를 넘어선 순간 보았다.

저 멀리서 불타오르는 도시를. 또한 지독한 마기가 들끓는 그곳에서도 유독 강한 마기를 지닌 존재들과 일류에 해당하는 무인 넷, 그리고 대단한 마법을 펼치는 현자가 그들을 상대하고 있음도 발견했다. 놀랍게도 오랫동안 보지 못했던 자신의 친우들이었다.

그들은 오랜 시간 호흡을 맞춘 듯 서로가 서로를 보완하며 전투를 펼치고 있었다. 하지만 그들 뒤로 금지의 힘을 지닌 이들이 이를 도왔으나 이도 금방 무너질 듯 위태롭게만 보인다.

그 모습에 좀 전보다 무리를 하며 신법을 펼친 마린이 무서운 속도로 거리를 줄이더니, 그의 검집에서 '파악' 하며 희뿌연 무언가가 번쩍였다.

소리조차 베어버리는 검기가 무서운 속도로 마족들에게 날아간다. 그것의 위력은 무시무시하여 100여 장 밖에 있던 무기를 든 상급 마족의 팔을 도륙하였다. 그리고 그 뒤를 이어 다시 검기가 뻗어져 나갔다.

지구력이 좋은 세리온스에 비해 그보다 떨어지는 파니오는 점차 육체적으로 한계를 느끼고 있었다. 평소처럼 검을 썼다면 그도 하루 종일 검을 펼칠 것이지만 상급 마족의 공격을 받아넘기려 한계 이상으로 검을 펼쳤기 때문이다.

결국 금지의 힘을 지닌 이들이 하나둘씩 죽어나가 이제 홀로 상대하게 되어버려 마족의 공격이 그를 파괴해 버릴 듯했다.

자신의 죽음을 예감한 파니오는 눈을 부릅 떴다. 마치 자신의 죽음을 맞이하게 하는 것이 무엇인지 알아보려는 듯. 몸은 지칠지언정 마음은 굴하지 않는 것처럼 그의 눈은 마기가 들씩거리는 공격을 쳐다보고 있었다.

하지만 그는 죽음을 보지 못했다. 아니, 보았다. 마치 어색하게 느껴질 정도로 도륙되어 죽어가는 마족을 보게 된 것이다. 잠시 멍하니 있던 그는 천천히 고개를 돌렸다.

세리온스가 상대한 마족 또한 도륙되어 있는 상태였다. 하나 그보다 놀라운 것은 이 지옥을 만들어낸 그들을 끌어왔던 무시무시한 그 마족…… 아니, 그 자체가 악몽이라 할 수 있는 마법도 검도 뚫지 못한 그 악마의 피륙에 푸른 선이 갈라지더니 그의 팔 하나가 떨어져 나갔다.

"크아아아악!"

바젠의 괴기한 비명이 대기를 흔들었다. 푸른 피를 떨궈내던 그는 곧 손을 뻗어 무시무시한 마계의 불꽃을 형성시키려 했으나 그를 그렇게 만들었던 사내의 검은 그가 생각한 것보다 빨랐다.

수십여 개의 검이 한꺼번에 지난간 듯 검의 잔영이 보이더니 잠시 후 그 거대한 바젠의 몸이 분열되어졌고, 이내 녹아내리듯 사라졌다.

푸른 피가 안개처럼 퍼진 가운데, 그 속에서 그들은 꿈에서도 그리웠던 존재를 보게 되었다. 그들에게 스승이자 친우였던 그…… 마린을.

믿기지 않는다는 듯 자신을 바라보는 친우들의 모습에 볼을 긁적이던 마린도 가볍게 손짓으로 인사를 하더니 이내 새처럼 날 듯이 공방이 치열한 성으로 다가갔다.

그의 검에서 백색의 검기가 전장 곳곳을 누빈다. 하늘을 날아다니며 인간들을 유린하던 마족들은 사늘한 시체가 되어 사라져 갔고, 성이 부서져 몬스터들에 죽임을 당할 뻔한 인간들은 그의 검에 희망을 되찾았다.

지옥과도 같았던 전장은 이제 지옥이 아니었다. 하나의 전설을 떠오르게 하는 그 시작점일 뿐이었다.

신이 보낸 사자.

예전 인간들이 처음 아덴이라는 희망을 보았을 때 떠올렸던 생각일 것이다. 그리고 2천 년이 지나 인간들은 다시 희망을 본다. 마린, 그 희망을 이들은 보았다.

신의 축복을 보자 황폐했던 그들의 마음에 희망이 샘솟았다. 그리고 그들은 힘을 합쳐 몬스터들을 막아내기 시작했다.

해가 저물었을 때에서야 전투가 끝이 났다.

대승리.

그 어느 때보다 확실한 죽음을 각오하고 나선 전투였다. 하지만 결과는 정반대였다. 전장에 나선 이 중 10에 7이 살아남았다. 이 모든 것이 혜성처럼 나타난 사내, 아니, 용사라 칭해도 과하지 않은 그 덕분이었다.

용사 등장.

대륙에 수많은 희망의 바람이 불었지만 이렇게 용사라는 말이 잘 어울리는 그가 또 있을까? 단신으로서 그 전장을 승리로 이끌었으니, 더군다나 그의 성스러운 백색의 검기가 뿌려질 때마다 마치 천적을 만난 듯 꼼짝달싹 못한 채 죽음을 맞이하던 마족들의 모습이 그것을 확신하게 만들어줬다. 또한 그의 몸을 감싸는 그 성자들에게만 보이는 성력은 분명 그가 용사임이 분명하였다.

사실 이에 대해서는 전설의 대장장이인 미르치가 만들어낸 검의 성스러운 기운 때문이었으나, 절망에서 벗어나 희망에 들뜬 그들은 성력에 감싸인 마린을 용사라 칭하였다.

전투가 끝이 나고 다가오는 친우들을 안으며 그동안의 그리움을 풀어내던 마린은 잠시 후 친우들의 권유와 함께 몬테스로 들어섰다.

그 거센 몬스터의 침범에서도 굳건히 버텼던 성문이 열리며 질서정연하게 선 기사들이 예를 표하며 그들을 맞이하였다. 또한 그들의 뒤로 그를 환영한다는 나팔 소리가 퍼져 나왔다.

열렬히 자신을 환영하는 모습이 낯설었던 마린은 잠시 멈춰 있다 로단이 어깨를 툭 치며 고개를 끄덕이자 이내 멈추었던 걸음을 움직였다.

미리 준비된 말을 타고 기사와 병사들의 호위를 받으며 성주인 몬테스 백작을 만나러 가는 내내 마린은 몬테스의 주민들에게서 열렬한 환영을 받았다. 용사를 외치는 환호성과 꽃가루와 색종이가 광장을 휘날리며 그들의 눈앞을 어지럽혔다.

마린을 중심으로 말을 타고 가며 미소를 띠던 친우들 가운데에서도 특히 세리온스는 이 현실이 너무나 기쁜 듯했다. 자신을 용사라 하며 외치는 소리에 당혹감을 감추지 못한 마린에게 다가간 그는 어깨를 툭 치더니 웃음을 간간이 참아내며 이내 그에게 감동에 찬 어조로 말했다.

"역시 난 처음 봤을 때 알아봤다니까, 네가 용사란 것을. 드디어 나의 꿈이 이루어지는구나. 정말 고맙다. 역시 너밖에 없어. 용사여, 언제나 그대의 한 축에서 그대를 도우리."

오랜만에 들어보는 그의 헛소리에 마린은 그립기도 했지만, 점차 진지하면서도 과장하기 시작하는 그의 모습은 황당하기도 해 자신도 모르게 한숨을 내쉬며 이마를 짚었다. 예전 같았다면 그의 옆에 있던 파니오가 그를 핍박하였을 만도 하건만 파니오를 비롯한 친구들은 쉴 새 없이 지껄여 대는 세리온스의 헛소리에도 아무런 말도 하지 않았다.

아니, 오히려 곤욕을 치르는 자신을 보며 미소를 띠더니 그들 또한 가세해 그를 괴롭힌다. 마치 지난 몇 년간 자신들의 맘을 아프게 한 것에 화풀이라도 하듯.

잠시 후 몬테스 백작가에 다다랐을 때쯤에서야 놀리는 것을 멈춘 그들은 마린에게 루아라에 대한 소식을 들려주었다.

그들의 이야기에 마치 돌처럼 굳어버린 마린은 친우들의 이야기가 끝나자마자 마치 새가 날아가듯 순식간에 말에서 뛰어오르더니 지붕을 밟으며 사라져 갔다.

놀라운 속도로 사라진 그의 모습에 잠시 놀랐던 친구들은 서로를 바라보며 입가에 미소를 띠었다.

몬테스 백작가에서 멀지 않은 커다란 대저택의 4층 한 베란다에 한 인영이 들어섰다. 펄럭이는 망토가 달빛을 반사하며 물결을 친다. 베란다 앞에 자리한 마린은 어찌해야 할지 모르는 아이처럼 멍하니 서 있었다. 친우들에게서 루아라의 이야기를 들은 뒤 미칠 듯이 두근거리는 가슴 때문에 눈앞이 흐릿하다.

'그녀가 무사하다 했다. 그녀가 아직 나를 잊지 않았다 했다. 그녀가 나를 기다린다 했다. 그녀가 나를 사랑한다 했다. 그녀가…… 나의 여신이 살아서 나를 기다리고 있다. 신이여, 감사하나이다. 정말로 감사하나이다.'

마치 눈으로 보듯 환하다. 그리운 그녀의 기운이지만 그것만으로도 눈으로 보는 것으로는 다 가질 수 없는 감정이 그의 마음을 흔들었다. 부모의 죽음으로 황폐해졌던 그의 마음이 사르륵 녹아내린다.

두근거리는 마음에 베란다의 문으로 향하는 그의 손이 떨려온다. 그리고 그가 문을 잡은 순간, 문이 작은 힘에 의해 밀려진다.

그리고 살랑이는 바람에 방 안의 커튼이 흔들리더니 이내 붉은 머리에 크고 아름다운 녹색의 눈을 띤 작은 여아가 모습을 보인다. 커다랗고 둥근 눈동자로 마린을 바라보던 여아는 눈을 떼구루루 굴리며 깜짝 놀랐다는 표정을 지었다.

잠시 자신의 격해진 감정에 여아를 신경 쓰지 못한 마린은 하얀 피부와 커다란 눈동자, 작은 입술을 지닌 작디작은 체구를 지닌 여아를 보자 묘한 감정에 휩싸이게 되었다. 그 감정은 말로 허용키 어려웠다.

처음이었다, 그가 그런 감정을 느낀 것은. 그의 몸 깊숙이 그를 존재케 하는 세포 하나하나가 그 눈앞의 존재를 받아들이는 것 같았다. 그건 그가 부모에게서나 느꼈던 감정도, 루아라와의 만남에서 느낀 감정과도 달랐다.

처음 보는 사람임에도 당돌하게 눈을 깜빡이며 쳐다보는 여아에 아무 말 없었던 마린은 곧 무거운 그 입을 열려 하였다.

"누구……."

무언가 말하려 했던 그는 여아가 검지를 입에 갖다 대며 쉿 하자 자신도 모르게 말을 멈추었다. 눈앞의 이 작은 여아가 참으로 사랑스럽다는 감정이 그의 가슴에 피어오른다. 마린은 이토록 쉽사리 마음을 연 자신에 놀라워했다.

'기이한 일이다. 이 여아는 누구이기에 이토록 친숙하게 느껴지는 것인지?

자신의 의도대로 아무 말도 없이 멀뚱히 있는 아저씨를 보며 아린은 안도의 한숨을 내쉬더니, 이내 살금살금 열려진 베란다의 문에 다가가더니 조용히 문을 닫았다. 문을 닫은 여아는 머릿결을 흩뜨리며 돌아서더니 이내 궁금함이 가득한 눈초리로 물었다.

"아저씨는 누구예요? 누구인데 우리 집에 있어요? 언제 이곳에 오신 거예요?"

맑은 음색으로 자신에게 묻는 여아에 마린은 가슴이 뭉클해졌다. 자신도 모르게 감정이 넘쳐 나는 것을 애써 숨기며, 말똥하게 자신을 바라보는 아린에게 말해주었다.

"나는 이 저택의 주인과 관계가 깊은 사람이란다. 오랫동안 피치 못할 사정으로 찾지 못하다 오늘에서야 이렇게 오게 되었지. 너는 이곳의 주인과 어떤 관계가 있느냐?"

아린은 나직하게 말하는 이 낯선 아저씨의 음성이 퍽 듣기 좋단 생각이 들었다. 이상하게도 설레었다. 그에 귀여운 얼굴을 살짝 붉히던 아린은 마린의 말에 궁금증을 띠며 말했다.

"주인? 어머니 말씀인가요? 그럼 아저씨는 어머니하고 친하신 관계인가요? 삼촌들처럼 말이에요?"

예상 못한 그녀의 대답에 마린은 의아해하며 말했다.

"어머니라니? 너의 어머니는 누구이시더냐. 성함이 어찌 되더냐."

"성함? 아~ 이름을 말씀하시는 거예요? 루아라라고 하세요."

아린의 말에 마린은 심장이 덜컹 내려앉는 듯했다. 루아라에 대한 간단한 이야기만을 듣고 뛰쳐나와 미처 친우들에게서 루나의 존재에 대해 듣지 못했던 마린이었다. 현재 그의 머릿속은 복잡하게 휘저어졌다.

"그, 그렇구나. 그래……."

멍하니 서 있는 그를 아린이 펄럭이는 망토를 고사리 같은 손으로 당기며 사념에서 깨워냈다.

"아저씨, 왜 그러세요? 어디 아프신 거예요?"

걱정 가득한 눈빛으로 자신을 올려다보는 여아의 모습에

그는 어색하게 웃음을 지으며 바람에 흐트러지는 그녀의 머리를 쓰다듬었다. 커다란 두 눈으로 자신을 바라보는 그녀의 두 눈동자와 고운 얼굴 선이 그녀와 흡사함을 알 수 있었다.

'그렇구나. 그녀의 자식이구나. 그녀는……'

아린은 자신의 머리를 쓰다듬는 그 커다란 손이 싫지 않았다. 따뜻한 아저씨의 손은 그녀의 삼촌들과는 또 다른 감정을 그녀의 가슴에 뭉게뭉게 피어오르게 하였다. 생전 처음 느끼는 감정이라 쑥스럽기도 했다.

그때였다. 고운 음색을 지닌 한 여인이 베란다의 문을 열어젖혔다.

"아린, 거기 있니? 감기라도 걸리면 어쩌려고……."

그녀는 더 이상 말을 잇지 못했다. 그녀의 짧지 않은 일생 중 이렇게 놀라웠던 것은 몇 번이나 될까? 믿지 못한 것을 본 듯 그녀는 뒷걸음을 치다 결국은 주저앉고 말았다.

고운 그녀의 머릿결이 바람에 흐트러졌고, 그녀의 모습을 잠시나마 가렸던 고운 머릿결이 내려앉으며 눈물이 가득한 그녀의 모습이 나타났다. 뿌연 우윳빛 피부를 지닌 그녀의 볼을 타고 내리는 눈물을 보며 마린 또한 눈가가 흐릿해져 갔다.

그 둘은 아무 말도 하지 못했다. 그저 흐릿한 눈가로 서로를 바라보며 옅은 그들의 체향을 느낄 뿐이다. 천 마디의 말도 현재 그들의 심정을 표현하기에는 너무나 부족했다.

이제 겨우 네 살배기인 아린이었지만, 그녀 또한 알 수 있었다. 어머니가 그토록 기다린 이가 왔다는 것을. 그토록 힘들어하던, 언제나 자신 너머 무언가를 바라보던 그 누군가가 바로 이 아저씨라는 것을 알 수 있었다. 그래서 아린은 아무런 말도 하지 못했다. 그녀 또한 그 분위기에 동화되어 버렸기 때문이다.

한참을 그녀를 바라보던 마린은 천천히 발걸음을 떼었다. 무거워 보인다, 그 발걸음은……. 그리고 발걸음이 그녀의 바로 앞에 멈추며 마린은 천천히 무릎을 꿇었다. 투박한 그의 손이 천천히 그녀의 고운 머릿결을 매만지다 눈물 가득한 그녀의 눈가를 살며시 닦아낸다. 뜨거운 그녀의 눈물이 자신의 손에 맺히자 그는 떨리는 목소리로 입을 열었다.

"보, 보고 싶었어…… 정말. 정말 그대를 보고 싶었습니다. 이토록 오랜 시간이 지나서야 그대를 볼 줄 알았다면 전 그대의 얼굴, 그대의 움직임, 그대에 대한 모든 것을 기억하기 위해 멈춰 섰을 것입니다. 만약 이렇게 오래 그대를 보지 못할 줄 알았다면 마지막으로 키스한 순간 전 그 키스를 영원히 멈추지 않았을 것입니다. 정말 그대를 보는 것이 이토록 힘들었다면……."

마린의 그 말 한마디 한마디가 루아라의 가슴에 새겨져 갔고, 마침내 그녀는 자신의 눈앞에 있는 그에게 안겨갔다.

꽃밭에 있는 듯 그녀의 짙은 향이 그의 코를 자극하였고,

자신의 품에 들어선 그녀를 안으며 마린은 천천히 그녀와 입을 맞추었다.

아무런 말도 없이 그런 그들의 모습을 바라보던 아린의 입가에 작은 미소가 번져 간다.

잠시간 서로를 포옹하던 그들은 자신을 멀뚱히 바라보는 아린을 의식하곤 살며시 떨어져야 했다. 그리고 궁금증이 섞인 그의 눈을 바라보던 루아라는 웃음을 지으며 그와 자신의 아이에 대해 말해주었다.

루아라에게서 들은 아린에 대한 이야기에 마린은 가슴 가득 뭉클한 감정을 느꼈다. 이는 그로서는 꿈에서도 상상치 못한 일이었다.

전생에서 그에게는 피붙이가 없었다. 아니, 있었을지도 모르지만 그는 없다 생각하고 살았었다. 그렇기에 자식이라는 말은 그에게서 참으로 낯선 것이었다. 한데 이렇게 갑자기 자신에게 자식이 생기자 그로서는 놀람을 감출 수 없었다.

그리고 그 놀란 감정을 이어 자신을 그 큰 눈으로 말똥말똥하게 쳐다보는 아린의 모습을 바라보던 마린의 눈가에 뜨거운 눈물이 흘러내렸다. 그것은 단순히 부정에서 느끼는 기쁨의 눈물만이 아니었다. 그는 자신의 손녀를 보지 못하고 돌아가신 부모님에 대한 회한이 겹쳐진 것이었다.

툭.

눈물을 흘리는 그의 얼굴을 고사리 같은 작은 손이 눈가를 훔쳤다. 마린이 그 손의 주인에게로 고개를 돌리니 자신 때문인지 아린의 눈가에도 눈물이 가득 고여 있었다.

마린은 가슴 깊숙이 찡하게 피어오르는 감정을 느끼며, 자신의 딸을 살며시 안아주었다.

"이제 아무런 걱정을 하지 말거라. 어떤 이도 너에게 눈물을 흘리게 할 수 없을 것이야. 이 아빠가 약속하마."

그의 나직한 말에는 진심이 담겨 있었다.

Chapter 3

용사

용사

마린이 이곳 몬테스를 구한 지 이틀이 흘렀다.

어젯밤 축제의 여파가 아직까지 이어진 듯, 도시는 활기찼다. 특히 어제보다 오늘은 더 소란스러웠는데, 그 이유는 오늘 대륙에 명성이 자자한 라리온 후작이 이곳을 방문하기 때문이었다.

이곳이 점령당할 무렵 연합왕국은 100만이라는 엄청난 숫자의 몬스터들과 마족들에 의해 침범당하고 있었다. 특히 이 혼란스러운 시기에 각 나라 사이의 무역 교류를 활발히 돕고 있는 프랑크 왕국은 바람 앞의 촛불처럼 흔들렸는데, 이 나라가 멸망한다면 세계가 쉽사리 붕괴되어지기에 크로센 제국으로서도 노른자위라 할 수 있는 몬테스를 내버려 둔 채 군사를 그곳으로 돌려야 했다.

그들이 가세한다 할지라도 힘든 상황이었기에 황급히 도와주지 않으면 아니 되는 상황이었다. 그래도 삼왕의 힘은 놀라워 그토록 밀리고 있던 연합왕국을 차츰 균형을 잡게 만들었다. 하지만 아직 그 끝이 보이지 않는 전쟁이었다. 하나 최근 들어 잠시 여유가 생기자 뒤늦게 마린에 대한 소식을 접한 라리온 후작이 잠시나마 이곳에 오기로 한 것이다.

몬테스에 준비된 리리진이 회오리를 치더니 이내 하나의 환한 빛을 띄워냈다.

잠시 후 빛이 사그라지며 한 인영이 모습을 드러냈다. 얼굴 한쪽에 날카로운 검 자국이 자리한 라리온 후작이었다.

그는 도착하자마자 최근 이름을 떨치고 있는 다섯 젊은이 사이에 있는 마린에게 다가왔다. 무릎을 꿇으며 경의를 표하는 마린의 모습에 그는 평소의 냉정한 자신과는 달리 흥분된 억양으로 마린을 일으키며 말했다.

"다행이다, 정말. 나의 과실에 대륙의 희망을 잃어버려 얼마나 후회를 하였던지 모른다. 한데 이렇게 네가 모습을 보이다니, 정말 다행이구나. 정말이지…… 이제야 나는 대륙에 대한 죄의식을 작게나마 털어내게 되었구나."

거짓이 아닌 듯 그는 요 4년간 저 혼자 십 년을 보낸 듯 자잘한 주름이 그의 얼굴에 자리 잡고 있었다.

그런 그의 말에 마린은 천천히 고개를 흔들었다.

"아닙니다. 그것은 라리온 후작님의 명이 아닐지라도 어차피 일어났어야 할 저의 숙명. 덕분에 저는 새로운 힘을 얻게 되었으니 오히려 후작님께 제가 감사를 드려야 합니다."

"그게, 그게 무슨 말인가. 이는……. 아니, 아니지. 이렇게 이야기를 할 여유조차 없네. 내가 친히 이곳에 온 이유는 황제 폐하께서 너에게 명을 내리셨기 때문이다. 바로 현재 전쟁 중인 전장에서 공을 세우라는 것이다. 미안하게 되었구나."

미안스러움이 가득한 눈빛으로 자신을 바라보는 라리온의 모습에 마린은 다시 한 번 고개를 저으며 검을 눈앞에 놓은 채 고개를 살짝 숙이며 명을 받아들였다.

"황제의 검으로서 이는 당연히 제가 받아들여야 하는 일. 더구나 이미 마족과 저는 한 하늘 아래 같이 살 수 없는 몸입니다. 라리온 후작님께서 말씀치 않으셨으면 제가 요청할 일이었습니다. 신 마린, 폐하의 명을 받겠습니다."

모르긴 몰라도 죽다 살아난 것이나 다름없는 마린에게 이런 명을 내린 것이 상당히 낯 뜨거울 수도 있으련만, 서슴없이 받아들이는 그의 모습에 라리온은 가슴에 쌓인 부담이 조금이나마 덜어졌다.

리리진을 다시금 생성키 위해 기다리는 잠시간 동안 자신을 따라나서겠다는 친구들의 모습에 그는 살며시 웃음을 지으며 말했다.

“지금은 나 혼자서도 돼. 하지만 나중에…… 세리온스의 말대로 결국 마계가 침입하고 마왕이 강림하게 되는 날이 온다면, 그때 나의 뒤를 지켜주는 든든한 동료가 되었으면 한다. 어제 하루밖에 안 되는 짧은 시간이지만 너희에게 가르쳐 주었던 그것들을 철저히 습득하기를 바라. 너희가 그것을 익히게 된다면 난 마음 놓고 뒤를 두려워하지 않아도 되니까.”

“녀석, 걱정 마라. 네가 가르쳐 준 것이 아직은 이해도 흉내도 내기 힘들지만 이 몸이 빠른 시일 안에 다 습득할 테니.”

“암, 걱정 붙들어매시라.”

“용사의 뒤를 지키는 기사라. 흠~ 사내의 로맨스를 위해서라면 이까짓쯤은 우스운 이야기지.”

“루아라 형수는 지금껏 그랬듯 우리가 잘 지킬 테니 넌 맘 놓고 그 오만한 마족들에게 본때를 보여줘라. 인간 중에서도 이처럼 강한 이가 있다는 것을. 설사 상급 마족이라 할지라도 우습게 베어버리는 네가 있다는 것을 사람들이 안다면 그들은 희망을 찾을 것이다. 다른 녀석은 몰라도 너라면 대륙에 새로운 바람을 불게 할 테니까. 넌 그럴 능력이 있어.”

“그래, 너라면 충분히 할 수 있을 거야.”

친구들의 말에 소리없이 미소를 띠던 마린은 어색하다는 듯 자신을 바라보며 코를 살짝 긁적이는 아린을 안았다. 그리고 살짝 이마에 입맞춤을 한 그는 초록 물결이 일렁이는 아름다운 눈으로 자신을 바라보는 루아라에게 짧지만 긴 여운이 남는 키스를 하고, 이제 막 완성된 리리진에 올랐다.

리리진이 빛을 일으키며 맹렬히 회전하더니 이내 사라져 버리는 마린을 바라보던 친구들은 앞 다투어 뛰어갔다.

연무장을 향해 뛰어가는 그들의 모습에 살며시 미소를 짓던 루아라는 마린이 준 목걸이를 살며시 만지다 자신의 손을 꼭 잡는 딸에게 말했다.

"아린아, 너는 자랑스러워하거라. 너의 아버지는 위대한 영웅이시니."

라리온 후작과 함께 도착한 곳에서 마린은 거센 폭풍처럼 밀어붙이는 지독한 전장의 냄새에 코가 마비될 것 같았다. 잠시나마 휴전 상황이라더니, 그것이 아닌 모양이었다. 잠시간의 휴전은 몬스터들을 보다 효율적으로 거느리기 위한 마족의 방책이었다. 그리고 그 결과가 지금 눈앞에 보이고 있었다.

워낙 넓은 지역으로 다가오는 몬스터 탓에 삼왕과 방어가 뛰어난 곳에는 그저 힘겨루기만 할 뿐 방어가 약한 부분은 그들의 지휘에 의해 이미 뚫려 성벽이 무너진 지 오래였다.

삼차선인 이곳이 무너진다면 그 뒤가 바로 프랑크 왕국이다. 그들로서는 더 이상 물러서려 해도 물러설 데가 없었다. 그러던 차에 마린이 도착한 것이다.

이 사태에 라리온은 황급히 지휘를 잡으며 대처에 들어가려 했으나 그보다 마린의 몸이 더 빨랐다. 마치 거대한 새가 날아가듯 그는 순식간에 대학살이 일어나고 있는 곳으로 가 검을 휘둘렀다. 검사의 폭풍이 밀어 터지듯이 들어서는 몬스터들을 지나치자 처참한 주검만이 그 뒤에 남았다. 또한 하늘 위에서 공격을 하는 마족들은 그의 검에서 펼쳐진 환상과도 같은 매화만개(梅花滿開)의 초식에 꿰뚫려 녹아내렸다.

그의 그 엄청난 힘은 인간이라 생각될 수 없었다. 은은하게 검과 몸을 비추는 그 은빛 찬란한 빛깔은 차치하더라도, 그의 검에서 얕으나 길게 뻗어진 그것에 스치기만 해도 마족들이 녹아내리는 것이 마치 천신의 사자가 세상을 구하러 나타난 것 같았다.

그리고 그로 인해 전장의 흐름은 믿을 수 없게 변해갔다. 이는 마린 그의 인간을 넘어선 능력 때문이기도 했지만, 그런 그의 모습에 이내 정신을 차리고 새로 지휘를 한 라리온 경의 몫도 컸다.

무서운 속도로 하급, 중급, 상급 따지지 않고 마린의 일검에 공평하게 멸해지자 반대편 쪽에 있던 삼왕 또한 이 기세를 살리며 밀어붙였다.

점차 못해도 아직 칠십여 만은 넘은 몬스터 군단과 수많은 마족들이 밀리고 밀려 거의 몰아낼 즈음 저 멀리 이 전쟁이 벌어지면서 나타났던 검게 일그러진 구름 사이로 괴이한 울음이 터져 나온다.

그리고 이어 그 울음의 정체가 바람을 요란스레 가르며 나타났다. 그 정체는 드래곤보다는 작으나 그와 유사한 형태를 지닌 거대한 괴수 셋이었다. 이들의 이름은 알로한티스. 마계의 악룡들에게서 태어난 돌연변이로, 하나하나의 힘은 최상급 정도의 마족이나 이들이 하나로 합치면 마계의 군주보다 더할지언정 약하지 않았다.

키메라로 합쳐지면 군주에 들어설 수 있을 그들이었지만, 그들은 소속되는 것을 좋아하지 않았나. 너구나 키메라로 돌아가기 전이라면, 그들은 인간 세상을 마음껏 유린할 수 있었기에 이번에도 그들은 스스로 군주로서의 삶을 꺼린 것이다.

늦잠을 잔 탓에 다른 이들보다 뒤늦게 깨어난 그들은 몇 달 전 인간계로 내려섰고, 천천히 몬스터들과 마족들을 모아왔다. 그리고 이제 재미를 보려 하던 중 마린 그가 나타나 몇 달에 걸쳐서 모았던 부하들을 쓸어버려 다 잡았던 승기를 놓치자 결국 화를 참지 못한 그들이 나섰던 것이다.

그들에게는 유희라 할 만큼 그리 큰일은 아니었지만 하찮은 인간이 자신들의 일을 방해하자 마족 중 최상급에 속하는 악룡의 후예로서 그들의 자존심이 건드려졌다.

그들 중 예전 삼왕뿐만이 아닌 용사 아덴을 넘어선 거대한 힘을 지닌 인간도 있었으나, 단순히 힘의 우열로 봤을 때 그들이 키메라로 변한다면 우스울 정도였다. 물론 그자의 기운이 자신과 상극이라는 점이 못내 마음에 걸렸지만, 마계에서도 그 적수를 찾기 힘들었던 그들의 자신감은 그런 것을 이내 무시하였다.

곧 그들 셋이 모여 융합되더니 이내 세 개의 목이 달린 거대한 괴수로 변하여 괴음을 질러냈다.

"쿠에에엑, 크아아아."

그들이 뿜어내는 마기와 끔찍스러운 괴음에 전장의 사람들은 죽음의 공포를 느끼며 몸을 움직일 수 없었다. 자신들의 괴음에 괴로움과 공포를 느끼는 사람들의 모습에 만족스러워하던 그들은 나직하지만 아무렇지도 않다는 듯이 하는 사내의 말에 고개를 돌려야 했다.

"이봐! 무슨 슬픈 일이라도 있는 거야? 이제 그만 울어대지. 원~ 이거 지겨워서. 무슨 병신 쿠조마냥 생긴 것처럼 울음도 괴상하네."

왜소한 체격을 지닌 사내였다. 유들유들한 입술을 나불거리는 그에 건장한 체격과 그보다 거대한 검을 지닌 사내가 웃음을 터뜨리며 악령을 불러들였다.

"아하하하. 그러고 보니 또 그렇게 생겼군. 이봐! 그만 하고 붙지. 한동안 잔챙이들만 베어대서 심심하던 참이었는데 말이야."

그런 그들의 모습에 소울 피아노를 소환한 젤리가 고개를 내저으며 연주를 하기 시작했다. 비상이라는 곡으로 아레스와 잭을 하늘 위에서도 자유로이 만들었던 그녀는 곧 불새라는 곡을 켜기 시작했다.

잭의 거대한 파괴력을 지닌 권기와 아레스의 복마검법과 악령, 젤리가 만들어낸 3여 장의 거대한 불새가 알로한티스를 향해 날아들었다.

수백여 개의 권기가 뿜어대며 둔탁한 소리를 내자 아레스의 복마검이 붉은 빛깔을 지닌 검기를 휘둘렀고, 악령이 그들의 살을 파먹었다. 또한 불새가 그들을 지나치며 태우기 시작했다.

한낱 미천한 동물 따위와 고귀한 자신을 비교하자 어이없었던 알로한티스는 몰아치는 그들의 공격으로 인한 고통에 정신을 차렸다. 자신을 모욕하고 또한 인간 주제에 이런 고통을 주자 화가 끝까지 난 그들은 이내 각기 입가에서 뜨겁고, 차갑고, 강한 독성을 지닌 안개를 뿜었다.

차가운 안개에 그 뜨거운 불새가 사라졌고, 뜨겁고 강한 독성을 지닌 안개가 몬스터, 인간 할 것 없이 주검을 남겼다.

다행히 자유로이 하늘을 나는 능력 덕분에 피할 수 있었던 잭과 아레스는 그 처참한 현상에 큰 충격을 받아야 했다.

때마침 젤리가 회오리를 불러들이지 않았다면 그 사상자는 못해도 지금의 십여 배는 넘었을 것이다. 그들이 그렇게 놀라워할 때 알로한티스가 끈쩍끈쩍한 알 같은 것을 세 개 뱉어내었고, 그것은 융합되어 자그마한 동그란 알로 변했다.

그렇게 변한 동그란 알이 같은 크기로 분해되기 시작하더니 이내 수백여 개로 늘어나 그것에서 불과 물과 독을 뱉어내기 시작했다.

너무나 많은 그 숫자에 젤리로서도 다 걷어내지 못하였고, 잭과 아레스는 그것들과 싸우면서 힘겹게 하나씩 지워 나갔지만, 그것은 지워내기 무섭게 다시 분해되어 나타났다.

자신들이 만들어낸 장난감에 인간들이 처참히 녹거나 얼거나 썩어버리는 것을 보며 알로한티스는 비웃었다.

"크크크. 겨우 이런 장난도 못 버티고 죽어버리다니, 참으로 한심하군."

"그러니 인간이 벌레 같은 존재지. 우리 마족보다 더한 욕심을 지닌 한심하고 나약한 벌레. 크크. 사실 마계의 벌레보다 못한 것들이지."

"카카카. 저런 쓸데없는 짓을 하는군. 한 번에 다 없애지 못하면 다시 처음과 같이 똑같은 숫자로 나누어지거늘. 하여튼 멍청한 놈들이야. 그냥 포기하고 죽어버릴 것이지."

"그래도 저런 짓거리를 하니 우리가 눈요기를 하지 않는가?"

"케케. 그래, 이런 맛이라도 있어야 심심치 않지. 모처럼의 유희인데 말이야."

한데 그때 자신들이 만들어낸 그 괴상한 공에 인간들이 죽임을 당하는 것을 보며 웃음 짓던 그들의 귓가 바로 옆에서 말하는 듯한 사내의 목소리가 들렸다.

"글쎄, 과연 그럴 필요가 있을지. 그냥 자네들만 없애 버리면 간단한 일 아닌가?"

갑자기 들려오는 목소리에 서로를 마주 보던 그들은 저 아래에서 무서운 속도로 회전하는 거대한 꽃들이 날아오는 것을 볼 수 있었다. 매화란구주(梅花亂九州)였다. 어지럽게 흔들리는 매화들은 이리저리 흐트러지더니 이내 거대한 그들의 목을 하나처럼 꽉 묶어놓았고, 뒤를 이어 매유청죽(梅遊靑竹)의 초식이 연속으로 펼쳐진 듯 수십여 개의 푸른색 줄기가 매섭게 날아들어 그들의 목을 꿰뚫었다. 또한 매향성류(梅香成流)의 초식이 뒤를 이어 떨구어지지 않은 그들의 목을 베어버렸고, 매화난만(梅花爛漫), 낙매분분(落梅紛紛)이 그들을 난자했다.

마지막으로, 만화성막(萬花成幕)의 초식으로 조각조각 나뉘어진 그것들을 녹여 없애 버리자 그 시끌시끌한 전장이 침묵으로 변했다.

마치 방금 전 하늘을 유영하며 대학살을 펼치던 그 괴물이 한순간에 사라지자 인간만이 아니라 몬스터나 마족들 또한 놀라움을 감추지 못했다. 그러는 사이에도 마린이 휘두르는 검에 하늘을 날아다니던 마족들이 꿰뚫리며 죽어갔고 몬스터들 또한 그가 휘두른 거대한 검 모양을 한 유형의 기운덩어리에 베어져 녹아내렸다.

그때서야 사람들은 환호성을 내질렀다. 이 역겹고 짙은 피내음이 가짜일 리가 없다. 이 끔찍한 시체 더미가 가짜일 리

없으니, 저 홀로 고고히 이 무시무시한 검을 휘두르는 자는 현실에 속한 이다.

그리고 그자는 인간의 편이다. 신은 자신들을 버리질 아니했다. 용사가 출현한 것이다.

지금 전장의 수많은 사람들의 머릿속에는 이것 하나만이 머리에 새겨졌다. 그로 인해 사람들의 마음에 희망이 생겨나기 시작했다. 물론 한편으로는 그 거대한 괴물을 베어버린 자에 대해 공포도 없지 않았으나, 사람들은 그자가 자신의 편이라 믿자 그 공포심마저 경외심으로 바뀌었다. 천 길 낭떠러지에서 무사히 줄을 붙잡은 사람들의 심리가 그렇 듯이.

수많은 사람들이 그렇게 희망을 맘에 두었을 때 삼왕은 그보다 그 달라진 오감으로 인해 저자가 누구인지를 알고 놀라움을 감출 수 없어했다.

젤리도 놀라워하였지만 잭과 아레스는 특히 놀라워했다. 설마 마린이 그 어긋난 예언의 주인임을 몰랐던 것이다. 그예전 던전에서 같이 모험을 한 그가 어긋난 예언의 주인이라니.

잭은 잠시 생각을 정리하더니 이내 고개를 끄덕이며 웃음을 터뜨렸다. 그리고 점점 날이 어두워짐에 따라 이성을 잃어가는 몬스터들에게 다가가며 옆에서 같이 웃음을 짓는 아레스에게 말을 건넸다.

"참 재밌지 않은가? 그가 마린이라니 말일세. 죽지는 않았을 것이라 생각했지만 설마 용사가 되어 나타날 줄은 꿈에도 생각지 못하였네."

"그러게 말입니다. 한데 무섭도록 강하군요. 내 저자의 검을 한번 마주하려 그토록 노력하였건만, 아무래도 포기해야겠습니다. 역시 대륙을 구하기 위해 불러들인 어긋난 운명의 주인이라 하더니 장난이 아니군요."

"내 말이. 저 정도면 앞으로의 싸움에서 우리가 과연 필요할는지 의문이야. 저봐, 섬에서 엄청난 기운을 지닌 유청의 무언가가 길쭉하게 나가는데 몬스터들이 겹겹이 싸인 곳도 완전히 물이 흐르듯 막힘없이 나가잖아."

"허~ 어찌 되었든 저런 강한 자가 같은 편이라니 마음에 든든하긴 하네요. 흠~ 용사라. 물론 저 정도까지는 아니었겠지만 예전 아덴을 보았을 때 사람들이 이런 심정이었을지."

"이런, 날이 저물어가는군. 자, 용사께서 보스를 무찌르신 것 같으니, 우리는 떨거지들이나 처리하도록 하지!"

"그러도록 하죠. 한데 누가 용사 아니랄까 봐 참 적절하게 나타났지 않습니까?"

"아하하하. 이 사람아, 그러니 용사 아닌가!"

유쾌한 웃음을 터뜨리며 먼저 앞서 나가던 잭에 이어 짙은 핏빛의 검을 휘두르던 아레스가 뒤를 이었다. 젤리 또한 용사가 되어 나타난 마린의 모습에 눈물을 글썽이다 이내 불새를 연주하며 몬스터를 지워가기 시작하였다.

그렇게 삼왕과 마린의 출현으로 인해 길게 진행될 것만 같던 전쟁은 그로부터 나흘이 지나서야 끝이 났다.

아니, 마린이 나타난 그날 전쟁은 끝이 났다 이야기해도 무방했다. 그 뒤는 통제를 잃어버린 몬스터들을 처리하느라 시간을 보낸 것이었으니.

그사이 마린은 참으로 오랜만에 재회한 아레스와 잭, 그리고 젤리와 그동안의 이야기를 나누었다. 설마 그때 갔었던 인원 중에 예전 삼왕이 안배를 남긴 삼왕의 후예가 두 명이나 끼어 있을 줄을 그 또한 상상치 못했었다.

악왕이라 일컫는 젤리 또한 예전 그와 인연을 맺었으니, 어쩌면 이 또한 어긋난 예언의 운명의 선택자로서의 길이리라.

현재 마린은 삼왕과 함께 각 나라의 지배자들이 모여 있는 궁전으로의 입장을 기다리고 있었다. 이번 전투에서 결정적인 공을 세운 그를 치하하기 위해서만이 아니었다. 인간의 힘으로 그 상상키 어려운 괴물을 잡은 이를 세상에 널리 공표함으로써 절망과 공포에 빠진 사람들에게 희망을 주기 위해서였다.

그들이 기다린 지 얼마 되지 않아 성문이 열렸고 곧 우렁찬 나팔 소리가 저 멀리까지 울려 퍼졌다. 그들은 우렁찬 나팔 소리를 들으며 친히 자신을 반기기 위해 기다리고 있는 왕들을 향해 걸음을 옮겼다.

황제와 왕들이 자리한 곳에서 십여 보를 남긴 자리에서 멈춘 그들은 예를 갖추었다. 황제와 왕들은 그 모습에 미소를 띠었다. 특히 그들 중 총책임자를 맡고 있는 크로센 제국의 황제는 외곽에 있는 라리온 후작에게 살짝 고개를 끄덕이며 자신의 마음을 표현했다. 4년 전 그로 인해 대륙은 희망을 찾을 것이라는 라리온 후작의 말이 맞았던 것이다. 진정 용사가 되어 돌아온 마린의 모습에 감회가 새로웠던지 잠시 숨을 길게 들이켜고 내뱉은 그가 천천히 말문을 열었다.

"예를 물려라. 지금의 시대는 우리보다는 그대들이 더욱 가치가 있음이니 그대들이 고개를 숙일 이유가 없다."

황제의 명에 조심스럽게 예를 거둔 그들이 굽힌 허리를 펴자 인간의 한계에 다다른 이들만이 풍기는 특유의 분위기가 뭉실 풍겨난다.

그런 그들 하나하나를 천천히 바라보던 황제는 너털웃음을 터뜨리며 다시금 말했다.

"어렸을 적 나는 나의 선조이신 아덴님과 삼왕의 모험 이야기를 들으면서 자랐네. 그래서 그들의 모험을 동경하고, 그들을 진정 흠모하였지. 그리고 세월이 흘러 나는 황제가 되었고 내 대에 들어서 마계가 다시 부활하게 되었네. 이는 진정 끔찍한 일임에도 지금의 나는 참으로 설렌다네. 다시금 새로운 전설을 남길 그대들이 내 눈앞에 있다 생각하니 말이야……."

그렇게 잠시 말꼬리를 흐트리던 그는 손짓을 하여 시종을 불러들였다. 다가온 시종의 손에는 방석이 들려 있었고, 그 위에는 아주 오래된 것으로 보이는 색이 바랜, 하지만 화려한 투구가 놓여져 있었다. 이 투구는 전 주인이 고된 삶을 살았던지 수많은 흔적이 보인다. 또한 그것이 비록 낡았으나 가끔씩 스스로 빛을 발하는 점으로 보아 무언가 사연이 깊은 물건임을 알 수 있었다.

잠시 그 투구를 무언가 회상하듯 바라보던 황제는 앞에 서 있는 마린에게 그것을 내주며 말했다.

"이것은 우리 크로센 제국에서 참으로 유서 깊은 물건일세. 그 옛날 마왕과 전투를 벌이셨던 아덴님의 투구이니 말일세. 아덴님의 무구들은 그분과 함께 어느 날 사라져 버렸지만 이것만은 우리 후손에게 남겨졌다네. 대대로 황실에서는 이것을 용사의 투구라 명했네. 또한 이것의 새로운 주인이 나타나기를 기다리기도 했지. 그리고 내 대에서 이것의 주인이 나타났네. 마린 경…… 아니, 용사여. 이것을 받아주게. 그리고 이것을 쓰고 대륙에 희망을 주길 바라네. 그대라면 충분히 자격이 있음이니."

설마 눈앞에 있는 이 투구가 그런 것임을 몰랐던 그는 사양하려 했으나 황제의 눈에 담긴 진심을 보자 이내 그 마음을 접었다.

마린이 황제에게서 받은 투구를 쓰자 뜨거운 열기가 넘치는 태양이 그 투구를 빛내었고, 동시에 우렁찬 음악과 함께 주위에 지켜보던 많은 이들이 환호를 내질렀다.

그것은 바로 공시적으로 대륙에 용사가 나타났음을 알리는 그 긴 대륙의 역사에서도 중요한 대목이었으니.

그 뒤 한 달 동안 마린과 삼왕은 대륙의 끝에서 끝까지 바쁘게 돌아다녔다. 악명 높은 마족들을 멸하며 사람들의 마음에 희망을 심어놓았고, 그것이 원동력이 되어 마족들에 의해 절망에 빠진 이들도 쉽사리 생을 포기하지 않게 되었다.

그렇게 그들의 등장으로 위험에 처한 대노시에 따로 병력을 보내지 않아도 되자 자잘한 마족들과 몬스터들이 판을 치는 소도시에 군사를 보낼 여력이 생겨났고, 대륙은 놀라울 정도로 희망이 싹트기 시작했다.

한 달 뒤, 크로센 제국의 중심지인 베로나.

한때 아홉 군주 중 하나인 넬리시완에 의해 거의 파괴된 이곳은 불과 몇 달도 안 되어 예전의 모습을 빠르게 되찾아가고 있었다. 그렇게 다시 완성되어져 가는 베로나에서도 유명한 곳이 있으니 바로 황성과 가까운 위치에 자리 잡은 거대하고 화려한 저택이었다.

현재 그곳은 마치 성지와도 같은 영향을 발휘하는 곳이기도 했다. 다름 아닌 나라에서 용사에게 선물한 안식처였으니. 오늘 그곳에서 성대한 결혼식이 열렸다. 현재 용사의 칭호를 받고 있는 마린이 아직 그의 부인과 제대로 혼인을 올리지 않은 것을 안 황제의 배려 덕분이었다.

황실에서 주최하는 것이니만큼 그 결혼식은 어떤 파티보다도 화려하였고 또한 활기가 넘쳤다. 이제야 마린이 내준 숙제에 대해 어느 정도 성과를 보이던 마린의 친구들은 예복이 어색하다는 듯 괜한 기침을 하며 멋쩍어하는 마린에게 놀리듯 축하하였다. 오후가 되어서야 결혼식이 열렸다.

결혼식의 차례대로 붉은 융단에 먼저 자리를 잡았던 마린은 저 문 너머에서 새하얀 드레스를 입고 나오는 눈부시도록 아름다운 루아라를 멍하니 바라보았다. 그것은 마린만이 아니었다. 너무나 아름다워 마치 백색의 천사가 날개를 잃어버리고 세상에 강림한 듯한 그녀의 모습은 많은 이들이 감탄사를 터뜨리게 하였다.

그렇게 그녀가 다가오는 모습에 온 신경을 쏟던 마린은 어느 순간 지독한 마기를 느꼈고, 이내 얼굴을 굳히곤 내공을 돋우어 소리쳤다. 그것은 그가 놀라워할 정도로 처음 느끼는 사악한 기운이기에 그의 목소리에는 다급함이 가득했다.

"마족입니다. 어서 다들 이 자리를 피하십시오!"

마치 천둥이 치는 듯한 거대한 그의 목소리에 결혼 축하곡을 들으며 축하를 하던 사람들은 겁에 질렸고, 이내 결혼식장은 혼란스러워졌다. 그 혼란스러운 와중에 마린의 신경은 저 하늘 어딘가를 바라보고 있다.

그가 바라보고 있는 허공에는 짙은 회색의 터널이 만들어지고 있었다. 그것은 점차 확장되어지더니 이내 멈추었고, 어느 순간 불쑥 거대한 회색의 연기가 튀어나오더니 마린을 잡아챘다. 아니, 잡아채려 했지만 마린이 매화난만의 초식으로 가볍게 피한 탓에 그의 잔상만을 잡을 뿐이었다.

그렇게 몸을 날려 피한 그는 동시에 황제를 호위하던 기사의 검을 허공섭물로 빼앗아, 그 기묘한 연기를 향해 검을 휘둘렀다. 비록 다급히 만들어 검사가 아닌 검기를 뿌려냈지만, 기묘하게도 검기는 연기에 접촉하자마자 사라져 버렸다.

아무 피해도 주지 못한 채 사라지는 검기에 그는 놀라움을 감출 수 없었다. 급하게 날린 검기라 하나, 그 정도의 검기 난사의 위력이라면 설사 군주라 할지라도 무사할 수 없는 일이었다. 한데 마치 먹어치우듯이 사라지는 연기라니…….

'도대체 정체가 무엇인가? 지금껏 느낀 마족들의 마기와는 그 본질이 확연히 다르다. 이는 원초적인 어둠이 아닌 마치 정제되지 않은 혼돈의 기운과도 같음이니… 이것은 지금껏 겪은 어떤 것보다도 위험하다.'

생각하는 와중에도 그를 잡기 위해 땅을 뒤집고 모든 것을 파괴하며 쉴 새 없이 움직이는 회색의 연기를 바라보며 마린은 이내 결정했다.

'무엇 때문인지 모르나 나를 노리고 있군. 그래, 누구인지 모르나 그토록 나를 원한다면 내 그것을 따라주마. 더 이상

죄없는 사람들을 죽게 놔둘 순 없다. 이 기운의 정체와 마주 치는 것이 나의 운명이라면 따라주마!'

바로 검사를 일으켜 매화노방(梅花路傍)을 펼쳐 잠시 주춤 하게 만든 그는 품속에서 반지를 꺼내 그녀에게 던지며 외쳤 다.

"루아라, 내 반드시 그대에게 이것을 끼워주리오! 그대는 나를 믿고 기다려 주오. 내 반드시 살아오리다!"

마린이 던진 반지를 소중히 쥐며 고개를 끄덕이는 루아라 를 바라보던 마린은 맑은 미소를 한 번 그리더니 이내 그 안 개 사이로 스며들었다.

그렇게 마린을 집어삼킨 안개는 이내 자신이 나왔던 회색 의 터널로 사라졌고, 터널은 차츰 흐릿해지더니 이내 사라져 버렸다.

용사의 결혼을 축하하러 온 수많은 사람들은 바로 눈앞에 서 그를 마계의 존재에게 빼앗긴 것에 대해 상당한 충격을 받 았던지 침울한 공기만이 폐허가 돼버린 파티장을 맴돌고 있 었다.

Chapter 4

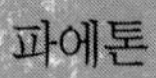

파에톤

삼왕과의 싸움에서 패한 넬리시완.

결국 이를 갈며 마계로 돌아올 수밖에 없었던 그녀는 그래도 세 개의 신기 중 하나를 찾았다는 것에 만족하였다. 이것이면 그녀는 마계의 총사령관 파에톤에게 이 수모를 다 갚을 힘을 얻게 될 것이라 생각했기 때문이다.

지친 몸을 이끌고 마왕성에 들어선 넬리시완은 총사령관 파에톤이 있는 대회의장에 들어섰다. 아무런 인기척이 없음에도 무언가가 그녀를 스치자 공포가 절로 일어난다. 자신도 모르게 몸을 떤 넬리시완은 곧 천천히 회의장 중앙에 들어섰다.

그녀가 중앙에 들어설 때쯤 검은 불꽃을 갑옷처럼 입은 사내와 하얀 수염이 얼굴을 덮은 늙은이가 어두운 회의장에 스며들 듯 나타났다.

그들의 모습이 보이자 넬리시완은 황급히 무릎을 꿇으며, 가지고 온 신기의 조각들을 앞에 내놓았다.

그런 그녀의 모습에 파에톤은 입가에 차가운 미소를 지어냈다.

"좋군."

짧은 한마디였지만 넬리시완은 파에톤이 상당히 만족하였음을 알 수 있었다. 그가 얼마나 말을 아끼는지 잘 알고 있기 때문이다.

잠시 후 그녀 앞에 놓였던 신기의 조각들이 그의 펼쳐진 손 안으로 들어서며 짙은 자색의 안개를 뿜어내기 시작했다.

그 자색의 안개에서 느껴지는 기운에 넬리시완은 본능적으로 겁에 질려 숨도 쉬지 못하였다. 그 옛날 신들조차 접근이 불가했던 위대한 왕, 마왕 바하모스의 힘을 느꼈던 탓이다. 점차 자색의 안개가 짙어지면서 검게 변하였다. 그 안개가 한 치 앞도 못 볼 정도로 짙게 변하고서야 끝이 났는지 그것들을 봉인하였던 신기의 조각들이 바스러지기 시작하였다.

쏴아아악―

조각들이 바스러지는 것을 신호로 안개가 부풀어 오르더

니 거대한 회의장을 3분의 1이나 잡아먹을 정도로 커져 갔다. 안개가 회의장의 중심가에 위치한 파에톤을 삼키려 드는 순간 그가 입가를 묘하게 비틀더니 손을 뻗쳤다.

회색의 기운이 그의 손에서 부풀어 오르며 커져 가더니 그의 손짓을 따라 안개를 다독이기 시작했다. 셀 수 없이 많은 손들이 환영처럼 나타나기 시작했고, 거짓말처럼 그 모든 걸 집어삼킬 듯한 그 안개는 점차 압축되어져 갔다.

순식간에 회오리 핵처럼 변한 그것은 파에톤이 회색의 마기로 봉인하자 여전히 날뛰었지만 눈에 띄게 조용해져 갔다.

그 모습에 마계 최고의 주술사 자로스의 길게 늘어진 하얀 눈썹이 꿈틀거렸다. 봉인을 하는 것은 그 또한 할 수 있었다. 하지만 아무리 일부라 하나 마계의 지배자 바하모스의 기운이다. 이 기운 앞에는 군주든, 지성이 없는 최하급 마물이든 상관이 없다. 모두가 바하모스 마왕의 피조물이니 오로지 그만을 받들고 그를 위해 죽는 것이 영광이었다. 한데 파에톤은 그런 것과는 전혀 관계가 없는 모습을 보였다. 자로스는 그것이 마음에 걸렸다.

'마계가 지상에서 물러설 때 갑자기 나타난 이. 왕께서 그와 어떤 이야기를 나누었는지 모르지만 이자는 위험하다. 도대체 왕께서는 무슨 생각으로……'

잠시 파에톤을 바라보던 자로스는 순간 그의 주위의 대기가 울렁일 정도로 마기가 뿜어 나오자 위험을 느끼고는 방어 마법을 펼쳤다.

그가 방어 마법을 펼치자 이내 그 진동만으로도 대기를 갈라 버릴 듯한 폭발이 일어났다. 그에 마왕이 손수 걸어준 저주에 의해 한 번도 부서진 적이 없었던 그 거대한 마왕성의 반 이상이 흔적도 없이 사라져 버렸다.

폭발의 여력에 뿌옇게 앞을 가린 먼지 사이로 마왕의 울부짖음이 주위의 모든 생물체를 죽음으로 몰아넣었다. 그리고 혼란스러움 속에서 거대한 바람이 어디선가 일어나더니 주위 가득한 먼지를 날려 버렸다.

잠시 후 바스러진 회의장 돌무더기 속에 형체도 알 수 없는 하나의 핏덩어리가 자리를 잡고 있었다.

넬리시완이었다. 군주라는 것이 왜 마계의 실세인지 말해주듯 그 강렬한 폭발에서도 살아남아 무서운 속도로 회복하는 넬리시완은 겨우 눈 하나를 복구하면서 공포와 의문점이 뒤섞인 눈으로 파에톤을 바라보았다. 그런 넬리시완을 마치 벌레 쳐다보듯 보던 그의 손에서 회색의 안개가 일어나더니 넬리시완을 집어삼켰다.

뽀드득, 뿌드드득, 쿼에엑!

한동안 요란한 소리를 내던 그것은 어느 순간 작고 짙은 푸른 피 한 방울로 화해져 있었다. 파에톤이 그렇게 만들어진 피 한 방울을 꿈틀거리는 마기의 덩어리에 떨어뜨리자 마치 제자리를 찾은 듯 그것은 융합되어졌다.

“쓸모없는 것. 그런 일도 해결 못하다니.”

짜증난다는 듯 고개를 내젓던 그의 모습이 변화되더니 어느 순간 피에로의 모습으로 바뀌었다. 피에로로 변한 그는 장난기 가득한 눈웃음을 지으며 자로스를 향해 뒤돌아보더니 우스꽝스러운 표정으로 입을 열었다.

“에헴~ 정말… 기껏 도와주었음에도 군주라는 것이 이런 쉬운 심부름도 못하다니 참으로 답답하군요. 아무래도 다음에는 제가 내려가야겠어요. 이대로는 아무런 진전이 없으니. 쩝……. 할아범, 그래, 마왕께서 주신 권능으로 내가 어느 정도 저 세상에 있을 수 있지요?”

오랫동안 움직이지 않던 그가 움직인다는 말에 자로스는 눈빛을 빛내며 말하였다.

“총군사님의 힘으로 보아서는 마왕의 권능으로도 하루를 넘기기 힘듭니다. 물론 그 능력이 일부 제한되었다는 것을 감안해서 말씀드린 것입니다.”

“하루라……. 뭐, 그 정도면 충분하겠지요. 하루라 해도 누가 현재 신기를 지녔는지 짐작이 가니 말입니다. 그래, 그대도 짐작은 하실 테니, 언제쯤이면 그들의 행방을 알 수 있겠습니까?”

파에톤의 말에 자로스는 이미 예상이라도 했다는 듯 망설이지 않고 답하였다.

“넬리시완이 소식을 가져왔을 때부터 이미 찾고 있었습니다. 현재 위치를 알게 된 이는 골든, 그린. 그 외의 이들은 아공간에라도 숨어 있는지 아무런 기척도 보이질 않고 있습니다. 물론 이미 두 마리를 찾았으니 그 기운의 연계성을 이용하면 다른 세 마리도 아공간이라 할지라도 찾을 수 있을 것입니다."

"그런가요? 역시 마계 최고의 주술사답군요. 그럼 100일이 지난 뒤에 시작하도록 하지요. 아무리 나라 할지라도 마왕의 봉인구를 뚫고 그의 힘을 되찾게 해드리려면 못해도 100일은 걸릴 테니 말입니다. 하하하……. 이거 참 기대되는군요. 그 오만하다고 소문이 난 드래곤들을 만날 것이라 생각하니."

입가 가득히 미소를 머금은 그의 천진난만한 웃음이었지만, 자로스는 그런 그의 모습에 섬뜩함을 느꼈다. 하나 애써 그런 기색을 보이지 않고는 고개를 숙이며 묵념을 한 채 사라졌다.

자로스가 사라지자 잠시 다른 생각을 하던 그는 자신의 결계에 잡힌 구슬로 환한 마기를 보며 웃음을 지었다.

"그럼…… 일단 이것부터 해결을 봐야겠지."

그 말이 끝남과 동시에 그의 몸이 흐릿해지더니 이내 창백한 여인으로 모습을 바꾸었다. 소름 끼치도록 아름답고도 연약해 보이는 여인의 모습으로 변한 파에톤이었으나 그의 모습과는 달리, 그토록 강한 결계에서도 꿈틀거리던 마기가 천적을 만난 듯 굳어버렸다.

한 걸음 한 걸음 사뿐히 다가가던 그녀는 곧 굳어버린 마기의 일부에 손을 올렸고, 그 손을 중심으로 강렬한 회오리가 나타나며 마기를 끌어들이기 시작했다.

얼마 지나지 않아 마기는 그녀의 작은 손에 꼭 맞는 검은 구슬로 바뀌었다. 하나 여전히 무시무시한 기운을 뿜는 구슬을 보며 섬뜩한 미소를 짓던 그녀는 곧 조금씩 재생되어지는 계단을 밟으며 어디론가 사라져 갔다.

잠시 후 파에톤이 도착한 곳은 마왕성의 가장 깊숙한 곳.

복잡한 수식이 그려진 거대한 문을 아무 망설임 없이 스르륵 통과한 그녀는 아주 작지만 짙은 자색의 빛을 뿜어내는 구슬 쪽으로 다가갔다.

그 구슬은 용사에 의해 힘을 잃은 마왕의 자아가 살아 있는 구슬이었다.

하지만 그것만으로도 파에톤 그가 아니라면 어떤 마족이라도 그 힘의 압박에 숨을 쉬지 못할 것이다. 구슬에서 세 걸음을 남기고 멈춘 그녀는 손에 쥔 구슬을 살며시 펼쳤다.

그러자 강력한 자력의 힘이 당기는 듯 무서운 속도로 떠 있는 구슬로 다가가더니, 두 개의 구슬이 서로를 맞붙들며 돌아간다.

잠시 그 모습을 몽롱한 눈빛으로 바라보던 파에톤은 이내 구슬로 손을 뻗어 수천 가지의 진을 그려내며 융합을 시도했다. 구슬의 힘은 둘째 치더라도 순수한 마 자체의 기운이 서

린 그 두 개의 힘을 융합시키는 것은 상식을 넘어서는 힘이
필요했다.

파에톤 그이기에 할 수 있는 일이었다. 그의 의도대로 느리
게 회전하던 구슬이 점차 빨라지기 시작하며 잠시 봉인되어
졌던 힘이 풀어져 가기 시작했다.

약속한 100일에서 이틀이 흘러서야 모습을 보인 파에톤은
자로스를 불러들였다. 곧 그의 앞에 아무런 기척도 없이 그가
나타났다.

"으흠~ 나머지 드래곤의 위치도 찾았습니까?"

일부라 하나 위대한 마왕의 마기를 제압한 그의 힘에 자로
스는 흰 눈썹을 꿈틀거리다 곧 답했다.

"다들 동면에 대비해 최소한의 힘을 남기고 마왕의 힘을
숨기는 탓에 아직 블랙 드래곤의 위치는 찾지 못하였습니
다."

그의 말에 생각을 하던 그는 고개를 끄덕였다.

"수고하셨어요. 한 마리 정도는 내가 내려가 찾아보도록
하죠. 그럼 그 네 마리부터 처리해 보도록 할까요? 기왕 나서
는 것, 확실하게 해결해야 우리의 왕을 깨어나게 할 수 있을
테니 말입니다."

"그럼 시작하도록 하겠습니다."

자로스는 곧 파에톤에게 넬리시완에게서 거둬들인 마왕의
권능과 세 번째의 마지막 권능에 미리 준비한 주술을 펼쳤다.

두 개의 권능이 주술에 의해 합쳐져 물같이 일렁이는 검은
빛으로 만들어지더니 기이한 소리와 함께 파도를 치듯 거대
한 물결을 만든 그것은 이내 파에톤을 휩쓸었다. 물결이 지나
간 그곳에는 피에로 복장을 한 파에톤은 온데간데없이 사라
졌고, 그 일렁이는 물결 앞에는 무어라 중얼거리며 주술을 펼
치는 자로스만이 남아 있을 뿐이었다.

영기가 넘치는 드래곤 산맥에서도 가장 강한 대지의 기운
이 흐르는 곳.

수천 장에 이르는 비옥한 대지가 펼쳐져 있는 이곳은 하늘
을 나는 새라 할지라도 침범치 못한다. 이곳에는 미지의 거대
한 힘이 펼쳐져 있어 들어서는 모든 생명체를 밀어내기 때문
이었다. 또한 이계의 기운을 지닌 마족이나 몬스터는 그 마기
를 차츰 소멸시켜 나중에는 그 형체 또한 없애 버린다.

그러나 하나의 사실을 알면 그리 놀라운 일이 아니었다.

이 알 수 없는 힘이 존재하는 대지의 깊은 곳에는 흙과 대
지의 기운을 다스리는 골든 드래곤이 존재한다는 것을. 또한
모든 지혜를 관장하는 그의 능력을 보건대 이보다 더하면 더
하였지 못할 이유는 없는 것이다.

두어 달 전 그린 드래곤에 의해 깨어난 그는 어긋나기 시작
하는 예언에 대비하고 있었다.

그가 가장 먼저 한 일은 하나의 거대한 알을 이계의 공간에

숨기는 것이었다. 그 이유는 어긋난 예언이라 할지라도 드래곤의 멸망은 막지 못하는 탓이었다.

그에 다섯 드래곤은 대륙을 위해서라도 다섯 기운을 지닌 분신의 기운을 하나의 알에 넣기 위해 각자 400년간 품었다. 알에서 깨어나는 이 드래곤은 자신들처럼 강력한 힘을 지니진 못하겠지만, 오행의 속성 중 어느 하나에 치우치지 않은 새로운 드래곤의 모습을 보일 것이다. 그리고 무사히 이번 마계의 진입이 지난다면 다시 마계가 쳐들어오지 않는 한 대륙의 균형을 잘 맞출 수 있으리라. 마지막으로 그 알을 품었던 골든 드래곤은 다섯 드래곤의 힘으로 만들었던 미지의 아공간에 알을 숨겼다.

그들이 만들어낸 이 아공간은 다른 것과는 달리 알이 스스로 깨어나 자신을 지킬 수 있는 힘을 지니게 되어야만 나올 수 있게 만들었다. 그전에는 그 어떤 이라도 이 공간을 열지 못하게 설치한 것이다.

그들이 이리도 철저히 보안을 한 이유는 마계에는 마법과 달리 기이한 주술이 있는 탓이었다. 너무나 기이한 그 주술들은 그들의 상식을 넘어섰기에 위험을 방지하고자 이런 아공간을 만들어낸 것이다.

그렇게 그가 아공간에 알을 숨긴 지 얼마 되지 않아 땅속 깊은 곳에 자리한 그의 던전의 어두운 공간 한곳에서 회색의 점이 생겨났다. 그리고 그 점에서 가늘게 짙은 회색의 안개가 나오기 시작했다.

골든 드래곤은 가늘게 뿜어져 나오는 회색의 안개에 공포를 느꼈다. 그것은 예전 동료들과 함께 마왕과 대면하였을 때 느낀 공포와도 유사했다. 절대와도 같은 강한 그 힘에 잠시 예전의 기억이 몸을 굳혔고, 어느 순간부터 안개가 다 나왔는지 점이 사라졌다.

그렇게 나타난 회색의 안개에 색깔이 입혀져 가며 어느 형태를 잡아가기 시작했다. 잠시 후 커다란 공에 탄 피에로의 모습으로 변한 안개는 장난스럽게 말을 꺼냈다.

"안녕하십니까? 이것으로 그대 일족의 세 번째 방문이군요."

미소를 띠며 허공에서 공을 굴리며 이리저리 움직이는 파에톤에게 골든 드래곤은 조용히 물었다.

"그대는 누구인가? 그 기운으로 보아 마족이라 볼 수 없음인데. 아니, 그런 기운은 물질계에서의 기운이 아니다."

골든 드래곤의 물음에 재밌다는 듯 그는 낭랑한 웃음을 내뱉으며 말했다.

"아하하. 역시 지혜의 용이라고도 불리는 골든 드래곤이시군요. 그렇게 쉽사리 저의 본질을 꿰뚫는 것을 보니 말입니다. 방금 전에 만난 블랙 드래곤은 머리가 나빠서 기분이 나빴는데, 그대를 보니 기분이 전환이 되는군요. 아! 그리고 다른 드래곤들을 부른 선택은 잘하셨습니다. 기왕이면 당신들

종족의 멸망도 당신들이 정하는 것이 나을 테니 말입니다.”

파에톤의 말에 골든 드래곤은 그 불가사의한 능력에 놀라워하였다. 설마 방금 말을 함과 동시에 살아남은 드래곤들에게 호출한 것을 들켰을 줄은 몰랐기 때문이었다. 이는 마법이 아닌 태초에 신이 그들에게 이어준 의념으로 전한 것인데, 이로 인해 그는 이 눈앞의 악마가 그 괴이한 주술에도 능함을 알 수 있었다.

‘어쩌면 동료들을 부른 것이 실수였을 수도 있겠어. 하지만 저런 자라면 수명만 연장할 뿐 어차피 우리는 이자의 손에 멸망하게 되겠지.’

여유롭게 자신의 동료들을 기다려 주겠다는 듯 혼자서 도구들을 던지며 장난을 치는 파에톤의 모습에 그는 나직하게 한숨을 내뱉었다.

“후우……”

파에톤이 방금 전 말한 멸망이란 말에 그는 비로소 현실감을 느낀다. 2천 년 전부터 어긋난 운명조차 갈라놓지 못했던 죽음의 순간이 올 것이라는 걸 말이다. 세상의 균형을 위해 태초의 신에 의해 탄생되었던 자신들이 결국 이렇게 사라진다고 생각하니 얕으나 아쉬움이 가슴에 맴돌았다.

그렇게 착잡한 마음을 다독이며 앞으로의 일에 대해 생각하던 그는 문득 한 가지를 생각했다. 그것은 현재 상황에서 그가 할 수 있는 최선의 대책이었다. 그는 파에톤이 눈치 채

지 못할 만큼 대지에 아주 작게나마 힘을 흘렸다. 이것이 후에 어떤 일을 할지 지금은 모를 일이었다.

곧 공 위에 앉아 느긋하게 다른 드래곤들이 오기를 기다리던 파에톤이 손뼉을 크게 치더니 일어섰다.

"흠~ 왔군요."

그의 말이 끝남과 동시에 녹색의 운무와 푸른색의 운무가 번쩍이더니 거대한 몸을 지닌 드래곤들이 나타났다. 그들도 이곳에 도착하기 전 그들을 이어주는 기운의 고리가 잘리는 것을 느꼈던 탓에 상황을 이해한 듯 이내 고개를 끄덕였다.

그리고 눈앞에 있는 놀라울 정도로 강한 마기를 뿜어대는 파에톤에 눈을 지끈 감았다. 설마 이토록 강한 자가 있으리라고는 예상치 못한 탓이었다.

그들의 그런 모습에 재밌다는 듯 웃음을 띠던 파에톤이 곧 자신이 타던 공으로 가볍게 땅에 찍자 그것을 중심으로 그 넓은 동굴에 결계가 처지기 시작했다.

그 결계가 세상과 두절되는 것임을 눈치 챈 드래곤들이 서로의 신마법들을 연계하여 그것을 저지하였으나 이도 잠시, 파에톤이 이번에는 크게 공을 찍어내자 그들이 펼쳤던 연합 마법도 결국은 사라져 버렸다.

스르르륵—

뱀이 꿈틀거리는 듯한 소리를 내는 결계가 완성되어지는 것을 지켜볼 수밖에 없던 그들은 내심 경악을 감추지 못했다.

눈앞의 존재가 상상을 넘어서는 존재임을 알고 있었지만, 설마 이 정도일 줄은 그들로서도 생각지 못한 것이었다.

비록 다섯이 아닐지라도 마왕조차 쉽사리 대하지 못한 자신들의 연계 마법인데 이를 이토록 쉽사리 깰 줄은 몰랐던 것이다. 그렇게 드래곤들이 경악하는 동안 자신이 만들어낸 결계를 만족스럽다는 듯 바라보던 파에톤이 입을 열었다.

"자, 그럼 슬슬 본론으로 넘어갈까요? 어떤 죽음을 맞이하고 싶습니까? 두 개의 선택권을 드리죠. 첫째는 저로서는 아쉽지만 순순히 그 긴 생을 마감하고 편안히 죽음을 맞이한다. 이는 정말 권하고 싶지 않아요. 흠～ 둘째는 그래도 오랫동안 이 세계를 지배하던 이들의 자존심을 지키며 끈질기게 나의 유희를 즐기게 해준다. 흠～ 물론 저는 둘째를 권하는 바이지만, 그래도 한때 우리의 왕을 곤란하게 한 주인공들이었으니 존중하는 의미로 선택권을 드리죠. 아! 물론 앞서 죽음을 맞이한 드래곤들은 후자를 선택했습니다. 참 재미있었지요. 하하하."

그 당시가 생각났던지 낭랑하게 웃음을 띠는 그의 입가가 서늘하다 느껴질 정도로 공포감을 주었다. 모욕적인 그의 말에 잠시 마음속에 자리 잡았던 공포심을 애써 지워낸 그린 드래곤이 소리쳤다.

"물론 우리는 그대와 싸울 것이다. 분명 그대가 우리를 멸할 것임을 아나 그대도 각오하라. 왜 태초의 신께서 우리에게 세상을 수호하라 하였는지, 그대 또한 알게 될 것이니."

그의 말을 끝으로 준비되었던 신마법을 펼치는 모습에 파에톤은 만족스러워했다.

"좋습니다. 그럼 그래야지요. 전의 두 마리는 한 마리씩 상대해서 재미가 없었는데, 과연 이번에는 재미를 볼 것 같군요."

손을 앞으로 드는 것만으로도 그 강력한 신마법을 지워내던 그의 뒤에 자리한 블루 드래곤이 나타나너니 속박 계열의 신마법을 펼친다. 허공에서 물보다 뜨거운 수증기가 파에톤의 몸을 감싸더니 이내 만년석으로 굳어버린다.

그것이 레드 드래곤이라 할지라도 쉽사리 녹이기 힘들다는 만년석이지만 그들은 방심치 않았다. 곧 굳어버린 그를 놓치지 않고 골든 드래곤이 대지를 찢어 그를 깨부술 정도의 힘으로 부순다. 하나 얼었다고 생각한 파에톤의 손가락이 살짝 까닥이자 얼음이 허무하게 부수어짐과 동시에 그의 다섯 손가락에서 마기가 넘실거리더니 그를 덮는 대지에 닿자 대지는 흔적도 없이 사라져 버렸다.

그들의 연계 공격을 쉽사리 물리친 그는 옷에 묻은 얼음을 툭툭 털어내며 말했다.

"뭐, 색다른 당신들의 공격 형태가 재밌기는 하지만 그뿐이군요. 전혀 위협적이지 않아요. 그만 장난치시고 본격적으로 힘을 발휘하시지요. 아니, 제가 먼저 공격을 가하는 것이 좋으려나."

그가 손가락으로 툭툭 허공을 치자 괴이한 악령들이 모습을 드러낸다. 나타난 악령의 수는 셋으로 그것은 각각 드래곤의 앞에 나타나 입으로 지옥의 불과 죽음의 기운, 강력한 독을 그들의 상성에 맞추어 내뿜었다.

갑작스런 악령의 등장이었지만 그들은 마음의 동요를 없애며 서로의 기운을 연계하더니 이내 마법을 펼치며 그것을 물리쳤다.

그 마법은 순간적으로 파에톤의 결계를 막아냈던 것처럼 강한 힘을 발휘해 곧 나타난 악령들을 처리할 수 있었다.

그런 그들의 모습에 그는 참으로 아쉬운 듯한 표정을 짓는다.

"놀랍군요. 이럴 줄 알았으면 진작 그대들을 모이게 할 걸 그랬군요. 그럼 이 유희가 참 재미있었을 텐데 말입니다. 뭐, 이미 지나간 일이니 어쩔 수 없지만. 호~ 이번 공격 형태는 재미있겠군요."

세 마리의 드래곤이 서로의 기운을 북돋아주며 그 위력과 힘이 다른 신마법을 한계 이상으로 연속적으로 펼치기 시작한다. 그것은 만약 파에톤이 결계를 펼친 것이 아니었다면 드래곤 산맥의 한 부분이 그대로 사라질지도 모르는 거대한 힘을 지닌 마법들이었다. 그런 마법을 눈앞에 둔 파에톤이었으나 그의 눈에는 여전히 여유로운 웃음이 걸려 있다.

아닌 게 아니라 그가 타고 있는 공을 들어 한 손으로 쳐 회전시키자 그 수많은 마법들의 대부분을 흡수하기 시작했다. 운이 좋아 몇 개의 마법이 그에게 명중했으나, 그는 별다른 타격을 입은 것 같지 않았다.

시간이 흘러 드래곤들이 펼친 마법들이 끝이 나자 그는 공을 툭 치며 말했다.

"흠, 생각보다 위력이 세군요. 설마 다 흡수하지 못할 줄은 몰랐는데. 그럼 받은 것이 있으니 수는 것도 있어야겠시요."

그가 찬 공에서 드래곤들이 펼친 마법들이 뿜어져 나오기 시작했다. 그렇다고 그 마법이 똑같은 것은 아니었다. 하나같이 변질된 돌연변이 같은 마법들이었다. 그 옛날 마계대전에서도 이런 상식을 벗어나는 공격을 펼치는 이는 없었기에 잠시 당황한 그들은 황급히 방어 마법을 펼쳤으나, 일부는 그 방어 마법을 무시하고 들어와 그 강철보다 단단한 껍질의 일부를 녹여 버린다.

고통의 신음을 참으며 마법을 막아내던 드래곤들은 도저히 이대로는 조금의 희망도 보이질 않음을 알았다. 그렇기에 숨결을 고르던 그들은 방어 마법을 해체하고는 다섯이 모이면 마왕조차 꺼려하였다 일러진 브레스를 뿜어냈다.

황금빛, 푸른빛, 녹색 빛이 어두컴컴한 동굴을 밝히며 펼쳐지고 있는 모든 마법을 파괴하며 파에톤을 향해 날아간다.

세 가지 색의 찬란한 그 브레스를 두 손을 들어 막아내던 파에톤은 곧 지금까지의 마법과는 달리 그 안의 기운이 마기와 상성에 가까움을 알았다. 또한 생각보다 그 기운이 줄어들지 않고 점점 커져 가자, 예상치 못한 듯 그의 눈가에 웃음이 사라졌다.

그리고 한동안 그들의 이 거대한 힘의 대결이 이어졌다.

만약 드래곤이 하나만 더 있었다면 파에톤이라 할지라도 갑작스럽게 나타난 이 공격에 이미 당하였을지도 모른다. 하지만 그들은 셋이었고, 아무리 몸속에 잠재된 그 거대한 기운을 모조리 뿜어내더라도 파에톤에게는 못 미쳤다.

이대로는 파에톤이 이 공격을 막아내고 이것을 쓰느라 힘을 잃어버린 그들을 멸할 것임은 당연지사였다. 하나 운이 좋았을까? 마계에서와는 달리 이곳에 내려선 파에톤은 태초의 세상과의 율법에 의해 일정 이상의 힘을 쓸 수가 없었다.

결국 점점 모여져 거대해져 가는 힘이 파에톤의 힘을 넘어선 순간 파에톤은 그 화려하게 빛나는 그 엄청난 브레스를 온몸으로 맞이하게 되었다.

쿠우우우우—

그 힘은 웬만한 왕국을 초토화시킬 정도로 거대하였기에 드래곤들조차 그가 이번 공격에 멸하였을지 모른다고 생각하였다.

그렇게 일말의 희망을 생각하던 차, 폭발의 여파가 사라지며 인영이 그들을 향해 걸어나왔다. 얼굴에 씌어 있던 웃고 있던 가면은 분노를 표출하고 있었고, 검게 타오른 그의 옷은 더 이상 피에로의 복장이 아니었다. 아니, 복장은 같았으나 알록달록한 색 대신 짙은 회색이 그것을 대신했다.

저벅, 저벅.

천천히 그가 앞으로 다가오자 이미 모든 마법력을 다 써버린 세 드래곤은 서로를 마주 보며 끄덕였다. 비록 그가 그 폭발의 범위에서 살아났다고 하나, 느껴지는 파에톤의 기운은 상당히 줄어들었기에 그를 상대로 육탄전을 결심한 것이다.

거대한 세 개의 꼬리가 길게 반원을 그리더니 파에톤을 향해 날아갔다. 그것이 비록 마법이 깃들지 않은 공격이라 하나 수백 톤의 무게를 지닌 꼬리는 6척밖에 되지 않는 그를 짓뭉갤 것같이 보였다.

하지만 파에톤의 주위에 어느 순간 거대한 회색의 기운을 지닌 날이 생성되더니 그것은 무섭게 내려치는 꼬리를 쉽사리 잘라 버렸다. 붉은 피의 일부가 파에톤의 몸에 튀며 흩어졌다. 얼굴에 묻은 피를 할짝이던 그는 스산한 웃음을 보이며 손을 뻗었다.

"흠~ 과연 드래곤이구나 하는 생각이 드는군요. 하지만 재롱은 여기까지입니다. 껍데기만 남은 도마뱀과는 싸우기 싫으니 말입니다."

곧 그의 손길을 따라 그 거대한 회색의 날이 드래곤들의 손과 발을 잘랐다. 눈 깜짝할 사이에 난도질을 당한 드래곤들을 보며 비웃음을 짓던 파에톤은 결정타를 날리려던 순간 뭔가가 생각났다는 듯 손뼉을 치며 멈추었다.

"생각해 보니 아직 당신들에게 물건을 받지 못했군요. 뭐, 지금 그대들로서는 결계조차 열 수 없을 테니 내가 열어드리죠."

먼저 이제 겨우 숨만을 토해내며 생을 잇던 골든 드래곤에게 다가간 파에톤이 그의 몸에 손을 불쑥 집어넣는가 싶더니만 이내 그 중심으로 아공간이 열리기 시작한다. 파에톤은 꽁꽁 봉인해져 있는 신기의 조각을 꺼내었다.

그렇게 볼일을 다 본 그는 웃음을 지으며 손을 까닥여 골든 드래곤의 목을 베었다. 그렇게 골든 드래곤을 죽인 그는 블루 드래곤에게서도 똑같이 신기의 조각을 꺼내곤 그를 즉살했다. 마지막으로 그린 드래곤에게 다가가 아공간을 열어 신기의 조각을 꺼내던 그는 문득 그 공간에서 이상한 무언가를 느꼈다.

그것은 파에톤에게 있어 익숙한 기운이었다. 동시에 그것은 그에게 있어 상당히 께름칙한 것이었다. 신성력 같은 종류의 힘이 아니었다. 분명 마기와도 다시없을 천적의 관계의 기운이지만, 그래도 그런 종류의 기운은 아니었다.

'오래전…… 그 녀석의 기운.'

한동안 잊었던 그자의 기운임을 인식한 순간, 저 끝에서 푸른 번개가 요란하게 소리를 내며 그를 거세게 밀어붙여 왔다.

하늘의 뇌전처럼 강렬한 기운의 결정체인 그것이 파에톤과 부딪친 순간, 여유롭던 그의 낯빛이 변했다.

보이지 않으나 막대한 기운이 그 순간 그 번개를 막았음에도 그것을 뚫고 그를 저격해 왔기 때문이다. 만약 그가 저격 부위에 또다시 방어의 막을 만들지 않았다면 얕으나 상처를 입었을지도 모르는 일이었다.

의외의 상황에 놀란 것은 그만이 아니었다. 파에톤에 의해 꼼짝도 하지 못하던 드래곤의 거친 숨결이 순간 멈추어졌다.

잠시 후 멈추어져 버린 시간 속의 침묵을 깬 것은 파에톤의 스산한 목소리였다.

"설마, 그 녀석이 이곳에 있을 줄은……. 예상하지도 못했다. 어떻게 그 녀석이 외부로 나올 수 있었던 것인가? 어떤 존재도 그 녀석을 불러들일 수 없을 것임이 분명하건만."

그에게서 지독한 마기가 피어오르자 설사 드래곤이라 할지라도 부상을 당한 몸으로는 그 여파를 어찌하지 못하여 그린 드래곤에게서 작게나마 비명이 터져 나온다.

울려 퍼지는 드래곤의 거대한 울음소리가 요란하였음에도 그는 듣지 못한 듯 그저 아공간을 향해 손을 내뻗을 뿐이었다.

그리고 천천히 그의 손에서 치이익거리는 요란한 소리와 함께 연기가 뭉게 피어나며, 하나의 검이 그 모습을 드러내었다. 길고 가는 푸른 검신에서 뇌전들이 터져 나오며 잡고 있는 파에톤을 공격했으나, 이미 그가 만들어낸 회색의 기류는 그것들을 모조리 막아버린 상태였다. 아니, 서로가 서로를 잡아먹는 요란한 장면을 보여준다.

그 장면을 바라보던 파에톤의 모습이 순식간에 변하기 시작하더니 통쾌하다는 낭랑한 웃음소리가 들려오기 시작한다.

"아하하하하……! 그대는 정말 언제나 나를 놀라게 하는군요. 하지만 이런 모습은 정말이지 예상 밖이에요. 이 꼴이 무엇입니까? 그래도 나를 멸할 수 있는 유일한 존재인 그대가 이런 형편없는 힘을 지닌 채 모습을 보일 줄이야……. 하하하. 다시 보게 될 것은 알았지만 이런 모습일 줄은 몰랐어요. 하하하."

한동안 배를 잡고 웃던 파에톤은 터져 나오는 웃음을 억지로 참아내더니 자신을 바라보는 그린 드래곤에게 물었다.

"정말 오랜만이네요, 이렇게 통쾌하게 웃어본 것은. 고맙군요. 그럼 말해주시겠습니까? 누구인가요, 이 녀석을 불러들인 존재가. 비록 아주 일부에 불과하다지만 어찌 되었든 이 녀석을 불러들였다면 상당히 골치 아플 존재임이 분명하니 아무리 생각해도 지금 제거를 해야 하겠어요."

언제 그렇게 웃었냐는 듯, 짙은 화장으로 가리워진 그의 눈빛이 강렬한 살기를 흘러내며 그린 드래곤을 압박했다. 전신을 내리찍는 고통에 드래곤은 비명을 토해냈으나 한참이 지나도 그의 물음에 대한 답은 나올지 않는다.

결국 탈진해 버려 정신을 잃고 만 드래곤의 모습에 파에톤은 어깨를 으쓱하더니 고개를 내젓는다.

"에휴. 왜 저런 쓸데없는 오기를 부리는 것인지 모르겠단 말이야. 내가 못 알아내서 이러는 것이 아닌데 말이지……. 으~흠. 보아하니 이 검, 그자가 오랫동안 지녔던 물건임이 분명한데. 이것이면 충분하죠. 여기 배어 있는 기운의 냄새만으로도 강제 소환은 아주 손쉬운 일이니까요."

곧 그 말이 거짓이 아니라는 듯 그의 오른손 손가락이 쉴 새 없이 흔들리더니 하나의 진법을 그려내기 시작했다.

그렇게 만들어진 진법에서 검다고 해도 무방할 정도의 짙은 회색 안개가 늪처럼 생성되기 시작하였고, 그 진법에서 잠시 후 파에톤이 만들어낸 이공간은 순간 일그러질 정도로 강하게 빨아들인다.

그것은 파에톤이 고개를 기우뚱할 정도로 오랫동안 계속되었다.

"이상하군요. 분명 그 옛날 현왕이 아니고서는 나의 강제 소환을 막을 수 없을 텐데. 역시 그 녀석과 계약을 맺을 만한 녀석이란 말인가?"

잠시 그렇게 무언가를 생각하던 파에톤은 천천히 자신이 만든 진법을 바라보았다. 그때였다. 진법에서 희뿌연 무언가를 뱉어냈고, 그 후 진법은 사그라졌다.

하나의 인영이었다. 고운 예복 뒤에 자리한 펄럭이는 망토 사이로 무언가 번쩍이더니, 정확히 파에톤을 향해 강렬한 속도의 검기가 창과도 같이 찔러왔다. 하나 파에톤이 손가락을 살짝 까닥이자 그것은 손쉽게 튕겨 나가 버리고 만다.

하나 그것이 끝이 아니었다. 그의 검에서 환상과도 같이 수천 개의 변화가 일어나더니 이내 검기가 폭사하며 날아갔다. 또한 그 뒤를 이어 거대한 유형의 형태를 지닌 검사가 그의 검에서 일어나며 매화 아홉 송이가 피어났다. 그것은 서로의 꼬리를 물어가며 변화를 일으키더니 파에톤이 검을 들고 있는 손을 향해 날아가 그것을 감쌌고, 이내 매화란구주(梅花亂九州)로 변화여 그의 마기를 갈아먹기 시작했다.

수천 개의 검기가 날아오는 모습을 파에톤이 흥미로운 눈빛으로 빤히 쳐다보다 후 하고 가볍게 한숨을 터뜨리자, 기묘한 악룡 같은 악령이 입을 벌리며 검기들을 먹어들이기 시작했다. 하나 그 뒤로 이어진 생전 처음 보는 최절정의 경지인 검사로 만들어진 매화란구주는 그조차 예상을 못하였다.

기가데인과도 같은 상성의 기운을 지녀 자신의 힘을 갈아먹기 시작하는 매화란구주는 그로서도 너무나 생소한 탓이었다. 드래곤과의 싸움에 의해 약해진 그로서는 뇌전을 뿜어대는 검을 봉한 채 매화란구주를 막기는 버거웠기에 결국 검을 놓았고 그때를 노려 마린은 허공섭물로 검을 움켜쥐었다.

근 한 달 만에 접한 그의 검은 주인을 만난 것이 반가운 듯 지금껏 보지 못했던, 마치 하늘에서 떨어지는 듯한 강력한 뇌전이 번쩍 하더니 검기를 잔뜩 흡수하였던 악령을 태워 버린다.

이 모든 일이 일 수유와도 같은 짧은 시간에 벌어졌다. 만약 예전 파에톤의 분신을 마린이 보지 못하였다면 마린은 자신의 검을 찾는 것이 불가능했을지도 모른다. 또한 최절정에 들어서면서 극한으로 단련된 심력이 이를 가능하게 해주었다.

섬뜩한 기운이 자신을 빨아들인 뒤 새로운 배경이 눈앞에 나타나자 그는 본능적으로 이 기운의 근원을 향해 검기를 날렸고, 땅에 내려서려는 순간 바로 박차며 검기를 폭사한 것이다. 그 와중 자신의 검의 기운을 느꼈던 그는 검사를 일으켜 매화란구주를 펼쳤던 것이다.

설마 강제로 소환되면서 그 짧은 시간에 자신에게서 검을 뺏어갈 줄은 몰랐던 파에톤은 눈앞에 나타난 인간에 묘한 느낌을 받았다. 이는 처음 그가 느낀 호기심뿐만이 아니었다. 일종의 새로운 장난거리를 발견했다는 희열이었다.

비록 검을 빼앗겼다 하나 그가 방심을 하지 않았다면 이는 절대 있을 수 없는 일이다. 인간의 극을 넘어선 무림에서도 괴물이라고 하는 최절정이라 하나, 단순히 그와 마린의 힘의 비교에서는 달빛과 촛불을 비교하는 격이니.

잠시 아무 말도 없이 파에톤은 마린을 쳐다보더니 이내 폭발의 여파에도 사라지지 않았던 공을 장난치듯 뻥 차버린다. 데굴데굴 굴러가던 공이 흔들리더니 분열되기 시작하였고, 이내 수천만 개로 잘게 나누어져 마린을 향해 날아가며 폭발한다. 하나하나가 모든 것을 무(無)로 만들 위력을 지녔기에 검사에 들어선 마린이라 할지라도 필사일지 모른다.

하지만 이내 히죽 웃음을 지으며 바라보던 파에톤은 무언가 의아한 듯 무참하게 폭발하는 분열된 공을 멈추었다.

그것은 방금 전에도 느꼈던 색다른 기운 때문이었다. 한 인간의 손에 실린 검에서 수천만 개의 변화가 불어지는 것이다. 그것도 자신이 만들어낸 폭발물들은 검에서 나타난 3장여에 이르는 희뿌연 무언가에 부딪치면서 소멸된다.

매화토염, 매개이도, 매화난만, 매화빈분, 매화취접, 매화만화…….

그 뒤를 이어 수많은 매화들이 그 모습을 드러내며 검사로 인해 만들어진 길을 따라 분해되어진 공들을 피하며 파에톤을 향해 날아갔다.

마치 환영같이 날아드는 매화들의 폭풍을 앞에 둔 파에톤이 우스꽝스레 고개를 절로 흔들었다.

"설마, 내가 이 유희에서 이걸 쓰게 될 줄은 꿈에도 몰랐군요."

그리 말한 그의 손바닥에서 기다란 담뱃대가 나타났다. 담뱃대를 입에 문 그가 길게 빨아대고는 이내 매화들을 향해 후

하고 불어내자, 먹구름이 커져 가며 매화들과 부딪치기 시작했다.

먹구름은 매화들이 마치 먹이라도 되듯이 부딪치면 부딪칠수록 커져 갔다. 그런 괴이한 힘에 그는 파에톤에게 날아가는 매화들을 거두며 공간에 산재한 자잘한 공들을 쏠어냈다.

그와 동시에 그는 자신에게 밀어붙이는 그 회색의 구름을 향해 낙매여우를 펼쳐 힘을 휘돌리더니 다시 파에톤을 향해 날린다.

거세게 자신에게 날아드는 구름에 파에톤은 여유롭게 웃음을 띠며 담뱃대로 구름을 빨아들였다. 한참을 빨아들이던 그는 이번에는 귀에서 벌레 같은 형태의 구름을 뿜어냈다. 귀에서 연기를 뿜어내는 모습은 우스꽝스러웠지만 그것을 마주한 마린의 입장에서는 전혀 우습지 않았다.

검으로도 베어지지 않는 그것이 이번에는 구름이 아닌 자유로이 날아드는 벌레였던 탓이다. 다시금 낙매여우를 연속적으로 펼쳐 날아오는 벌레들을 되돌리던 그는 결국 막아내지 못하고 벌레들과 부딪치며 폭발하였다.

수백의 벌레들이 연속적으로 폭발하며 연기와 먼지가 앞을 자욱이 가린다. 웃음을 띠며 그 모습을 바라보던 파에톤은 순간 마린의 기운이 사라지자 수상함을 느꼈다.

가볍게 후 하고 바람을 불자 먼지들이 어디론가 날아가며, 방금 전까지만 해도 그곳에 존재했던 마린의 모습이 사라져 버린 것이다. 그것은 폭발에 의해 먼지로 화해진 것 따위가 아니었다. 마치 이전부터 그가 없었다는 것과도 같았다. 분명 존재하건만 파에톤이 만들어낸 이공간 그 어떤 곳에서도 마린의 기척이 느껴지지 않았다.

이 의아한 일에 턱을 긁적이며 고개를 갸우뚱거리는 파에톤이었다.

'나보다 강한 마력을 지닌 이가 아니면 어떤 이도 내가 만들어낸 결계에서 빠져나가지 못한다. 한데 이 인간은 어떻게 된 것인가? 완벽히 사라져 버렸지 않은가? 도무지 이해가 되질 않는 일이군.'

한편 어느새 정신을 차리고 싸움을 지켜보던 그린 드래곤은 마린이 파에톤의 그 벌레 폭풍에 부딪치자 절망하다 순간 예전에 보여준 마린의 모습을 떠올렸다. 오감에 잡히지 않는 그의 모습에 놀라움을 감출 수 없었던 그의 검법이 생각나자 마린이 한 말 또한 생각이 났다.

그 상대가 누구일지라도 결코 패하지는 않는다는 말. 그때서야 그는 마음을 놓을 수 있었다. 또한 미소를 지을 수 있었다.

무언가를 아는 듯한 그린 드래곤의 모습에 파에톤은 심기가 불편했던지, 기가데인이 봉해진 검에 의해 미처 처리하지 못한 그에게 회색의 날을 날리려 했다.

그렇게 잠시 파에톤이 그린 드래곤을 멸하기 위해 한눈을 팔았을 때, 마치 그 자리에 계속 있었다는 듯 마린이 파에톤의 앞에 나타나 검으로 그의 심장 부위를 꿰뚫고 있었다.

몸속에 파고든 마린의 검이 요란하게 뇌전을 일으키며 상처 부위를 짓이겨 놓는다. 그 강력한 악룡조차 한순간에 멸해 버린 뇌전보다 더한 강한 힘이었기에, 아무리 상식을 뛰어넘는 파에톤이라고 해도 큰 상처를 입을 듯했다.

하지만 마린의 눈가는 잔잔히 떨리더니 이내 환영을 남겨 둔 채 사라졌다. 그리고 바로 피해를 주었나 생각한 파에톤의 몸에서 회색의 지독한 연무가 나오더니 마린의 환영을 뒤덮는다. 만약 그가 조금이라도 늦게 빠져나갔더라면 마린은 그대로 몸이 분해되어 터져 버렸을 것이다.

"하하, 재밌군요. 이렇게 피해를 입어본 것은 정말 오랜만입니다. 그대와 접한 순간 그 녀석의 봉인도 어느 정도 풀려난 모양이에요. 제법 짜릿하였습니다. 인간이라 생각할 수 없을 정도로 강한 자군요."

몸속을 하늘에서 떨어지는 뇌전만큼이나 강력한 힘으로 태워 버렸음에도 아주 작은 상처만을 입은 듯했다. 그 또한 그가 드래곤의 브레스에 지쳤던 탓인지 평소의 그였다면 그 작은 상처 또한 입히지 못하였을 것이다. 곧 숯처럼 시커멓게 태워먹은 부분들이 바스락거리며 떨구어졌고, 상처는 순식간에 복귀되었다.

"방금 느낀 그대의 기운은 잘 정제된 순도 높은 기운. 물론 단순히 양만을 보자면 아홉 군주에도 못 미치는 기운이지만, 그대의 검에서 생성된 그 유형의 기운처럼 그 힘은 비교를 하는 것조차 실례군요."

천천히 자신이 만들어낸 결계를 살피던 파에톤의 손에서 거미줄과도 같은 것이 뿜어져 나오며 한 공간을 스치더니, 무언가를 잡아 삼키는 듯했다. 그 거미줄은 돌도 그대로 녹여 버릴 정도로 뜨거운 것이었다.

그것을 겨우 숨만 붙어 있는 그린 드래곤에게 날리자 그 앞에서 매화난만(梅花爛漫)의 초식을 연신 펼치고 있는 마린이 그 모습을 드러낸다.

검사로 그 끔찍한 뜨거움과 끈적이는 힘을 지닌 거미줄과도 같은 힘을 베어내던 마린은 어느 순간 자신의 뒤에 나타난 파에톤에게 다시금 매화만리향을 펼치며 사라지려 했다.

하지만 파에톤의 손에서 나타난 그 거대한 갈고리는 그와 드래곤을 조각조각 내듯 순식간에 베어냈다.

쿠르르릉—

그 지독스러운 힘에 드래곤과 함께 마린 또한 갈가리 찢어질 것처럼 보였으나, 마치 지진이 일어난 것처럼 거대한 소리가 울려 퍼짐과 동시에 마린의 모습이 사라졌다. 이에 상당히 의외라는 듯 파에톤은 볼을 긁적여 댔다.

"흠~ 그 순간에 검에서 나타난 것과도 같은 힘으로 몸을 보호하다니. 하지만 그래도 인간의 몸, 충격은 어쩔 수 없는 일."

곧 수백여 장 뒤에서 나타난 마린은 낯빛이 창백해지더니 이내 피를 토해냈다. 자잘한 내장 조각이 피에 섞여 나왔다. 다른 심공을 지닌 이였다면 상당한 내상을 준 공격이었겠지만 천지심법을 익힌 마린에게는 그 내상의 정도는 얕았다. 그마저도 이내 치료되어 가고 있었다.

하지만 그렇게 호전되어 가는 몸 상태와는 달리 그의 마음은 갑갑했다.

결코 믿어 의심치 않았던 매화이십사수검의 신정한 오의가 깃든 매화만리향이 파에톤에게 별다른 피해를 주지 못하자 마린의 마음은 심히 흔들렸다. 물론 그가 매화이십사수검법을 대성치 못하였다 할지라도 이는 믿기지 않는 일이었다.

'이자, 정말 끔찍히도 강한 자로군. 검사를 일으킨 이후로 최소한 어떤 이에게도 패하지는 않을 것이라 자신했건만…….'

자신의 공격들을 쉽사리 파헤치는 파에톤의 모습에 마린은 점점 초조해져 갔다. 드래곤들에 의해 봉인의 계약이 조금은 풀렸던지 강력한 뇌전을 뿜어내는 검은 그의 공격을 한층 깊고 날카롭게 만들었음에도 불구하고, 막막한 허공을 내찌르는 듯하다.

파에톤은 핵이라는 것이 없는 듯 방금 전 첫 공격의 성공에서 온몸을 태웠던 뇌전의 힘에도 별달리 피해를 입지 않은 듯했다. 그 점이 마린은 마음에 걸렸다.

‘이자의 힘의 발원지는 무언가? 이해할 수 없군. 드래곤에게 듣기로는 마족이라 하면 분명 핵을 몸에 지니고 있을진대 어떻게 된 일인지? 이자는 본시 마족이 아니었던가?

하나 마린이 그렇게 믿을 수도 없는 것이 그에게서 지독한 마력의 힘을 느꼈기 때문이다. 분명 변형된 정제되지 않은 혼탁한 마기의 힘이지만, 그건 마족에게서 느껴지는 사이한 기운과도 같았다.

방금 전의 접점에 가까이 가기 꺼려진 그는 조금씩 떨어지면서 싸우기로 결심했다. 만화성막(萬花聖幕)과 암향부동화(暗香不凍花)가 그의 검에서 조화를 이루어냈다.

셀 수 없이 많은 매화꽃이 환영처럼 날아다니며 시선을 어지럽힌다. 그리고 그 꽃들 사이에 모습을 감춘 차가운 꽃이 얼핏얼핏 존재를 드러내며 날아간다. 위협적인 그 모습에도 파에톤은 손가락을 흔들며 눈웃음을 쳤다.

“이런이런, 성미도 급하시군요. 하나 원하신다면 호응해 드려야겠지요.”

그렇게 말하던 그는 다시금 구름을 뿜어내며 수많은 매화꽃들을 제거하기 시작하였다. 하지만 아까와도 똑같은 모습을 보이는 듯 흡수하던 구름이었지만 그 뒤로 고고한 하나의 얼음 꽃만은 흡수치 못했다.

아니, 오히려 그 구름 속의 기운을 정제하듯이 반대로 구름을 흡수하기 시작한 것이다. 설마 자신의 구름을 정제할 줄은 몰랐던 파에톤은 놀란 표정을 지으며 그 또한 마계의 꽃을 입에서 뿜어냈다.

그렇게 나타난 마계의 꽃 모양의 그것은 암향부동화와 뒤엉키며 서로를 흡수하기 시작했고, 마린은 피해를 입힐 것을 생각하며 펼친 공격이 별다른 성과를 보이지 못하자 한숨을 내쉬었다.

'도대체 저자는 누구인가? 과연 마족이긴 한 것인지……'

그렇게 답답한 마음으로 눈앞의 자를 보던 그의 머릿속으로 그리운 음성이 들려왔다.

─저자의 이름은…… 파에톤. 그는… 나의 숙적이다.

기가데인의 목소리였다. 실제로 누군가 말하는 것은 아니었지만 그의 머릿속을 조용히 울려 퍼지는 그 낯설지 않은 음성은 그가 분명했다.

'기가데인…… 너인가? 아직 봉인이 풀리지 않았을 텐데……'

─사사로운 이야기는 나중에 하도록 하지. 그보다 저 녀석을 처리하는 것이 시급할 것 같군. 정말 놀랍군. 예전보다 더 강하고 기운이 한층 독해졌군. 힘의 제한을 받았음이 분명함에도 느껴져.

그의 말에 마린은 놀란 듯 되물었다.

'힘의 제한을 받았다고? 본래 더 강했단 말인가? 믿을 수가 없군. 지금도 끔찍할 정도인데.'

—저번에 이야기했듯이, 한때는 나와 오랫동안 전쟁을 치렀던 녀석이다. 뭐, 생각보다 많이 강해졌지만 그래도 나의 본래 힘을 찾는다면 상대할 만할 것 같군.

'…혹시 저자의 약점은 없는가? 너의 이야기를 들으니 몸에 핵 같은 것은 지니지 않은 게 분명한데. 달리 다른 약점은?'

—없어, 현재로서는. 분명 저 녀석이 마기의 힘을 지녔다 할지라도 본래 정령으로서 탄생하였다. 정령은 극성에 놓인 같은 정령의 존재가 아니고서는 죽지 않아. 뭐, 그래도 강한 충격이라면 다시 부활하는 데 오랜 시간은 걸리겠지.

'그러한가? 저런 이라면 나라 할지라도 시간을 끌 뿐 강한 충격은 주지 못할 터인데. 절망이로군.'

잠시 기가데인의 등장에 방법이 있지 않을까, 기대를 품었던 마린이었지만 별다른 방법이 없자 갑갑함을 느꼈다.

—영 방법이 없는 것은 아니지. 태초의 세상을 구분 짓는 계약의 율법에 의해 아무리 저 녀석이라도 오래 있지 못할 것이야. 어떻게 저 정도의 힘을 지닌 이가 이 세상에 강림했는지조차 의문이야.

'그 말은 버티기만 하면 된다는 이야기인가?'

—그렇지. 하지만 그것이 얼마나 걸릴지 정확히는……. 하나 반나절은 가지 않을 것이야.

'…그래도 조금은 희망이 보이는군.'

기가데인과의 대화 속에서 작은 희망을 찾아냈을 무렵 파에톤이 만화성막과 암향부동화의 힘을 모두 흡수해 버렸다. 설마 인간에게 이런 힘이 있을 줄 몰랐던지, 언제나 장난스런 미소가 가득했던 그의 입가에선 어느새 웃음이 사라져 있었다.

마치 가면을 바꾸듯이 살기가 그의 몸에서 넘쳐흘러 그것만으로도 어떤 마법보다 위력적이었다. 밀려오는 살기의 물결에 마린은 검을 두어 번 휘둘러 그것을 무력화시키더니, 이내 그 뒤를 이어 펼쳐지는 마법과 공격늘을 향해 검법을 풀어내기 시작했다.

하늘을 가득 메울 듯한 기가데인의 마계의 불꽃들이 그를 향해 미친 듯이 내리치기 시작한다. 또한 그의 담뱃대에서 거대한 정령들이 피어나더니 이내 바람과 불, 물, 흙을 변화시키며 그를 난도질하듯 다가선다.

마린은 그에 암향부동화를 생성해 불꽃들을 막아내며, 정령들을 향해 매화혈우(梅花血雨), 매화인동(梅花忍冬), 매인설한(梅忍雪寒), 낙매분분(落梅紛紛)을 펼쳐 그 공격의 근본을 멸했다. 또한 어느새 자신의 오 장 앞에 나타난 파에톤을 향해 만화성막(萬花成幕)을 연속적으로 펼쳐 혼돈의 기운으로 만들어진 그의 무구를 막아내며 뒤로 주르륵 물러서는가 싶더니, 이내 매화청죽의 수식을 펼쳐 다시 공격을 준비하는 그의 맥을 끊어놓는다.

그가 펼친 매화청죽의 초식에는 기가데인의 강렬한 뇌전

이 깃들어 있어, 파에톤은 결국 한 호흡을 뺏길 수밖에 없었다.

그렇게 뒤로 물러서는 파에톤을 향해 마린은 매화낙락(梅花落落)을 펼치며 다가서 그가 다시금 공격을 못하도록 하려했으나, 파에톤이 손을 들어 기묘하게 틀어버리는가 싶더니 어느새 그와 그의 사이는 몇백 장 거리가 놓여졌다.

파에톤 그가 만들어낸 공간이었기에 그가 원하는 만큼 공간은 자유롭게 넓히고 좁아졌던 것이다. 저 멀리 환상같이 자리한 파에톤의 모습에 침음성을 흘리다 이내 마린 또한 매개이도의 초식을 펼치며 수백여 장을 줄여갔다.

다가오는 마린에 마치 장난치듯 툭툭 담뱃대에서 무언가 빼내는 파에톤은 이내 앞에 나타나 검을 펼치려 하는 마린을 보더니 미소를 짓는다. 그리고 그가 미소를 짓는 순간 그의 일 장 앞에서 검을 뻗던 마린은 자신의 주위로 회색의 막이 둘러싸는 것을 보았다.

순간적으로 위험을 느낀 그는 이내 매화만리향을 펼치었다. 놀라운 속도로 사라진 탓에 그가 남긴 잔영은 회색의 막에 둘러싸여졌고, 그렇게 만들어진 그 막은 이내 기괴한 소리를 내며 찌그러지더니 사라졌다.

그 모습을 보며 미소를 짓던 파에톤은 하늘 위에서 나타나 자신을 찌르는 마린의 기운을 느끼곤 미소가 사라졌고, 놀라움과 짜증스러움이 그의 얼굴에 묻어 나왔다. 비록 마린의 그 공격에 당한다 하여 치명상을 당하는 것은 아니었지만, 그와 상극에 존재하는 기가데인의 기운이 몸속을 뒤집는 것은 그로서는 상당히 불쾌함을 느끼는 것은 당연한 일이었다.

이내 들어선 강력한 뇌전이 몸을 흔들려 하자 그는 손을 살짝 비틀며 공간을 넓히며 마린의 공격을 피하였고, 동시에 마린이 자리한 곳에 아공간을 생성해 그를 삼키려 했다.

자신의 공격을 간단히 물려 버리는 파에톤을 바라보던 마린은 다시금 자신의 주변에 느껴지는 이 꺼칠한 느낌에 매화만리향을 펼쳐 뒤로 물러섰다. 그렇게 수천 장 뒤에 나타난 그였으나, 파에톤이 공간을 좁히자 처음부터 그러했다는 듯 어느새 3촌 간격 안에 자리 잡는다.

거리가 가까울수록 긴 무기를 사용하는 마린이 불리하였으나, 이는 기의 수발이 자유로운 마린에게 있어 그리 큰 문젯거리가 되지 않았다. 어느새 검날이 아닌 손잡이로 그를 향해 다가오는 죽음의 손길을 향해 매화접무를 펼치며 빗겨 친 그는, 그 뒤로 밀려오는 기운의 여파를 매화성막으로 막아내려 했으나, 어느샌가 다시 느껴지는 불길한 느낌에 다시금 매화만리향을 펼친다.

그렇게 그가 모습을 감추면 파에톤은 공간을 좁히고 넓히며, 그의 공격을 피하거나 공격해 그를 공간에 갇히게 하였고, 그러한 전투는 벌써 두 시진이 넘도록 이어지고 있었다. 분명 마린과의 전투 이전에 드래곤들과의 전투에 지쳤을 것임에도 그 끝없이 나오는 파에톤의 그 거대한 힘에 마린은 질려 버리는 느낌을 받았다.

특히 그 변화무쌍하면서 밀어붙이는 그 거대한 파에톤의 공격들에 기를 순환하다가도 다시금 끊고, 그 변화에 맞추어야 했기에 무리한 기의 운영에 마린의 내상은 조금씩 늘어만 갔다. 그래도 그나마 천지심법이기에 그가 파에톤을 견제한 것이지, 아니었으면 큰 내상을 입거나 재수가 없었다면 이미 주화입마에 들어서 죽음을 맞이하였을 것이다.

'정말 소름 끼치는 존재로군. 설사 마계의 군주라 할지라도 검사에 당한다면 큰 타격을 받을 것인데… 더구나 기가데인의 뇌전까지 온몸으로 받아들이니 거대한 바다에 돌을 던지 듯하군. 이런 자와 정령계를 두고 오랫동안 전투를 벌였다는 기가데인의 말이 심히 공감이 되는군.'

이제는 파에톤의 공격 패턴이 너무 다양하여 눈으로도 믿을 수 없어 기감에 모든 것을 맡기고 움직이는 마린은 단순히 이자가 물러설 때까지만이라도 시간을 벌면 된다는 것을 알지 못했다면 늪에 빠진 이처럼 절망감에 빠졌을지 모르는 일이었다.

그가 그렇게 생각에 빠질 때, 파에톤 또한 이 눈앞에 있는 인간에 대해 짜증을 넘어선 분노가 치솟고 있었다. 그건 현재 그의 세 인격 중 가장 온순한 편인 장난기가 넘치는 인격인데도 분노를 참을 수 없었다. 그가 이토록 자신의 뜻대로 이루

지 못한 것은 기가데인과 마계의 왕 바하모스 이후로는 처음
이었다.

맨몸으로는 오크 하나 잡을 수 없는 인간 따위가 전설의 무
구도 아닌 특별할 것 없는 철검 하나로 자신의 모든 공격을
받아넘기고, 또한 그 불쾌한 기가데인의 힘으로 몸속을 뒤흔
드는 데 대한 그의 짜증스러움은 점점 더 커져만 갔다.

'정말 극성은 극성인 모양이군. 기가데인, 네가 선택한 계
약자마저 이렇게 나를 분노케 하는구나. 창조신의 율법에 묶
이지만 않았다면 이 껄끄러운 인간을 당장이라도 죽일 수 있
을 텐데.'

슬슬 지쳐 가는 듯한 기가데인의 계약자를 바라봤다. 마족
에 비해 허약한 인간의 체력을 바라보던 파에톤은 조금만 더
한다면 잡을 수 있을 것 같은 느낌이 들었으나 시간이 다 되
어오는 것을 느끼자 집착을 접을 수밖에 없었다.

곧 파에톤의 수십여 개의 마법과 공격들을 피하고 흘리던
마린은 어느 순간 공간이 흐릿흐릿해지는 것을 느꼈고, 이내
허공이 조각조각 맥없이 깨지는 소리를 듣게 되었다.

퍼석, 퍼서석.

맥없이 깨지기 시작하던 공간이 이내 사라지며 침침한 어
둠이 그를 대신한다. 그것은 짙은 어둠이었지만 절정에 들어
선 뒤 눈이 밝아진 그는 이곳이 거대한 동굴임을 알았다.

'이곳은 드래곤의 성지였나 보군. 그보다 저자가 왜 결계

를 깬 것인가?

마린의 그 궁금증은 공간이 일그러지며, 강력한 폭풍의 핵 같은 점이 생겨나면서 이내 밝혀졌다.

'드디어 저자가 율법에 의해 소환되는가 보군. 다행이군. 후~'

사실 파에톤이 느꼈던 대로 현재 마린의 내공과 체력은 거의 바닥을 치고 있었다. 파에톤과의 만남이 조금만 더 빨랐더라면 마린은 결국 다시금 선천진기를 쓸 수밖에 없었을 것이다. 그러한 사실을 알고 있었던 기가데인 또한 비록 힘의 제한이 되어 있다 하나 자신의 숙적과 싸워 살아남은 마린에게 칭찬을 아끼지 않을 수 없었다.

─결국은 저 녀석과 붙어 살아남았군. 역시 나의 계약자다운 모습이야. 그 옛날 애송이 때가 어제 같았는데 10년도 안 되어 이 정도의 힘을 기르다니. 역시 내가 선견지명이 있었어. 휴~ 억지로 봉인에서 깨어나느라 나도 많이 지쳤다. 이제 푹 쉴 터이니 뒤의 일은 니가 알아서 해라.

'그러지. 정말 고맙네. 친구여.'

그의 감사의 인사에 파에톤은 중얼거리듯 몇 마디를 내뱉으며 다시금 잠에 들었다.

─친구 사이에 고맙기는…… 무슨.

잠시 그의 중얼거림에 미소를 띠던 그는 아직 파에톤이 소환된 상황이 아니기에 긴장을 다시 새기며 기수식을 잡았다.

그렇게 율법에 의해 소환되는 파에톤은 여전히 긴장을 한 채 검을 들고 서 있는 마린을 바라보더니 미소를 띤다.

"대단했습니다. 솔직히 나를 이렇게 짜증나게 해줄 이가 설마 인간 중에 있을 줄은 정말 몰랐습니다. 보답으로 다음에는 꼭 죽여 드리지요. 뭐, 이것에서 살아난 뒤의 이야기가 되겠지만. 아하하하."

웃음 짓던 그는 마지막으로 거대한 기운을 뿜어내며 대지의 기반을 거세게 흔들었다.

쿠르르룽—

거대한 소리가 심상치 않은 상황임을 알려주는 듯하다. 순식간에 율법의 힘에 의해 파에톤이 사라지자 천장에 덮인 공간 또한 사라지며 거대한 바위들이 하나둘씩 떨어지기 시작했다.

콰콰쾅, 쿠우웅—

그것은 시작을 알리는 듯 천장은 산산이 쪼개져 갔다.

후두둑, 후두둑.

거대한 바위들이 떨어지며 잠시 멈칫하던 천장은 다시 작은 잔재물들이 떨구어지더니 이내 요란한 소리를 내며 무너지기 시작했다. 골든 드래곤의 죽음으로 인해 마법을 연계하던 근본의 기운이 사라진 것과 거대한 힘으로 만들어진 결계의 영향을 이기지 못해 붕괴되어진 것이다.

못해도 수천만 근은 족히 될 동굴의 지대가 무너져 내림에 그곳에 살아남을 수 있는 이가 과연 있을 수 있는지 의문이다. 마치 하늘이 무너지는 듯한 그 광경에 마린은 지친 몸을 이끌며 검을 들었다. 이제 검사는커녕 검기조차 낼 수 없이 고갈된 상태지만, 반개한 그의 눈에선 절망의 낌새는 보이지 않았다.

남아 있는 내공의 잔해들을 돌리며, 몸을 가볍게 만든 마린은 뛰어올랐다. 그리고 그의 검이 무섭게 떨어지는 바위와 마주치는 순간 거짓말처럼 스르륵 지나쳐 갔다.

그렇게 매끄럽게 베어진 바위를 다시 그가 박차며 올라갔고, 셀 수 없이 많은 바위들이 떨어지는 천장에 파묻히듯 사라져 간다.

Chapter 5

셸리온

셸리온

어제까지만 해도 마족들조차 감히 접근치 못했던 드래곤 산맥에서 마기의 기운이 득실거린다. 그중 마기에 잠식해 죽어버린 대지는 생명을 지닌 것을 허락지 않는 듯하다. 마족조차 꺼리는 이곳 대지의 한곳에서 미약하게 진동이 울려 퍼졌다.

고오오오―

살며시 울려 퍼지던 그 진동이 점점 커졌고, 어느 순간 폭발하듯 반경 1장가량의 대지가 거대한 소리와 함께 뒤집혔다. 돌가루가 날리고 흙먼지에 모습을 가린 그곳에 고요한 침묵이 한참을 감돌더니 부스럭거리는 소리가 침묵을 깨뜨렸다.

탁.

침묵을 깨뜨린 것은 하나의 손이었다. 그리고 그 뒤를 이어 푸른 날을 지닌 검이 다시 대지 위에 꽂혔고 그것을 의지하며 올라서는 사내가 보여진다. 온몸에 흙투성이인 그 사내는 거친 숨을 내쉬며 대지 위로 올라섰다.

대지 위로 올라선 그는 천천히 허리를 곧추세우며 하늘을 바라보았다. 맑은 햇빛이 반짝이는 태양을 보니 그 지옥에서 살아 나온 것을 그제야 인지할 수 있었다. 안도감이 감돈다.

'그래, 살아났군. 그에게 빚을 졌어.'

그가 무사히 깊은 지하에서 벗어난 것은 정말 운이 좋았다고밖에 표현할 수 없었다.

비록 그 길이 하나뿐이기에 망설임없이 무너져 내리는 천장으로 뛰어올랐으나, 사실 마린은 과연 살아날 수 있을지는 자신없었다. 정상의 상태라면 몰라도 심신이 노곤한, 더구나 단전에 한 줌의 내공도 남지 않은 그 상태에서는 최절정에 들어선 그라 할지라도 불가능한 일이었다.

결국 그가 예상한 바대로 무리를 가하며 검으로 땅을 파헤치며 들어섰던 그는 일각도 채 안 되어 땅속에 묻힌 금속덩어리에 막히고 말았다. 그것을 베어내지 못할 것은 없으나 파헤치기에는 너무 거대했다.

결국 무너뜨린 기반을 잡은 채 난감해하던 그는 땅속 어딘가에서 일어나는 황금빛을 보게 되었다. 그것은 거르고 거른 토기의 순수한 결정체라 할 수 있었다. 그것은 그의 앞을 막은 거대한 금속을 한쪽으로 밀어내며 그가 나갈 수 있는 길을 만들어내기 시작했다.

이 놀라운 일에 그는 잠시 멈칫하다 이내 그 만들어진 길을 향해 몸을 날렸다. 현재로선 이 일이 어떻게 벌어진 것인지 알 수 없었지만, 지금 산소조차 희박한 이곳에 계속 있다가는 그라 하더라도 오래 버틸지 못할 것이 분명했나.

그리고 한 시진이 넘어도 아직도 끝이 보이지 않는 굴 속에서 그는 새삼 자신이 깊은 지하에 있음에 놀라워하였다. 또한 나중에서야 이 토의 기운이 골든 드래곤이 죽기 전 앞날을 예상하여 안배한 것임을 알고 그 깊은 지혜에 무어라 말할 수 없는 고마움과 대륙의 큰 별들이 졌음에 아쉬움을 느꼈다.

그렇게 살아났음을 인지하자 극도의 긴장감이 조금씩 풀려지며 몸의 피로가 한꺼번에 몰려온다. 또한 반나절 동안 매화만리향을 극성으로 펼쳐 입게 된 내상은 어서 운공을 하지 않으면 큰 내상으로 이어질 듯했다. 하지만 그는 이곳에서 운공을 할 수가 없었다. 마기의 기운이 확연히 느껴지는 이곳에서 운공을 하다가 마족이라도 만나게 된다면 최악의 상황에 빠지게 될 것이다.

선 채로 가볍게 소주천을 대여섯 번 운기한 그는 약간이라 하나 내공이 모여지자 이곳을 떠나기로 결심했다. 대지에서 느껴지는 지독한 마기는 이대로 계속 있다가는 그의 생기를 집어삼킬 듯했기 때문이다.

그렇게 대지를 벗어난 지 얼마 안 되어 그는 걸음을 멈추었다. 아니, 멈출 수밖에 없었다는 말이 더 맞으리라.

그가 지닌 지뢰계가 요동을 쳤기 때문이다. 아니, 그것이 아니라 할지라도 그는 무시무시한 마기를 느꼈다. 그건 양으로는 모르나 질로 보았을 때 파에톤을 만났을 때와는 비교할 수 없는 지독한 마기였다. 경악을 금치 못한 그의 입 안이 바삭바삭 말라졌다.

저 멀리서 작게나마 느껴지던 그 기운은 순식간에 거리를 좁히더니 이내 거대한 파공음과 함께 모습을 보였다.

콰콰콰쾅—

그의 등장에 그 지독한 마기가 득실거리는 대지가 이기지 못하여 뒤집어졌다. 반경 수백 미터가 그 힘에 뒤집어지는 모습은 대자연에서나 느끼는 위압감이었다. 마린은 그 질식할 것 같은 마기에 숨을 잠시 멈추어 마음을 다스렸고 이내 마음을 잡은 그는 냉정히 상황을 살폈다.

분명 그자의 거대한 힘에 대지는 뒤집어졌으나 마린의 주위는 마치 다른 세상인 것마냥 아무런 피해도 입지 않았다. 한 톨의 먼지도 그에게 끼치지 않았다. 그에 그는 이 눈앞에 있는 이가 자신을 해하려는 생각이 아님을 알 수 있었다.

또 한 가지 그는 느꼈다. 그의 몸은 기억하고 있었다. 이 마족의 기운이 예전에 그가 만난 이 중 하나라는 것을 말이다.
이토록 강한 마기는 방금 전에 만난 파에톤을 제외하고는 처
음이건만 그는 분명 이자를 아는 듯한 느낌에 의아스럽기까
지 했다.

거대한 힘의 폭풍에 어지럽게 날리는 흙먼지는 불과 삼 장
밖에 안 되는 거리에 있음에도 그의 모습을 가렸다. 그 마족
도 그것을 감지한 것인지 손을 까닥였다. 그와 마족의 사이에
회오리가 생성되더니 모든 흙먼지를 삼고는 하늘 어딘가로
사라져 버린다.

그제야 마린은 이 정체불명의 존재를 볼 수 있었다. 그 마
기가 낯설지 않음에도 사내의 모습은 생소했다. 그렇게 기억
을 되새기며 그 존재를 살피던 그는 다소 놀라워하였다. 생각
보다 차분한 느낌을 주는 인상을 지닌 자였기 때문이다. 물론
마족을 외모로 평가하기는 무리가 있다 하나 그 오랜 세월 동
안 살며 자연스레 익힌 것은 안목이었다.

특히 그는 거짓을 말할 수 없는 눈에 신뢰하는 편이었다.
한데 그자의 눈에서 보여지는 것은 그의 마기가 보여준 광기
나 살의 따위가 아니었다. 그건 순박한 사내의 눈이었다. 깊
고 맑아 세상에 대한 아무런 욕심이 없는 사내의 눈이었다.

설마 마족 중에 이런 눈을 지닌 이가 있을 줄은 몰랐던 마
린은 다소 놀라기도 하고 궁금한 것도 많았으나 막상 말을 꺼
내진 못하였다. 마족 또한 그에게 묻고 싶은 것이 있는 눈치

였으나 무언가를 기다리는 듯하다. 어색한 침묵이 흘러갔고, 그것을 깬 것은 그 사내 옆에 홀연히 나타난 한 긴 흑발과 하얀 피부가 매력적인 여인이었다.

작지만 마기의 기운에 그 여인이 마족임을 알 수 있었던 마린은, 그녀의 모습을 살피다 기억에 무언가가 스쳐 갔다.

5년 전 그 최초로 전투를 벌였던 사신이라 일컫는 셀리온을 데리고 갔던 여인이었다. 표독스럽게 자신을 바라보던 그녀의 모습은 몇 년 전이라 하나 기억에 분명히 남아 있었다. 또한 그 기억에 의해 그는 이 낯선 마기의 느낌이 그때의 악마임을 알았고, 그때의 그자가 이 눈앞의 사내임을 알고는 당황스러움을 감추지 못했다.

분명 그 당시에 자신을 압도적으로 밀어붙였을 만큼 강한 그라 하나 그때의 마린 또한 검기의 초입을 벗어난 상태였으니 말이다. 그러하였기에 그를 만난다 할지라도 대수롭지 않게 상대할 것이라 생각했는데 지금 보니 그런 것이 아니었다.

압도적인 강함을 지닌 존재이다. 더구나 당시는 심성을 잃어 아무렇게나 낫을 휘두르는 악마였는데, 지금은 그러한 것을 회복한 듯하다.

'복수를 하러 온 것인가? 하나 그렇다고 보기에는……'

만약 지금 당장 이 마족이 공격을 펼친다면 현재의 마린으로서는 한 수도 막지 못할 것이 분명했다. 하지만 이 분위기로 보아 그러한 목적으로 찾아온 것은 아닌 듯했다. 그렇게 마린이 이 상황에 대해 생각에 빠질 때 그의 옆에 자리한 여인이 예를 차리며 그에게 몸을 숙였다.

"고맙나이다. 정말, 감사하나이다."

그렇게 감사의 예를 차리는 여인의 그 커다란 두 눈에는 눈물이 뚝뚝 흘러내린다. 그런 여인의 모습에 어색히 서 있던 사내 또한 정말 찾고자 한 이가 마린이 맞았음을 알고는 예를 차렸다.

"정말 감사합니다. 이 은혜를 어찌 갚아야 할지 모르겠습니다."

그 또한 여인과 마찬가지로 순박한 두 눈에서 눈물을 흘려내며 그에게 감사의 예를 올렸다. 그에 이들이 자신에게 악의를 가지지 않는 것은 알았으나 그래도 이런 예를 보여주는 것에 마린은 영문을 몰라 묵묵히 있었다. 한동안 눈물을 흘리며 감사의 예를 표하던 그들은 시간이 지나서야 진정이 된 듯 그제야 영문을 몰라 하는 마린을 볼 수 있었다. 그에 그들은 눈물을 닦아내며 그가 몰랐던 그간의 사정을 말해주었다.

그것은 8년 전, 마린과 셀리온이 처음 대면한 뒤의 이야기였다.

처음 마린의 검기에 봉인 갑옷이 깨어지면서 육체와 혼이 봉인된 그는 겨우 숨을 쉴 듯한 조그마한 틈을 열게 되었다. 그리고 그 틈 속에서 그는 혼란을 겪었다. 그 혼란은 거세어 그의 생의 온기를 점차 빼앗아갔다.

그렇게 잠시 리트란의 치료술에 체력을 회복하는가 싶던 그는 다시 죽어갔다. 그리고 그런 셀리온에 놀라 울부짖는 리트란의 영혼을 뒤흔드는 울림에 셀리온은 엄청난 혼란 속에서 아주 미약하게나 이성이 깨어나게 되었다.

"가지 마요. 떠나지 마요. 당신을 사랑하는 저를 두고 어떻게 떠나갈 수 있는 건가요. 그대여, 제발 더 이상 이토록 시린 외로움 속에 저를 두고 가지 말아요. 그대가 진정 떠나신다면 저도 그대와 함께 그 길을 걷겠어요."

그녀의 목소리에 작게나마 이성을 찾았던 그는 조금씩 그녀의 진심 담긴 고백에 귀를 기울였다. 거센 태풍을 만난 작은 돛단배의 절망과 혼란스러움 속에서 그 작은 이성은 필사적이었다. 과거의 그 따뜻했던 시절을 되찾기 위해, 그 시절을 자신에게 준 그 사랑스러운 여인을 만나기 위해 그는 조금씩 이성을 찾기 위해 절실히 노력하였다.

하나 그는 이제 막 2차 각성을 한 마족. 물론 그 종자가 마계의 절대 지배자라 일컫는 마왕 바하모스이나 그를 봉인한 이는 단순히 세월로만 친다면 어쩌면 마왕보다 더한 오랜 세월을 지낸 이인 자로스이다.

마계 역대 최고의 주술사라 불리는 그의 봉인이 이리 쉽게 깨어질 리 없었다. 못해도 그 봉인을 깨어내려면 그보다 더한 주술사나 아니면 현재와는 격이 다른 힘이 있지 않고는 불가능한 일이었다.

하지만 그는 울부짖어 이제 쉬어버린 그녀의 목소리를 듣고 이대로 있을 수만은 없다 생각하였다. 이대로 다시 그녀의 얼굴, 목소리, 그 따뜻한 마음씨를 보고 듣고 느낄 수 없게 된다 생각하니 이 거센 혼란보다 더한 슬픔이 찾아왔다.

그 슬픔은 너무나 차고 괴로워 몸이 몇천 조각으로 찢어지는 듯했다.

'더 이상은 못 버티겠어. 그녀를…… 리트란 너를 보시 못한다니 너무 괴로워. 미안해. 나의 판단이 그대를 슬프게 할지 몰라. 하지만 부디 이해해 주길 바라. 너를 보지 못할 바엔 차라리 죽음을 선택하는 것이 나을지 몰라.'

그는 자신의 영혼을 대가로 마계에서도 금지로 일컫는 주술을 스스로 걸었다. 바로 각성의 주술. 시간이 흐름을 잡아당기어 새로운 각성의 시기에 들어서는 것이다. 만약 성공한다면 그의 형들보다 더한 강력한 힘을 얻게 될 것이다. 그 힘이라면 이러한 주술쯤은 힘으로도 쉽사리 벗어날 일.

하지만 이 주술을 금지라 일컫는 것에는 하나의 이유가 있었다. 이 주술의 성공 확률은 백만 분의 일도 되지 않는다. 성공할 시에는 강력한 힘을 얻게 되나, 실패할 시에는 그 생명은 물론 영혼마저 사라져 버리는 것이다.

다 얻거나 또는 다 잃는 이 주술을 성공키 위해서는 단 한 가지가 필요했다. 그것은 인내였다. 상상을 초월하는 고통을 이겨내는 인내였다. 그 고통은 엄청나 주술이 시작하자마자 죽는 이가 태반이었고, 그나마 인내가 있다 하는 이도 초입을 벗어나지 못했다.

그렇게 스스로 금지의 주술을 걸었던 그는 밀려오는 고통에 정신을 차릴 수가 없었다. 방금 전 혼란 속에서 느낀 고통이 편안하다 느껴질 정도로 끔찍한 고통이었다. 그렇게 고통 속에서 그는 울부짖으며 뒹굴었다.

거칠게 뒹굴다 어느 순간 그 또한 고통을 이기지 못해 죽음을 맞이하고 싶어졌다. 하지만 그때 그는 듣게 되었다. 한 여인의 서글픈 울음이, 자신의 고통을 바라보며 슬퍼하는 그녀의 울음소리를 그는 듣게 되었다.

"흑흑. 사랑하나이다. 그대를 사랑하나이다. 흑……. 태초의 신이시여, 당신께서는 이분을 그만 괴롭히소서. 저 같은 것을 사랑한 이분의 죄를 사하소서. 부디 이분이 겪는 고통은 제가 평생 동안 안고 갈 터이니 이분을 고통의 범뇌 속에서 벗어나게 해주소서. 신이시여…… 부디 저를. 으흑흑."

서글픈 울음과 함께한 그녀의 소원에 그의 머릿속은 찬물을 뒤집어쓴 듯 이성을 찾아갔다. 꺼져 가는 생의 불꽃을 다시 피운 그는 천천히 떨고 있는 연약한 그녀의 손을 살며시 만졌다. 또 천천히 떠는 목소리로 그는 그녀에게 더듬더듬 입을 열었다.

"부, 부디… 그, 그런 말, 하지…… 마. 난 후… 회 하, 한 적

업, 없어. 사… 사랑… 해.”

그 끔찍한 고통 속에서 자신을 걱정하는 셸리온의 모습에 리트란은 무어라 할 수 없는 행복감과 그에 대한 걱정, 미안함 등 셀 수 없는 많은 감정들이 엉키고 엉키어 가슴속을 가득 메웠다.

‘이 얼마나 순박한 나의 님이란 말인가? 이 얼마나 사랑스러운 님이란 말인가? 나는 이렇게 행복할 이유가 없는 이인데, 이렇게 셸리온님이 고생을 할 가치가 없는 이인네. 세발 부탁이니 무사해 주어요. 살아주어요. 제발…… 제발.’

그녀는 고통과 싸워가며 신음을 내뱉는 셸리온을 품에 안았다. 그가 만약 죽는다면 그 뒤를 따라갈 것이라고 마음먹으며.

그렇게 며칠이 지나 셸리온의 몸에서 검은 줄이 뿜어져 나오더니 이내 그를 감쌌다.

휘리릭, 휘리릭—

수많은 줄들이 그를 감는 모습에 놀라 어쩔 줄 모르던 그녀의 머릿속으로 익숙한 목소리가 울려 퍼졌다. 그것은 노곤한 듯 쉰 목소리였으나, 그 목소리 속에서는 기쁨이 감춰져 있었다.

“성공했어, 리트란. 성공했어. 3차 각성에 들어설 수 있게 되었어. 5년만 기다려 줘. 2차 각성과는 달리 5년이면 충분할 거야. 5년만 내 곁을 떠나지 말아줘. 내가 이곳에서 벗어나 처음 보는 얼굴이 그대였으면 해. 그러니 그대는 나의 곁을 떠나지 말아줘."

그의 목소리에 그녀는 그가 살아났다는 것에 기뻐 아이처럼 엉엉 울며 고개를 연신 끄덕였다.

"네, 네, 기다릴게요. 셀리온님이 가라 하더라도 기다릴 거예요. 그럴 거예요."

그리고 5년이 흘렀고, 그는 생각지도 못한 거대한 힘을 얻었다. 자신의 형들보다도 더 큰 힘을 얻은 그는 마계로 돌아가 부활을 준비 중이던 아버지를 막으려 하였다. 힘을 얻는 5년간 그는 자신이 신이 내린 저주로 태어난 이라는 것을 알았던 것이다. 그로서는 그저 아버지의 부활을 미루게 할 수밖에 없었다. 부자 간의 살육의 쟁탈전은 그가 바라지 않는 것이기에. 또한 그 싸움에서 자신이 진다면 다시는 리트란을 만날수 없음을 알기 때문에.

하지만 그는 그러지 못하였다. 바로 아버지가 잠들기 전 나타난 총군사 파에톤이 잠에서 깨어난 것을 알았기 때문이다. 그 마기와도 이질적인 그 혼돈스런 기운을 지닌 파에톤과와의 싸움에서 자신 같은 애송이 마족이 이긴다는 것은 어불성설이었다.

비록 견제만이라면 할 수 있을지 모르나 그도 잠시뿐, 싸움은 힘만 세다 하여 이기는 것이 아니니 그의 노련함에 결국 죽음을 맞이할 것이 분명했기 때문이다.

결국 그는 자로스에게 배운 주술로 그의 여인 리트란과 함께 몸을 감추며, 마왕의 부활을 기다릴 수밖에 없었다.

그러던 어제 파에톤의 강림을 알아차린 그는 마왕의 부활이 코앞으로 다가올 것을 예감했다. 그 당시 그의 심정은 절망적이었다. 그렇게 그에게 있어서도 기나긴 하룻밤이 흘러갔다. 아무리 강력한 존재인 파에톤이라 할지라도 자신처럼 창조신의 저주에 의해 태어난 자가 아니었기에 물러서려는지 그가 만든 결계가 거둬졌다.

그리고 그곳을 주시하던 셀리온은 하나의 기운을 느꼈다. 그리고 그는 놀람을 감추지 못하였다. 그것은 마기와는 천적과도 같은 것이었다. 또한 양으로는 자신에 비해 미비하다 할지 모르나 그 기의 순도는 놀라울 만큼 높았다.

자신도 모르게 투지에 불을 붙이던 그 기운은 지금까지 파에톤을 상대한 듯 많이 지쳐 보였다. 그렇게 그 존재를 없앨 것인가 말 것인가 고민하던 그의 옆에 있던 여인이 자신의 기운에 동조하여 이 기운의 정체를 알아냈고, 황급히 이곳으로 달려온 것이다.

셀리온에게서 자신이 저주로 태어난 이라는 것을 빼고 그동안 있었던 모든 일에 들은 마린은, 세상사는 한 치 앞도 모른다는 말을 새삼 느낄 수 있었다.

'그 당시만 하더라도 목숨을 걸고 싸웠던 적인데, 이제는

그에게서 은인 대접을 받게 되다니. 참으로 이 작은 머리로는 하늘의 뜻을 알 수가 없군.'

마린이 그렇게 생각에 잠길 때 그동안 일들에 대해 이야기하며 감정을 추스른 셀리온은 그에게 몸을 숙이며 동의를 구했다.

"그런 연유로 저희는 제가 만든 차원의 결계 속으로 들어서야 합니다. 실례가 되지 않는다면, 은인을 모셔도 되겠는지요."

솔직히 현재의 선택으로 드래곤 산맥을 내려서기에는 위험 요소가 많았던 마린은 그의 동의를 반가이 맞이하였다..

"저야말로 부탁드려야 할 일. 그럼 회복이 될 때까지 신세를 지겠습니다."

마린이 허락하자 순박한 미소를 크게 짓던 셀리온의 발밑으로 검은 안개가 일어나더니 이내 일행을 삼키고 사라졌다.

파악—

짙은 어둠이 결계를 베어버리며 들어서더니 이내 세 인영이 모습을 드러냈다.

결계라 하기에, 파에톤에게 겪은 그 어둠침침한 것을 생각한 마린은 생각도 못한 것을 경험하였다. 그것은 마치 무림에서 이야기되던 신선들이 사는 곳 같았다.

수많은 기이한 영초들과 오색 빛의 안개가 자욱한 가운데 커다랗게 자리 잡은 연못은 한눈에 봐도 기이한 물고기들이 수없이 존재했다. 바닥의 돌 하나, 풀 한 포기 평범치 않은 이곳이 과연 마족이 만들어낸 곳이란 말인가?

상당히 놀랍다는 표정을 짓는 마린에게 리트란이 미소를 띠며 궁금증을 풀어주었다.

"셀리온님은 3차 각성을 하면서 비단 그 힘만이 커진 것이 아니에요. 그분은 태어났을 때부터 마계 최고의 주술사 자로스님마저 감탄한 주술사예요. 그런 분이 3차 각성에 이르자 주술의 흐름의 맥을 잡아 자유롭게 새로운 수술을 만드실 수 있었던 거죠. 이분이 이렇게 결계를 만든 것은 저 때문이에요. 저는 하급 마족임과 동시에 마계에 드문 치료사 계열이라 오히려 이런 영험한 기운이 저한테 도움이 되었던 탓이죠. 아마도 마린님의 내상을 치료하기에는 더없이 좋은 곳이라 생각되네요."

그녀의 말대로 셀리온은 현재 주술 또한 자로스 못지않게 펼칠 수 있게 되었기에 이런 일은 그의 능력이라면 충분히 가능한 일이었다. 하지만 마린은 주술이라는 것에 대해 몰랐기에 셀리온의 능력에 대해 점차 놀라울 뿐이었다.

'만약 과거 이자와 연을 맺지 않았다면 나는 참으로 끔찍한 존재를 적으로 두었을지도 모르는 일이겠군.'

감탄하는 마린의 모습에 셀리온은 긴 흑발을 살짝 긁적이며 이내 그를 안내했다. 셀리온의 안내를 받으며 안으로 들어서던 마린은 청아한 기이화초의 향기에 점차 주위를 볼 여유가 생겨났다.

그렇게 마음의 여유가 생기자 감각을 예민하게 되찾은 그는 한 가지 새로운 사실을 알았다. 바로 이곳의 기의 흐름이 밖의 기운보다 2~3배가량 짙은 농도를 보이는 것을 감지한 것이다. 확실히 이 정도의 기의 흐름이 아니라면 이런 결계 또한 만들어질 수 없었겠지만…….

그래도 무림에서의 기의 농도에 비해 거의 10~15배가량 높으니 그가 수련을 한다면 이보다 더 좋은 곳이 없었다. 현재 그가 추구해야 하는 공부는 자연의 기운에 대해 민감히 느끼며 흐름에 대해 아는 것이었다. 그것의 흐름에 대해 파악이 되어야 비로소 매화이십사수검법의 오묘함에 한발 더 들어설 수 있을 터이니.

깊게 숨을 들이쉬며 들어선 마린은 그곳에서도 유난히 맑은 기가 흐르는 곳에 도착하였다. 거대한 평평한 바위였는데 밑에는 호수가 반쯤 잠겨 있고, 그 위에는 기다란 나무가 기울여 그늘을 져 있는 것이 보기만 해도 휴식을 취하기에는 그보다 더 좋은 곳이 없어 보였다.

"이곳은 제가 주술을 펼칠 때 잡아둔 다섯 개의 기운의 흐름 중 하나입니다. 아마 허한 몸을 보한다면 이곳이 제일 좋을 것입니다."

셀리온의 말에 마린은 크게 기뻐하며 답했다.

"정말 이곳이라면 제 몸의 내상이 깔끔히 나을 수 있겠군요. 참으로 감사드립니다."

마린의 말에 셸리온은 손사래를 쳤다.

"그 무슨 말이십니까. 저희가 은인에게 받은 것이 어떤 것인데. 이곳에서 내상을 살피십시오. 리트란이 몸을 보할 약을 지어드릴 것입니다. 그럼 푹 쉬십시오."

예를 차리며 물러나는 셸리온과 리트란을 잠시 바라보던 마린은 발을 놀리어 삼 장 밖에 위치한 바위 위로 올라섰다. 곧 가부좌를 틀고 앉아 기를 받아늘이넌 그는 허한 기와 신을 바르게 잡아갔다.

운공삼매 중에 빠진 마린은 어제 한차례 목숨이 경각에 달릴 만큼 전투를 벌이며 스스로도 모르게 생긴 자만심을 잘라냈다. 그리고 완벽하다 생각한 자신의 검법과 매화이십사수 검법에서 만들었던 검법에 대해서도 다시 새로 수정을 하기 시작했다. 그것들이 비록 위력은 강하였지만, 다시 생각해 보면 부질없는 것이란 생각이 들었기 때문이다.

만약 자신이 암향부동화를 펼친 것보다는 완벽한 매화 한 송이를 그려냈다면 어떠했을까, 라는 생각이 자연스레 든 것이다. 만약 그러하였다면 파에톤의 그 기상천외한 공격을 피했을 뿐 아니라 그를 제압했을 수도 있는 일이었다.

그렇게 한차례 전투 속에서 조금씩 자신이 그토록 찾고자 했던 검의 흐름을 보았던 마린은 어느 순간부터 주위의 기운들과 동화되기 시작하였다. 그것은 놀라운 매화이십사수검법으로도 어쩔 수 없었던 파에톤과의 전투와 이곳의 짙은 기운, 또한 기나긴 세월 동안 무공을 익히며 늘어난 인내와 그릇에 의해 일어난 기연이었다.

만약 마린이 이 기연을 무사히 얻게 된다면, 그는 기존의 깨달음을 바탕으로 새로운 경지를 보게 되리라. 또한 이는 검강에 다가서는 큰 발걸음이 될 것이다.

그렇게 반나절이 지나, 그가 운공하는 곳으로 한 인영이 다가왔다. 약을 지어온 리트란이었다. 무언가 생각에 빠진 듯한 마린의 모습에 잠시 의아해하던 그녀는 곧 그에게 소리를 쳐 알리려 했지만 갑자기 나타난 셀리온에 의해 말을 잇지 못했다.

그녀에게 고개를 저으며 방해하지 말라는 의사를 보인 그는 그녀를 보내고 잠시 기연을 얻고 있는 마린을 몽롱한 눈빛으로 바라보더니 어내 공간 사이로 사라졌다.

그로부터 이틀이 지나서야 오색찬란한 안개 사이 속에 완전히 녹아들었던 마린은 서서히 깨달음을 감미하며 눈을 떴다. 눈에 현기가 일렁이는 것이, 이번 기연으로 인해 많은 진전을 보았단 것을 알 수 있었다.

전신에 힘이 넘치고 단전의 내공 또한 묵직한 걸 확연히 느끼던 그는 옆에 자리한 검을 손을 뻗어 잡더니 가볍게 휘둘렀다. 그러자 순간적으로 번쩍이더니 매화 한 송이가 그려진다.

하나 그것은 지금까지의 매화와는 전혀 다른 느낌이었다.

지금껏 그려진 매화가 어딘가 모르게 인위적인 느낌이 드는 것이었다면 지금의 매화는 마치 자연 속에 들어선 매화라 하여도 어색하다는 느낌이 전혀 들지 않는다. 흔들리는 와중에도 그 스스로 모습을 감추는가 하면 저 멀리 나아가 있으니, 그거 하나만 보더라도 진정 매화이십사수검법의 완성에 근접하였음을 알 수 있었다.

그렇게, 이번에 깨달았던 것을 검으로 한 번 펼쳐 보인 마린은 검을 접으며 뒤로 놀아 예를 표했다. 그가 예를 표한 곳은 아무것도 없어 보였는데, 이내 공간이 쩌억 갈라지더니 셀리온이 모습을 보였다.

"고맙습니다. 그대 덕분에 귀한 성취를 이루었습니다."

다름 아니라 혹시나 그의 신경이 분산되어 공을 이루지 못할지도 모른다는 생각에 세리온이 그동안 그의 주위를 돌봐준 것임을 마린은 알았던 것이다.

셀리온은 보잘것없어 보이는 금속으로 만들어진 검에서 만들어진 매화에 잠시 놀라워하다 이내 마린의 인사를 받고는 마주 예를 표했다.

"아닙니다. 이는 당연히 해야 할 일이지요. 한데 확실히 대단한 성취가 있었던 듯합니다. 혹시 실례가 되지 않는다면……."

말끝을 흐리던 그는 이내 다시 말하였다.

"저와 간단히 대련해 주지 않겠습니까?"

　대련을 부탁하는 그에게 무언가 사연이 있는 듯하기에 잠시 궁금증을 띠던 마린은 곧 순순히 그의 부탁을 받아들였다.

　"잘은 모르나 사연이 있는 듯하군요. 그대의 대련을 받아들이겠습니다. 대신 대련 뒤에 그 사연에 대해 알려주시면 감사하겠습니다."

　마린의 그 말에 고개를 끄덕인 셀리온은 곧 그에게 다가가는가 싶더니 이내 사라졌다.

　그에게 순순히 몸을 맡긴 마린이 도착한 곳은 그가 만들어 낸 새로운 결계 안이었다. 마치 예전 기가데인이 만들어낸 것처럼 아무것도 없는 넓은 결계 안에 자리 잡은 마린은 그동안 리트란과 자신을 위해 봉했던 마기를 풀어내는 셀리온을 보며 가볍게 눈썹을 떨더니 그 또한 천천히 검을 들어올리며 기수식을 취했다.

　잠시 후 겹겹이 펼친 봉인을 풀어버린 셀리온은 주술을 외우는 듯하더니 이내 허공에서 무언가를 잡아 가볍게 흔든다. 또한 남은 다른 한 손에는 언제 나타났는지 거대한 낫이 소환되어졌고 이내 그것은 마린을 향해 매섭게 날아들었다.

　그의 첫 공격에 마린의 눈썹이 꿈틀거린다. 가볍게 허공에서 잡아 흔든 그것은 그의 주위를 감싼 모든 것을 흔들어 중심을 잡지 못하게 만든 것이다. 또한 모든 것을 베어버릴 듯한 수많은 변화와 거대한 힘이 내제된 낫이 자신에게 날아들자 그것은 검사를 일으킨 최절정의 무인이라도 상당히 고난을 겨룰 한 수였다.

무공을 겨룬다는 것은 간단히 말하자면 자신은 중심을 잡고 상대의 중심을 흩뜨리는 데 있다. 모든 힘은 바로 땅에서 시작하니……. 지금 셀리온이 펼친 이 한 수는 보통 무인이라면 누구나 막을 수 없는 공격이리라.

아마 그 또한 기연을 얻기 전이었다면 상당히 곤란해했겠지만, 그는 예전의 그가 아니었다. 엉뚱하게 흘러대는 기운에 순식간에 동화한 그는 몸을 띄워 흔늘리는 대기에 몸을 싣너니 이내 매화접무(梅花蝶舞)를 펼쳤다.

새로운 깨달음을 얻은 그의 매화접무는 지금까지의 그것과는 달랐다. 그가 검을 펼치는 그 공간에서는 일순 봄이 온 듯했다. 그리고 그 세상에 들어선 거대한 힘을 지닌 낫은 마치 나비와 벌이 꽃을 희롱하며 날아드는 듯이 휘날리더니, 이내 모든 힘을 잃어버리고 맥없이 셀리온에게 날아들었다.

그 한 수에 셀리온은 잠시 움찔하더니 뒤로 물러서 낫을 잡아 이내 공간을 흔드는 주술을 버리고, 새로운 주술을 펼쳤다. 그 주술은 오래전 마린이 한 번 겪었던 환영 마법과 비슷한 수법이었으나, 그것의 규모나 느껴지는 압박은 차원을 달리했다.

셀리온의 모습이 흐트러지는가 싶더니 둘로 변하였고, 그것은 반복적으로 쉼없이 분열하더니 이내 수백 명의 셀리온이 모습을 보여낸 것이다. 수백 명의 셀리온이 느끼게 해주는 그 힘은 그 거대한 공간이 흔들릴 정도로 거대했다.

그런 그들의 모든 힘은 그 중앙에 자리한 마린을 향해 있었고, 그것만으로도 그 주위의 중력은 몇십 배씩 올라서는 듯했다. 웬만한 마족이라도 그 중력을 이기지 못해 터져 죽었을 그 거대한 힘의 압박 앞에서도 마린의 표정은 담담하다.

그랬다. 예전 기의 통제를 위한 수련으로 10여 배의 중력을 일상생활에 달고 살았던 그인데다 이제 검사의 경지에 들어서 이 정도의 중력 따위는 아무런 영향을 미치지 않았다. 기의 막을 펼쳐 그것을 막아서던 마린은 기를 얇게 뽑아 대기로 퍼뜨렸다.

혹시나 이 중 허상이 있는 것이 아닌지 구별하기 위해서였다. 그러나 곧 마린은 신음을 터뜨린다.

'이번에도 모두 실상이군. 허상은 없다. 흠…… 힘들겠군.'

그의 입술이 꾹 다물어졌다. 그리고 그런 그를 향해 수백 명의 셀리온이 낫을 꺼내 베어왔다.

쿠구구구구구궁―

마치 땅이 뒤집어지고 세상이 뒤집어지는 듯한 거대한 힘이 그를 향해 날아들었다. 입을 꽉 다문 그의 주변에 다시금 환영이 펼쳐졌다.

매화구변, 매화만개, 매화인동, 매영조하, 매향취접, 매향성류…… 마린의 주위에 고고히 피어나고 지는 매화들은 모습을 보이는가 하면 사라지며, 그 무섭게 날아드는 힘들 사이를 날아들어 교묘히 비틀어 서로를 상세하거나 되돌려준다. 그의 오 장 안에 들어선 모든 공격은 그렇게 허무하게 사라져 가는 듯하다.

그 광경은 마치 천 년 묵은 매화나무가 수많은 벌레들을 쉼 없이 받아들이는 모습과도 같았다. 마치 너무나 거대해 그러한 벌레들쯤은 너그러이 받아줄 수 있다는 듯이…….

실제로 마린은 스치기만 하더라도 사라져 버릴 수백여 명이 뿜어내는 힘을 모두 소멸시켰다.

셀리온은 검 하나로 이 엄청난 조화를 보이는 마린의 모습에서 마치 모든 것을 빨아들이는 마계의 회오리를 떠올렸다. 고위 마족이라 할지라도 근처에 들어섰다가는 처참한 죽음을 맞이하는 그 회오리가 현재 조화를 부리는 마린과 닮았다 생각하는 것은 절대 과한 것이 아니리라.

그렇게 거세게 거대한 매화나무에 공격을 퍼붓던 그들, 아니, 그는 순간 멈출 수밖에 없었다. 그 대상을 찾지 못했기 때문이다. 마치 지금까지의 전투가 거짓이라는 듯 사라진 마린은 예전 파에톤이 그러하였듯이 셀리온도 찾지 못하였다.

그리고 수백 명의 셀리온 중 중심에 자리한 한 명의 앞에 일 촌가량을 남긴 채 검을 든 그가 나타났다. 너무 자연스러워 마치 환영과도 같이 나타난 그의 모습에 셀리온은 하얀 이를 드러내며 웃음을 짓더니 고개를 살짝 끄덕인다. 그리고 동시에 그 주위에 자리한 분신들이 사라졌다.

"하하하. 정말 강하시군요. 과연 파에톤을 상대하였다는 것이 실감납니다."

예를 표하며 인사하는 그의 모습에 마린 또한 검을 거두며 예를 보였다.

"아닙니다. 실제로 셀리온님이 접근전이 아니라 마법과 주술을 섞어가며 공격을 하였다면, 오히려 제가 맥을 못 추었을 것입니다."

확실히 마린의 말대로 셀리온이 그리 공격하였다면 아무리 마린이라 할지라도 처음 보는 공격 타입들을 근근이 막아내다 결국 당해 버렸을 확률이 높았다. 잠시 그렇게 웃음을 짓던 셀리온은 마지막 공격에 대해 궁금증이 생겨 물었다.

"한데 그 마지막 공격은 도저히 막을 수가, 아니, 낌새도 눈치 채지 못했습니다. 그 공격은 도대체 무엇입니까? 분명 마법 따위는 아닌 게 분명한데."

그의 말에 마린은 자신감 넘치는 목소리로 대답했다.

"제가 가진 단 하나의 검법인 매화이십사수검법의 마지막 초식 매화만리향입니다. 이에는 한 가지의 전설이 있으니 이것을 완성하였을 때 그 어떤 자도 그를 잡지도 막지도 못하다는 것입니다."

그런 그의 말에, 설마 검법에 그런 오묘한 세상이 있는 줄 몰랐던 셀리온은 감탄을 하다 마린에게 물었다.

"하면, 방금 전 마린님이 펼친 매화만리향은 어떻습니까? 아직 미숙하나 주술에 어느 정도 성과를 이루었다 생각한 저로서도 정체를 파악하지 못하였는데, 혹시 완성에 근접한 것입니까?"

기대감 깃든 목소리로 말하는 셀리온에 마린은 고개를 저었다.

"그건 아닙니다. 어쩌면 영원히 들어서지 못할지도 모르는 검강의 경지에 들어서야만이 진정 완성되었다 할 수 있을 것입니다. 아마 완성만 된다면 설사 마왕이라 할지라도 지지 않을 것입니다."

"……!!"

단호한 마린의 말에 셀리온은 충격을 받은 듯했다. 그가 보아온 마린은 결코 허황된 말을 하지 않는 이였다. 그런 그가 이렇게 단호히 말하자 셀리온은 혼란에 빠진 듯했다.

다음날.

마린은 바위 위에서 어제 전투에서 깨달은 것을 실제로 펼침에 과연 자신의 생각과 현실이 어떻게 다른지에 대해 비교하고 있었다. 깨달은 것을 처음 행하였기 때문도 있었지만, 생각했던 것보다 그 변화와 힘이 확연히 떨어졌기 때문이다. 그렇게 어떻게 보완할 것인가에 대해 생각에 빠졌던 그는 어느 순간 인기척을 느끼곤 생각을 접어야 했다.

나타난 이는 리트란이었다. 그녀는 이곳의 북쪽에 위치한 곳에 자리 잡은 보금자리에서 셸리온이 뵙기를 원한다 하였다. 그에, 마린은 어제 마지막 무언가 번뇌에 싸인 듯한 모습을 떠올렸다.

'아마도 그것에 대해 이야기할 것인가 보군.'

곧 그는 경공을 펼쳐 가 그가 거주하는 곳으로 들어섰다. 안에는 셸리온이 이름 모를 잎으로 만든 약차를 준비한 채 기다리고 있었다.

잠시 후 서로 간의 예를 표한 후 셸리온이 먼저 말하였다.

"제가 아침부터 마린님을 이곳으로 청한 것은 다름이 아니라 여쭙고 싶은 게 있어서 입니다. 혹시나 해서 하는 말이지만 드래곤의 멸망은 과연 확실합니까?"

그 말에 마린은 잠시 침묵을 지키다 자신이 보았던 것에 대해 말하였다.

"…내가 파에톤에 의해 불려졌을 때 두 드래곤은 이미 죽어 있었습니다. 마지막으로 살아남은 그린 드래곤 또한 파에톤에 의해 녹아버렸고……. 다른 두 드래곤의 생사까지는 모르나, 마지막 파에톤이 한 말로 보아 모든 드래곤을 멸하고 마왕의 힘이 봉인된 알리오스를 가져간 듯합니다."

결국 예상대로 드래곤들이 총군사 파에톤의 손에 멸망했다는 말에 셸리온은 한숨을 내쉬었다.

"후~ 결국 이렇게 되는군요……. 마린님, 지금부터 저의 이야기를 잘 들어주십시오. 파에톤이 가져간 마왕의 마기에 의해 못해도 3년 안에 마왕이 부활할 것입니다. 그리고 이번 마왕의 부활은 저번과는 다를 것입니다. 왕이 부활하시는 순간 이 세계는 멸망할 것이니, 이는 당신이 말한 그 검강의 경지에 들어선다 할지라도 막을 수 없을 것입니다. 분명 우리 마족들과 천적의 기운을 지니고 있다 하나 왕을 멸할 순 없습니다. 이는 그분이 단순히 왕의 호칭을 넘어 신의 권능을 지닌 이이기 때문입니다. 하나, 그렇다 할지라도 방법이 없는 것은 아닙니다. 그 방법에 대해 설명하려면 태고 시절의 이야기로 거슬러 올라가야 하겠군요."

그렇게 셀리온은 마린에게 태초 세상이 만들어진 이야기부터 말해주었다.

그 옛날 태초의 신이 세상을 만들었다. 하나 그 세상은 결코 생명이 살아 숨 쉬기에 적당치 않았다.

혼돈이었다. 그것은…….

무거운 것과 가벼운 것, 약한 것과 강한 것, 빛과 어둠, 파괴와 창조……. 극성의 것들은 나누어지지 못하여 뭉쳐 있었다. 서로 순환하지 못하여 가장 간단한 자연의 이치마저 거슬렀다. 그리고 그로 인해 두 종족이 생겨났다.

파괴하려 하는 마족과 지키고자 하는 천족은 그 서로의 극성의 기운 탓에 서로를 멸하려 하였다. 그때의 전쟁은 끝없이 반복되는 아마겟돈이었다. 그 여파에 매일 혈향이 마르지 않았고, 그로 인해 점점 세상은 혼돈스러워져 갔다.

결국 지켜보고만 있던 창조신이 그들을 나누었다.

무겁고 어두운 것은 밑으로, 가볍고 밝은 것은 위로 올라가 세상이 만들어졌다. 또한 그들 세계 사이에 중간계를 만들어 이를 지나치지 않고는 절대 가로지를 수 없게 하였다. 또한 호전적인 마의 속성을 지닌 파천의 무리들이 이를 건널 수 있다는 우려에 다섯 개의 알을 떨구었고, 이것이 오랫동안 중간계의 균형을 맞추었던 드래곤이다.

그렇게 세상이 나뉘어서야 세계는 혼돈에서 벗어났다. 물론 이에 대해서 마족과 천족은 서로의 극성을 보지 않자 만족하였다. 서로 같은 세상에 사는 것은 정말 끔찍이도 견딜 수 없는 것이었기 때문이다.

그렇게 세월이 흘러 중간계에 인간이 생겨났고, 이 모든 일을 마친 태초의 신은 그 자취를 감추었다.

천계에 속한 천족들은 태초의 신이 만들어낸 인간에 의해 그 신에 비해 미비하나 신의 권능을 일부 얻게 되었다. 그건 다름 아닌 태초 세상에 무방비하게 내버려진 인간들을 측은하게 느껴 도와주면서 생긴 힘이었다. 도움을 받은 인간들이 그들을 믿고 따르자 나타난 권능인 것이다.

그렇게 세월이 흘러가며 천계에는 많은 신들이 생겨났다. 그리고 그들 중 몇몇은 강한 권능을 얻게 되어 새로운 유사

인종을 창조하였는데 이 중 지금껏 살아남은 것은 엘프, 드워프, 포툰이었다. 그들은 스스로 탄생시킨 피조물들에게 믿음을 받으며 그 권능을 유지하였다.

그렇게 예전과 비교할 수 없이 점차 강대해진 천계와는 달리 마족은 점차 몰락의 길로 들어서고 있었다. 단순히 파괴하고자만 하는 마의 속성은 결코 세상을 발전시키지 못했다. 그렇게 영원히 피의 축제가 난무할 것 같던 마계는 전무후무한 마족의 등장에 새로운 질서가 보이는 듯했나.

그의 이름 바하모스.

출생지는 알 수 없다. 아니, 그는 모든 것을 깨뜨리고 파괴하는 그 어떤 마족보다 짙은 마의 속성을 지닌 이였으니, 어쩌면 태어나면서 부모를 잡아먹어 알려지지 않았는지도 모른다.

그렇게 어느 날 갑자기 모습을 드러낸 그는 그 마(魔) 중에 마라 할 수 있는 그 짙은 기운 덕에 태어난 지 100년도 되지 않아 무섭게 강해졌고, 당시 마계를 좌지우지했던 아홉 마왕과 그 세력들을 잡아먹었다. 또한 전쟁에 진저리가 나 은거해 버린 마족들 또한 샅샅이 뒤져 모조리 먹어치우며 그 힘을 무섭게 키워 나갔다.

그렇게 만 년이 지나자 마계는 마물들 말고는 오로지 그와 몇몇의 측근만이 세상에 자리 잡게 되었다. 그렇게 세상의 마족들을 먹어치우며 강력해진 바하모스는 힘은 없으나 그 기이한 주술을 쓰는 자로스 외의 측근들마저 잡아먹었고 그제야 그 거대한 힘을 감당하기 힘든 그는 가지고 있는 힘을 자기 것으로 만들기 위해 휴식에 들어갔다.

휴식에 들어가면서 그는 그 자신과 맞지 않은 수많은 마기들을 뱉어냈다. 그리고 그로 인해 그 마기는 세상을 떠돌다 마물에 기생하거나 또는 스스로 육체를 만들어 마족으로 변하였고, 그렇게 오랜 시간이 지나 바하모스가 눈을 떴을 때 자신을 믿고 따르는 마족들에 의해 그는 엄청난 신의 권능을 얻게 되었다.

그렇게 그는 그 예전 단순히 물질로서 파괴하는 그때의 힘을 넘어선 이 권능으로 예전 자신이 먹어버렸던 아홉 왕처럼 아홉 군주를 만들어 자신을 대신해 세상을 다스리게 했다.

마계의 절대자가 된 그는 한동안 권능에 취해 시간 가는 줄 몰랐으나 결국은 질려 무료함을 느끼게 되었다. 이 세상에 모든 것을 좌지우지할 권능을 얻게 된 그로서 당연하다 싶은 결과였다.

그렇게 오랜 세월 무료하게 지내던 그는 어느 날 우연히 고대의 유물에서 천계의 존재를 알게 되었고, 그곳에 자신과는 극성인 존재들이 산다는 것을 알게 되었다. 그에 그는 그들에 대한 호기심과 더불어 그 마계 특유의 파괴 본성이 피어나기 시작했다.

마음이 일자 그는 천계로 가기 위해 반드시 거쳐야 하는 중간계를 멸하기로 결심하였다. 자신이 마족들에 의해 권능을 얻게 되었다면 천계의 신 또한 인간들로 인해 권능을 얻을 것이라 생각한 것이다.

그렇게 그의 행보는 2천 년 전 이곳의 모든 것을 삼키려 했으나, 당시 창조신이 남겨준 신의 눈물과 드래곤들, 용사 아덴과 삼왕 등이 겨우 이를 막아 물러서게 한 것이다. 하나 만약 그가 차원을 넘어설 때 율법에 붙잡히지 않았다면 중간계는 결국 멸망하고 말았을 것이다.

그렇게 그가 담담히 말을 마치자 마린은 왜 마왕이 중간계라 분리되는 이 세상에 강림한 것인지를 알 수 있게 되었다. 하지만 아직 셀리온의 이야기에서 마왕을 멸할 수 있는 방법을 듣지 못했기에 거기서 말을 끊은 채 가만히 있는 그를 바라보았다.

무언가 고민을 하는 듯하던 셀리온은 이내 결심한 듯 천천히 말문을 열었다.

"예전 창조신이 만들어낸 율법 중에 이런 율법이 있습니다. '율법을 깨어 중간계에 들어선 이, 그 근본의 뿌리의 씨앗이 나타나 모든 것을 거름으로 삼아 다시 피어나리라'. 이는 태초의 신이 자신의 뜻을 거역한 이들에게 내리는 저주입니다."

마린은 아무런 말도 않고 그 말의 뜻을 파악하려는 듯 되새긴다.

'그 근본 뿌리의 씨앗이라……. 무엇을 말하는 것인가? 이 자의 이야기에 따르면 마계의 뿌리는 마왕이지만 씨앗이라 하면…… 설마!'

무언가 머리를 스쳐 가는 것에 놀란 듯 그는 고개를 쳐들었다. 셸리온은 놀란 표정으로 자신을 바라보는 마린의 모습에 담담히 고개를 끄덕이며 말했다.

"네, 그렇습니다. 마린님께서 눈치 채신 것처럼 저는 2천 년 전 율법에서 벗어나 강림한 당시 태어난 마왕의 자식입니다. 이 율법의 저주에 의해 태어난 저라면, 아니, 저 말고는 그 누구도 왕을…… 아버님을 멸할 수 없습니다."

그의 말에 마린은 자신이 생각하는 것이 맞아떨어지자 왜 그가 말하기를 꺼려했는지 알 수 있었다. 비록 이자가 그 근본이 마족이라 하나 어찌 아비를 잡아먹을 수 있을 것인가, 라는 생각이 든 것이다.

하나 약육강식만이 법인 마계에서는 약한 자가 먹히는 것은 당연한 일이었다. 하지만 그동안 다른 마족을 많이 접하지 못하고 리트란과 함께 오랜 세월을 같이하며 그 심성이 바뀐 셸리온으로서는 꺼려지는 일이었다.

마린이 무슨 생각을 하는지 알았던지 셸리온은 쓴웃음을 지으며 말했다.

"그렇게 놀라워하실 필요 없습니다. 마계의 법칙은 강자존. 약해진 이는 먹히는 것이 당연한 것이 제가 살던 세상입니다. 제가 조금 전 왕이 힘의 반을 찾았을 뿐임에도 3년 안에 봉인이 풀릴 것이라 이야기하였지요. 이는 아버님이 저의 두 형을 잡아먹을 것임을 알기에 말한 것입니다."

그의 말에 마린은 마족의 그 순리마저 어긋난 냉혹한 습성에 혀를 내둘렀다.

'참으로 지고한 세상이로군. 이자의 눈빛 깊은 곳이 이리 슬픈 이유가 이 때문이었구나.'

잠시 측은한 눈빛으로 그를 바라보던 마린이 물었다.

"그럼, 이 이야기를 꺼낸 이유가 무엇인가?"

그의 물음에 셀리온은 지금껏 이를 위해 말하려 했던 설명이라는 듯 그에게 가슴에 있던 것을 터뜨리듯이 말하였다.

"제가 비록 율법의 어긋남에 의해 태어났다 하나, 아직 저는 총군사 파에톤마저도 상대하기가 벅찹니다. 만약 아버지가 깨어나신다면, 저는 오히려 그 율법의 어긋남에 태어난 존재임에도 제가 멸해질 수 있는 일입니다. 이미 신의 권능을 지닌 아버지라면 그 율법이라 하여도 피할 수 있을 터이니. 저를 도와주십시오. 제가 아버지를 멸하게 해주십시오. 마와 극성인 당신의 기운이 완성되어진다면 아버지 또한 당신을 범치 못할 것입니다. 진정 약속하겠습니다. 그렇게만 해주신다면 태초의 신의 뜻에 따라 그 어떤 마의 속성을 지닌 것도 이곳을 범치 못할 것을 약속드리겠습니다."

결국 그 율법에 따라 왕이자 아버지인 바하모스를 멸하는

데 협조해 달라는 것이었다. 물론 그 맹세한바 마의 속성을 지닌 이는 멸하겠다 했으니 그 근본인 마왕을 멸하는 것은 그의 맹세의 중요한 부분을 차지하고 있었다.

하지만 정작 그 거대한 힘을 얻기 전과 얻은 후에도 셀리온의 그 결심이 같을지 믿을 수 없었다. 어쩌면 그전보다 더한 거대한 적을 만들 수도 있음이니.

마린이 꺼끄러워하자 셀리온은 자신의 한쪽 눈을 뽑았다. 그리고는 푸른 피가 뚝뚝 떨어지는 눈에 무언가 중얼거리더니 알 수 없는 붉은 문자들이 어디선가 나타나 그 눈에 새겨졌고, 이내 그것은 사라졌다.

그렇게 주문을 끝맺은 그는 다시 눈을 자신의 휑한 구멍에 끼워 넣고 무릎을 꿇으며 말했다.

"태초의 신이 정해놓은 율법에 의해 스스로 저주를 걸었습니다. 혹시라도 제가 한 말을 지키지 못할 시에 제 모든 것을 멸할 것이라고 말입니다. 부탁드립니다. 도와주십시오."

아직 한쪽 눈에서 흘러내리는 피에 으스스한 기분을 느끼던 마린은 그에게서 굳은 의지를 보았다. 그가 저주를 건 것을 별개로 마린은 믿을 수 있는 사내의 모습을 보았다. 마린은 자신의 안목 없음을 탓하며 손을 잡고 그를 일으켰다.

"과연 내가 수많은 천재들이 도전했음에도 꺾을 수 없었던 그 고고한 검강의 경지에 들어설지 모르겠으나 어디 한번 노력해 보겠습니다."

　마린의 말에 그는 안도의 한숨을 내쉬며 감사의 인사를 하였다. 때마침 들어선 리트란은 웃음을 짓는 셀리온의 모습에 자신도 안도의 한숨을 내쉬며 마린에게 감사의 인사를 했다.

　'3년… 3년이라……. 너무 빠듯한 시간이군. 아니, 너무 긴 시간인가?'

　그들의 다정한 모습에 루아라가 생각난 그는 저도 모르게 한숨을 내쉬었다.

Chapter 6

마왕의 재봉인

하르미안 대륙이 절망적인 한 소식에 크게 요동쳤다. 그중 크로센 제국의 황실엔 어느 때보다도 무거운 기운이 흘렀다.

대륙의 절망에서 하나의 빛이 되어 나타난 용사의 등장. 비록 그가 신의 선택을 이어받은 이인지는 모르나 얼마 안 되는 시간 동안 그가 한 일은 용사라는 그 이름이 부끄럽지 않았다. 그만큼 사람들의 상식을 넘어서는 것이었다. 삼왕이라는 인간의 극에 도달한 이들이 있었으나, 마린 그는 인간의 한계를 넘어선 진정 전쟁의 신과도 같은 존재였으니.

하나 인간의 그런 작은 희망을 비웃기라도 하듯, 몇 달 전 갑자기 나타난 그 끔찍한 마기의 운무는 그를 집어삼켜 버렸다. 그 모습은 마치 현실감이 없는 거짓말과도 같았다. 만약 그때 당시 태풍이 불고 지나간 곳같이 건물이 파괴되지 않았다면, 그 자리에 남은 많은 이들은 그것을 사실로 받아들이지 않으려 했을 것이다.

그러한 절망적인 소식의 여파가 가시지도 않은 그로부터 보름이 지난 밤. 마왕의 강림, 그 공포의 날이 예언되어졌다.

남은 시간은 인간의 시간으로 하여 천 일. 장소는 죽음의 대륙이라 불리는 아로토 대륙에서 가장 독한 기운이 일렁이는 곳. 바로 2천 년 전 마왕성의 잔재가 남은 곳이다.

그 예언에 사람들은 끔찍한 공포를 느꼈다. 천 일이라는 시간은 결코 인간의 인생에 있어 길다 할 수 없는 시간이다. 혼란의 소용돌이가, 정해져 버린 죽음의 굴레가 결정되어졌으니 그들로서는 당연히 느끼는 감정이리라.

대륙이 혼란스러웠으나 마족을 견제하는 데도 병사가 모자란 세계 나라들은 새로운 희망을 찾으려 날마다 회의가 열렸다. 무언가의 대책이 있지 않고는 자멸하는 것이 시간문제임을 안 것이다.

마왕의 부활을 막기 위해 하루 밤낮 회의를 열었던 그들은 수많은 의견 중 그나마 가능성이 있는 하나의 의견에 귀를 기울였다.

마왕의 재봉인.

역사적 문구에서도 잠시나마 강림한 마왕의 여파가 어떠하였는지 보여주고 있다. 대륙과 대륙 사이의 그 거대한 바다도 막을 수 없던 그 강하고 광기적인 마기를……. 마왕이 강림한다면 세상은 끝이 났다 하여도 다르지 아니하다.

그러니 마왕이 강림하기 전 봉인하자는 의견에 그들이 희망을 거는 것은 당연한 일이다. 물론 그에 대한 희망 또한 있다. 바로, 고대로부터 내려오는 현재 대륙에서 가장 강력한 신기의 유물로 다섯 성배이다.

비록 그 성배가 예전 아덴이 얻었다는 태초의 신의 눈물이라 불리는 빛의 구슬과는 비교도 할 수 없는 것이나, 이를 대신해 수백 명의 고위 신자들이 목숨을 바꾸어 대신할 것을 맹세하였다.

또한 예전 마왕이 연 마계의 문을 다시 닫는 것이 아니라, 그저 열려진 문을 열쇠로 잠그는 것뿐이니 충분히 가능성이 있는 이야기였다.

하지만 고대 신들이 남긴 이 다섯 개의 유물이 과연 그 악의 신 바하모스를 막을 수 있을지는 의문이었다. 괜히 성배만 못쓰게 되는 것이 아니냐는 주장도 많았지만 그들로서는 어쩔 수 없는 결정이었다.

어차피 바하모스가 부활한다면 현재 어떤 것이라 할지라도 그를 막을 수 없음이니.

그렇게 목표가 잡히자 점차 계획을 잡기 시작했다. 우선 현재 마계의 문이 자리한 곳으로의 여정이었다.

아로토 대륙의 기운은 역행한다. 그렇기에 그곳으로는 아무리 뛰어난 현자라 할지라도 공간 마법을 써서 들어설 수 없었다. 잘못하다간 기운의 역행에 공간과 공간 사이에 끼어 영원히 나올 수 없는 상황이 벌어지고 마는 것이다.

그렇다면 유일한 수송 방법은 배뿐이다. 하지만 그도 몇 년 전부터 거센 파도가 밀어닥치는 험악한 바다를 건너가야 하는데 현재 세계에서 가장 크고 단단한 배라도 쉽지 않은 일이었다. 결국 그들은 처음부터 새로이 만들기로 결심했다.

바다에 존재하는 수많은 몬스터들을 막아주기 위해 물의 신전에서 아낌없이 지원을 하기로 약조했고, 마법과 장인으로 이름난 이들이 모여 그 작업을 진행하기 시작했다. 또한 오랫동안 바다를 누빈 이들 중 최정예를 뽑아 혹시나 있을 만약의 불상사를 최소한으로 줄이도록 하였다.

한편으로는 세계대회를 열어 사제들과 성배를 보호할 이들을 선발하기 시작했다.

수많은 이들이 그 대회에 참석했다. 세상만사에 지쳐 회피하던 은자들도 나섰고, 각국의 위대한 이름을 지닌 기사들, 탑의 주인들도 나섰다. 또한 금지의 힘을 지닌 이들 중 그 능력이 기이하여 이름을 높이던 자들도 나섰다.

대회의 분위기 때문인지 현재 대륙은 다시금 활기를 띠어갔다.

그렇게 활기가 띠어갈 때쯤 반가운 소식이 들려왔다.

암중으로 마족들과 전쟁을 벌였던 엘프들의 수장들이 모습을 보인 것이다. 그중 그들의 수장인 듯 카덴의 호칭을 지닌 오렌을 중심으로 백여 명의 고위 엘프들이 모습을 보이자 사람들은 술렁이기 시작했다.

그 아름답고 고귀한 모습에서도 놀라워했지만, 정말 드물게 그 모습을 보이던 전설의 엘프들이 이렇게 많은 수효를 보이자 놀라워했던 것이다. 인산들의 수장을 만나고 싶다는 그들의 말에 사람들은 임시로 세워놓은 세계정부로 안내했다.

커다란 저택가의 중심에 자리한 회의실에 도착하자 현재 세계정부의 수장을 맡고 있는 크로센 제국의 황제가 몸소 그들을 맞이했다.

"그대들이 오니 참으로 든든하구려. 정말 고맙소."

이 절망적인 상황에서도 패기 넘치는 목소리로 자신들을 반기는 황제의 모습에 미소를 띠던 오렌은 살짝 고개를 숙이며 인사를 하고는 말하였다.

"아닙니다. 이번의 일은 2천 년 전에도 그러했듯이 네 종족이 모두 힘을 합쳐 해결해야 할 일. 곧 드워프, 포툰의 수장들도 이 일에 동참하러 올 것입니다. 마계의 목적은 이 세상의 생명체들을 모두 멸하는 것이니."

"그렇소? 하하하. 그 이야기를 들으니 참으로 든든하오. 자~ 이러지 마시고 앉으십시오. 현재 계획이 어떻게 진행 중인지 이야기해 드리리다.”

거대한 탁자는 100여 명이나 되는 그들이 다 앉음에도 무리가 없었다. 계획을 묵묵히 듣던 엘프들은 현재 진행 중인 배 건조를 자신들이 도와줄 수 있음을 느꼈다. 그들이 지닌 정령들의 힘이라면 배를 만드는 데 질 좋은 목재 등을 구하고 들어올리는 것은 쉬운 일이리라. 또한 나중에 항해를 나서 바람을 잡는 데도 그들의 힘은 상당히 도움이 되리라.

오렌의 말대로 며칠 되지 않아 드워프와 포툰의 수장들이 도착하였다. 몇백여 명의 거대한 망치나 무구를 든 키 작은 드워프와 장난스러운 미소가 입가에 맺고 있는 포툰의 등장은 엘프 못지않게 기쁜 일이었다.

특히 드워프의 수장 아스토는 현재 만들어지는 배의 모습에 고개를 내젓더니, 이내 임시로 지어진 세계정부로 들어가 공사는 자신들이 맡겠다고 하더니 그로부터 며칠 만에 배의 기초 작업을 끝내 버렸다.

이대로 간다면 얼마 지나지 않아 작업을 끝맺을 수 있으리라.

드워프와 엘프들이 그러할 때, 포툰들 또한 지금 세계 각지에서 몰려오는 많은 이들과 서로가 갈고닦은 기술들을 공유하며 그 투기와 힘을 높였고, 그들 포툰들의 수장 격이라 할 수 있는 코센은 삼왕 중 권왕인 잭과의 승부에서 한 치도 밀리지 않는 멋진 승부를 펼쳐 사람들에게 희망을 불어넣어

줬다.

그렇게 세계정부가 내놓은 그 계획은 이종족들의 개입으로 인해 더욱더 완벽하게 바뀌어갔다.

그렇게 3개월의 시간이 흘렀다.

세계대회가 끝난 지 벌써 한 달이 지났고, 선별한 108명 또한 바다에서 일어날 수 있는 일들과 마족들이 들이닥칠 때에 효율적인 팀원도 다 맞춰진 뒤였다. 이제 내일이 되면 대륙보는 생녕을 시닌 것들의 희망이 딤긴 배가 띄워질 것이다.

그날을 앞두고 대륙 곳곳에서는 이 계획의 성공을 바라는 참배가 이루어지고 있었다.

성당, 집, 집회소 이외에도 길가 곳곳에 불빛이 켜져 있는 것이, 마치 하늘의 별을 바라보는 것 같다.

바닷가에서 그리 멀지 않은 거대한 성당의 베란다에 여신과도 같은 한 여인이 자리 잡고 있다.

촉촉한 입술, 하얗고 아리따운 콧날과 곡선, 크고 반짝이는 눈동자는 보석보다 더 빛이 났다. 부드러운 머릿결이 살랑이며 어깨에 곱게 퍼져 내려온다. 베란다 창가에 불어오는 바람이 그녀를 스쳤다. 바다 특유의 비린내를 맡고 있던 그녀는 저 맑은 하늘에 그의 모습이 그려지는 것을 보았다.

'이번에는 걱정 안 할 거야. 그대를 믿어. 그토록 어려운 상황에서도 그대는 나와의 약속을 지켰잖아. 그대는 돌아왔잖아. 그대를 믿어. 당신이 나에게 있어 벅찬 사랑이 될 거라

'생각지 않아.'

가는 줄에 매달린 반지의 차가운 감촉이 그녀에게는 어떤 것보다 따스히 느껴졌다. 벌써 반년이나 지났지만 마린의 숨결과 저음의 목소리는 그녀의 귓가를 매만지는 듯하다.

'살아 있다면…… 그도 이 하늘 아래 나를 생각하고 있겠지.'

멍하니 하늘을 바라보는 루아라는 누군가의 인기척에 고개를 돌렸다. 선택자들 중 한 명으로 선발된 이였다. 빛나는 태양과도 같은 외모를 지닌, 이제 서른이 넘어 남자의 매력이 물씬 풍기는 윌리스였다.

그는 돌아서는 루아라를 보며 살며시 쑥스러운 듯한 웃음을 띠었다. 그 또한 그녀에 대한 마음을 접고 결혼하여 이제 그의 아버지가 원하는 대로 네 살배기 후계자의 아버지가 된 그였지만, 찬란한 청년 시절 가슴 졸이며 사랑했던 여인의 모습은 마치 그를 젊은 시절로 돌아간 듯한 느낌을 주기 때문이었다.

어색한 듯 미소를 짓던 그는 살짝 자신에게 고개를 숙여 보이는 그녀에게 말을 건넸다.

"그를 생각하시나 보군요. 그는 무사할 겁니다. 아마 무슨 사정이 있어 오지 못하는 것이겠지요."

성당의 꼭대기로 올라서는 루아라를 무심코 따라나서다 그녀의 눈가에 맺힌 눈물을 본 그는 그녀가 마린을 생각하고

있음을 알았다. 걱정하는 그의 말에 루아라는 맑은 미소를 띠
며 고개를 끄덕였다.

"그러고 보니 내일 출항이네요. 긴장되지 않으세요?"

"하하하……. 긴장이 되지 않는다면 거짓이겠고… 뭐, 그
래도 다른 것도 아닌 기사가 되어 대륙의 희망의 한 중축이
되는 것인데 오히려 영광이죠."

"그런가요? 하긴 저도 기사였다면 그것은 찬란한 영광이었
을 것 같아요. 때문에 동생과 그의 친구늘의 출항을 반내하시
않은 거지만. 월리스 경, 아직 부족한 게 많은 이들이에요. 이
번 여정에 도와주시면 감사하겠어요."

"하하하. 새로이 대륙에 불빛을 밝히는 위대한 그들을 도
와주라니……. 걱정 마십시오. 다들 무사히 돌아올 겁니다,
분명히."

월리스의 대답에 가볍게 고개를 숙이며 감사의 인사를 전
한 그녀는 고개를 돌려 다시금 바다를 바라보았다.

그런 루아라의 모습에 월리스는 묵묵히 자신의 선택을 반
대치 않던 아내의 얼굴이 생각났고, 자신을 위해 참배하고 있
을 아내가 있는 곳으로 서둘러 발걸음을 돌렸다.

아침 햇살이 새들의 울음소리와 함께 반짝인다.

바닷가의 힘찬 파도 소리는 이른 아침부터 사람들의 환호
에 사라진 지 오래다. 많은 이들이 이곳에 자리했다. 왕족도,

귀족도, 평민도 오늘은 서로의 그 직분에 관계없이 한 가지만을 소망하는 일개의 인간이다.

두두두두두두둥―

북소리가 울려 퍼지며, 오늘 있을 위대한 항해의 시작을 알리는 듯하다. 높이만 해도 40미터, 길이는 200여 미터에 달하는 거대한 배는 이미 모든 준비가 끝나 이 위대한 항해가 시작되기만을 기다리고 있었다.

크로센 제국의 황제를 선두로 수많은 나라의 왕들이 이들에게 성공의 기원을 알렸다. 해가 중천에 떠오르자 수많은 행사가 끝이 났고, 드디어 이번 여정에 참가하는 위대한 이들이 배에 올라서기 시작했다.

삼백여 명이 넘는 고위 사제를 시작으로, 대륙에 큰 빛이 되고 있는 삼왕과 엘프들의 수장인 오렌을 중심으로 이십여 명의 엘프들, 또한 작고 웃음이 헤퍼 편안하나 그 어떤 종족보다 강한 포툰의 수장 코센과 그를 중심으로 고르고 고른 포툰들이 올라선다. 또한 이번 대회에서 선발된 108명이 그 뒤를 따랐다.

하나하나가 그 명성을 높이지 않은 이가 없는 108명의 선택자들이 단호한 결의를 보이며, 배에 올라섰다.

파라라라락, 파라라라라락―

거대한 돛이 요란한 소리를 냈다. 그리고 그를 맞추어 이 위대한 항해가 성공하기를 기원하는 음악이 저 멀리 바다 끝까지 퍼져 갔다.

 태양이 타오르는 그 뜨거운 여름날, 수많은 이들의 꿈과 희
망을 안은 채 이 위대한 향로는 그렇게 시작되었다.

Chapter 7
용사, 다시 돌아오다

용사, 다시 돌아오다

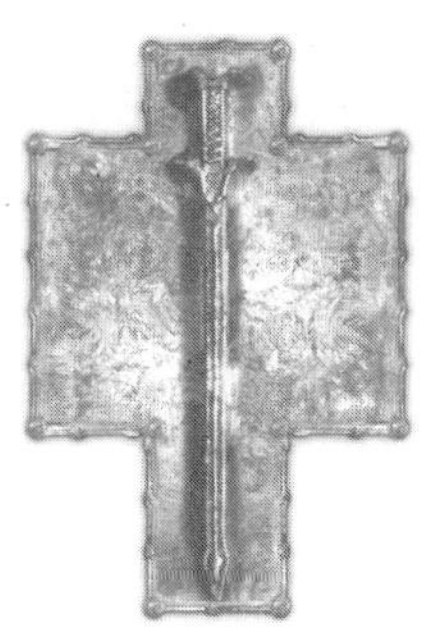

시간이 흘러 마왕의 부활을 예고한 그날은 세 달 앞으로 다가왔다.

기억하고 싶지 않은, 결코 좋지 않은 일이 있었다. 그리고 그 후로 종이에 잉크를 쏟아낸 듯 대륙에는 어둠의 흔적이 퍼져만 갔다. 모든 것은 그 일이 있은 뒤의 일이다. 마치 세상을 지탱해 주던 기둥이 뽑혀 와르륵 무너지듯, 대륙에는 이제 희망이라는 단어가 생소할 뿐이었다.

2년 전 마왕의 재봉인을 위해 나섰던 위대한 항해, 아니, 죽음의 항해라고도 불리는 그 당시 선택자들은 바다의 수많은 위협과 마족들의 견제를 받았다. 총 20여 일간의 그 항해는 마치 악몽이라도 꾸는 듯 힘겹고 더디기만 한 날들이었다.

하지만 삼왕과 엘프들, 그리고 이미 자리한 수많은 선택자들은 그 모든 시련을 이겨내었고, 결국 그들의 종착지인 아로토 대륙에 도착할 수 있었다.

그들이 처음 그곳 아로토 대륙에 들어서 느낀 많은 것들 중 하나는 분명 공통적이었다. 바로 이 세상을 넘어선 이세계의 이질감이었다. 자신들을 받아들이지 아니하는 그곳은 그들 하나하나가 범상치 않은 존재임에도 마치 맞지 않은 갑옷을 입은 듯 움직임이나 사고에 영향을 주었다.

처음 그들을 맞이한 것은 생전 처음 보는 형태의 몬스터들이었다. 괴물이라 불리는 투 헤드 오우거가 그사이에 끼어 있어도 아무런 감흥이 느껴지지 않을 정도로 흉측한, 또한 거대한 힘을 지닌 몬스터들.

그들의 일격 하나하나가 웬만한 기사들이라도 막지 못할 정도로 강하였으나 대륙 최고의 거대한 파티를 이룬 이들에게서는 맥없이 쓰러질 뿐이었다. 생각보다 쉽사리 넘어갈 것 같던 그들의 첫 시련은 한 마리의 몬스터가 마지막으로 지른 괴성에 진정 왜 이곳이 죽음의 대지라 불리는지를 몸으로 느껴야 했다.

거대한 흙먼지가 뿌옇게 일어나며, 대지가 흔들릴 정도로 거대한 진동 소리가 요란히 들려온다. 무서운 속도로 이름 모를 기괴한 나무들을 뿌리째 뽑아내며 나타난 그것들의 정체는 어림잡아도 삼천 마리가 넘는 괴물들이었다.

하나하나의 존재가 대단한 만큼 들이닥친다면, 그 어떤 견고한 성벽이라도 무너뜨릴 만한 존재들이었다. 또한 그들의 위로 하르미안 대륙에서도 그 존재를 보기 힘든 최상급 마족 10여 명이 기괴한 웃음을 지으며 그들을 통솔하고 있어, 아무리 대륙의 최고 실력자들인 그들이라도 큰 피해를 입을 것이 분명했다.

그러나 악왕이라 불리는 젤리가 소울 피아노를 연수함에 모두들 끝없는 체력을 지니게 되었고, 예전 마린이 가져다준 책으로 인해 현자들 사이에서도 발군의 위력을 보이는 물의 지배자라 불리는 레이센이 그들의 발목을 잡음으로써 예상보다 적은 피해를 입게 되었다.

하지만 적은 피해를 입었다 하나 죽어나간 이가 벌써 20여 명, 부상자 또한 30여 명에 달했기에 암울하다 할 수밖에 없었다. 예전 고대 기록에 적힌 용사 일행의 기록에 따르면 마왕을 봉인시킨 장소까지는 아무리 빨리 간다 할지라도 10여 일이 걸렸다.

한데 첫날부터 이러한 결과를 입게 되었으니 그들로서는 마음의 동요를 막을 수 없었다.

그렇게 불길한 전투를 시작으로 10여 일간의 악몽과도 같은 시간이 흘러갔다. 그리고 드디어 마왕의 봉인이 시작되었다는 곳에 도착한 그들의 행색은 처참하였다. 또한 그 수도 많이 줄어들어 있었다. 하지만 불행 중 다행으로 다섯 성배를 이용할 신자들의 수는 겨우 맞출 수 있는 상태였다.

마왕이 강림한 곳이었던 탓인지 2천 년이 지났음에도 남아 있는 혼마저 꿰뚫을 것 같은 지독한 마기의 흐름에 마족들마저 근처에 다가오지 못하였다. 그것은 그들 일행 또한 마찬가지였지만 비록 그렇다 할지라도 혼을 팔아서라도 해야 할 일이 있었기에 그들은 결코 앞으로 나감을 주저하지 않았다.

이글거리는 열기로 쩌적 갈라져 붉은 빛을 뿜어내는 땅을 발견하자 그들의 힘겨운 걸음은 그제야 멈추어졌다.

도착한 것이었다. 수많은 희생을 뒤로한 채 달려와 도착한 것이다.

"후우~"

그들은 자신들도 모르게 한숨을 내쉬었다. 그것에는 무사히 도착했다는 안도감과 이제 앞으로 무슨 일이 있을지 모르는 미래에 대한 불안감이 뒤섞여 있었다.

신자들은 수많은 마법과 권능으로 보호된 다섯 성배를 풀어냈고, 이미 오기 전부터 이야기하였던 대로 다섯 개의 조로 나뉘어 금지의 진법을 펼치기 시작했다.

30여 장에 이르는 그 거대한 진법은 시작부터가 대단하였다. 그 지독하였던 마왕이 남긴 마기가 그 성스러운 기운에 억제되어 물러서기 시작한 것이다. 혹시나 모를 누군가의 침입에 망을 보고 있던 선택자들 또한 그 성스러운 모습에 잠시나마 묵념에 임했다.

자기희생 주문인 마간테를 쓰고 사라져 버린 수많은 성인들처럼 이들도 인류의 평화를 위해 아무런 불만도 남김 없이 사라져 갈 것임을 아는 그들로서는 이들의 희생에 저절로 고개가 숙여질 뿐이다.

고오오오오—

다섯 성배에서 찬란한 오색 구름빛을 뿜어내는 환상이 일어나기 시작한다. 그리고 그것들은 서로를 엮어내기 시작하였고, 이내 성스러운 빛의 폭풍이 만들어졌다.

수백여 장에 이를 정도로 강력한 빛의 폭풍은 고대 신들이 남긴 진을 그려내기 시작하였고, 그 과정에서 한 명씩 한 명씩 사제들은 피를 토하며 쓰러졌다. 핏기가 없는 안색과 뒤틀린 골격에서 보이듯이 지독한 고통 속에서 죽었음이 분명하건만 쓰러진 사제들에게선 아무런 아쉬움도 보이지 않는다. 그저 세상을 위해 무언가를 했다는 진정 살신성인의 모습을 보일 뿐이었다.

절반에 가까운 이들이 죽은 후에야 진은 다 그려졌다. 이제 남은 절반의 사제들이 마지막 의식을 행하여 봉인할 일만이 남았을 뿐이다. 두근거리는 가슴으로 그 봉인 의식을 보고 있던 그들 중 검왕이 천둥 같은 목소리로 소리쳤다.

"마족이오! 못해도 최상급은 넘는…… 모두 사제들을 보호하시오!"

자신의 검법에 대한 힘의 특성상 마기에 대해 가장 예민한 검왕 아레스는 실낱같이 아주 작으나 전의를 상실할 정도로 지독한 기운을 느끼자 다급하게 소리치고는 그 기운이 나타날 곳을 향해 몸을 날렸다.

몸을 날린 곳은 믿을 수 없게도 사제들이 있는 그 성스러운 힘의 폭풍이 가장 강력히 운집해 있는 곳이었다. 그 탓에 잠시나마 그가 몸을 날린 곳에 의문을 가진 사람들이었으나 권왕과 악왕 또한 잔뜩 긴장한 표정으로 그곳을 향해 몸을 날리자 그들 또한 전투에 대한 준비를 시작하였다.

똑, 똑, 똑 …쾅!

허공에서 무언가 문을 두드리는 듯한 소리가 들리는가 싶더니 어느새 거대한 폭발이 일어나며, 그 주위 진의 위치에 자리 잡은 사제들을 한 줌의 핏덩어리로 만들어 버린다.

"빌어먹을!!!"

그동안의 고생이 모두 헛것으로 변하자 욕지거리를 내뱉는 잭이었다. 그런 그의 욕지거리를 듣고 나타났다는 듯이, 그 폭발을 이루게 한 중심에 찍힌 짙은 회색의 점에서 희뿌연 무언가가 쉬임없이 뱉어졌다.

그것에서 나온 것은 처음 보는 형태의 괴물들이었다. 아니, 악령이었다. 짙은 회색을 띤, 얼핏 보면 끔직한 마기를 지닌 그것들은 뱀과 그 모습이 유사했다. 다른 것이라면 그 크기가 비교가 안 될 정도로 거대하다는 것과 자유로이 하늘을 난다는 것이었다. 또한 나타나자마자 입을 쩍 벌리며 뱉어내는 불과 얼음은 사제들이 사라진 것에 대해 회의감을 느낄 여유조차 주지 않았다.

악령들의 수는 열네 마리, 그중 열한 마리를 삼왕이, 나머지 세 마리는 지금껏 살아남은 사람들이 맡았다.

쿠콰콰쾅!

요란한 소리가 대기를 뒤흔든다. 순식간에 치열한 전장으로 변한 그 전투에서 삼왕은 이름에 걸맞게 그 무시무시한 악령들에게 밀리지 않았다. 하나, 삼왕과는 달리 나머지 사람들은 겨우 세 마리뿐이나 고전을 금치 못했다.

너무나 강했다. 최상급 마족보다 더 강하고 상대하기에도 너무 까다로웠다. 무엇보다 물질적인 충격을 받지 않았다. 검이 허공을 격할 뿐이니 뛰어난 검을 닦았던 이들도 어찌할 방법이 없었다.

오로지 마법 같은 힘만이 그들에게 충격을 줄 수 있으니 그들로서는 현자들이 악령의 공격을 피하도록 도와줄 뿐이었다. 그래도 상황이 다행인 것이, 포툰의 수장 코센이 한 마리를, 또 오렌이 물, 불, 바람, 땅의 상급 정령을 소환하여 하나를 맡아 상대할 수 있게 되자 살아남은 몇몇 엘프 또한 나머지 한 악령과의 싸움을 맡게 되어 삼왕이 그들을 처리하는 데 시간을 벌 수는 있게 되었다.

현재로서는 삼왕이 악령들을 빨리 해치우길 바랄 뿐이었다.

최근 들어서 권왕이 남긴 마지막 극의를 깨닫게 된 잭은 아직 완숙치 않아 후유증이 많았던 그것을 펼쳐야 함을 느꼈다. 눈앞의 악령들은 어설픈 공격으로는 아무런 득을 보지 못할 것을 안 것이다.

태양권(太陽拳).

세상의 기운 중 미세하나 모든 것을 태울 순수한 태양(太陽)의 기운을 몸에 받아들여 펼치는 기술로, 순간적이나 거대한 파괴력을 보여준다. 이것이라면 마치 연기처럼 재생되는 악령들을 소멸시킬 수 있을 것이다.

잠시간 망설이던 그는 곧 아레스와 젤리를 믿고 태양권을 펼쳤다.

스스스슥—

대기에서 그의 몸을 향해 무언가 흡수되어지는가 싶더니, 점차 그의 전신 모공에서 뜨거운 열기와 함께 하얀 빛이 뿜어져 나온다. 그리고 그것은 마른 장작에 붙은 불꽃처럼 타올랐고 어느 순간부터는 마치 태양의 일부가 떨어져 나온 것처럼 강한 열을 뿜어내기 시작했다.

"크으으윽."

그 열기는 권왕비전으로 더 이상 단련될 수 없을 육신에 올라선 잭이라도 감당할 수 없어 고통의 신음을 질러야 했다. 하나 그 신음을 지를 여유도 그에겐 없었다. 거세게 타오르고 있는 이 기운이 곧 있으면 식어버릴 것을 아는 탓이다. 뇌조차 타버릴 것 같은 이 열기에서 겨우 정신을 차린 그가 권을 휘둘렀다.

화르르르륵—

그가 펼치는 권을 따라 일 장(3미르)에 이르는 강렬한 열기를 지닌 하얀 불꽃이 살아 있는 생물체마냥 꿈틀거리며 악령들을 태우려 한다.

처음에는 방어에 급급한 그들 중 한 명이 홀로 나서자 그를 향해 무서운 기세로 다가가던 악령들은 동료들이 아무린 비명도 지르지 못하고 소멸하자 움찔하며 뒤로 물러서려 했다. 하나 젤리가 '늪' 이라는 제목을 지닌 음악을 연주하자 악령들은 아주 짧은 시간이었지만 밧줄에 묶인 듯 움직임을 멈춘다.

그건 일 수유와 같은 시간이나 잭이 마지막 남은 기운을 모두 퍼붓기는 충분했다. 거대한 열기를 지닌 하얀 빛이 순간 세상을 뒤덮는다.

순간 모든 생물체들이 시각에 의지할 수 없게 됐다. 아니, 그보다 너무나 강한 열기에 신음성을 터뜨렸다.

푹—

무언가 꿰뚫리는 소리가 들림과 동시에 하얀 빛이 사라졌다. 그리고 그곳의 중심에 뱃속이 난자당한 듯한 모습을 한 잭과 마치 피에로처럼 모습이 변형된 한 악령만이 자리 잡고 있었다.

"아하하하. 정말 고맙군요. 아직 부족한 조각들이 있어 난 감했는데 이렇게 찾게 되다니……. 감사의 선물로 편안한 죽음을 드리지요."

맑은 미소를 띤 그의 얼굴이 옅어지는가 싶더니, 그의 몸 또한 뭉그러졌고 그것은 느리나 거대한 힘을 지닌 채 그에게 다가갔다. 마치 거미줄처럼 근처의 모든 것을 옭아맨 그것 때문에 그 누구도 잭을 도와줄 수 없었다. 그저 삼왕의 하나인 권왕의 죽음을 바라볼 뿐이다.

흐릿해지는 의식 속에서 수많은 인연들의 얼굴을 떠올리던 잭은 마지막으로 마린을 떠올렸다. 왜 그러했는지 모른다. 하지만…… 그의 입가에 미소가 새겨졌다. 왠지 모르나 그 녀석이라면 자신이 사랑한 사람들이 이 지옥 같은 현실을 벗어나게 할 것 같은 생각이 들었던 탓이다.

'부탁한다…… 용사여.'

천천히 회색의 그 거대한 힘에 그의 모습이 사라지기 시작한다.

아무런 것도 얻지 못한 채 결국 대륙의 희망의 빛이 된 권왕, 수많은 고위 사제들, 희망에 목숨을 바친 선택자들을 잃었을 뿐이다.

희망을 잃어버린 채 돌아가던 그들 또한 다수가 약해진 전력에 죽음을 맞이했고, 결국 그 끔찍한 소식을 전하러 도착한 인원들은 출발 당시와는 비교할 수도 없는 아주 적은 20여 명

남짓 불과했다.

믿고 싶지 않은 사실… 하나 이는 진실이었으니, 인류에게 희망이 보이지 않는 듯했다. 고대의 이야기에서 내려오는 마왕 바하모스의 재강림. 그 파멸이 정해지게 될 것이라는 게 피부로 느껴지는 듯했으니 사람들의 동요는 하루하루가 다르게 커져만 갔다.

크로센 제국의 동쪽에 위치한 아직 마족들의 공격에서 비티고 있는 호루센 영지는 한 명의 이방인을 맞이하게 되었다. 그 이방인은 꼽실거리는 붉은 머리를 길게 늘여놓은 수염이 더부룩한 사내였다.

용병이기라도 한 듯 큰 체격에 허름한 망토 속에 한 자루의 검을 지닌 모습이었지만 경비대장은 그를 조심스레 견제하며 성문을 열지 않는다.

몇 달 전 어딜 보나 평범한 한 이방인을 들이는 데 허락한 그는 영지에 크나큰 피해를 입혔다.

그 이방인의 정체가 사실 마기를 숨긴 마족이었기 때문이다. 덕분에 수많은 사람들이 그자에게 먹혔고, 며칠 되지 않아 이유 불명에 의해 많은 사람들이 사라지자 성에서는 조사단이 파견되었다. 그로부터 한 달이 지나고서야 수많은 자들의 생명과 맞바꾸고 사람들 속에 녹아든 마족을 붙잡아 처리할 수 있었다.

그 당시 설마 마족이 이런 식으로 들어설 줄은 몰랐던 사람들은 그 후부터 홀로 여행을 하는 이나 무언가 수상한 이들이 있는 경우 사제들에게 이를 조사케 하였다. 당시 그 마족이 까다로운 변화 마법을 썼다 하나 중급도 아닌 하급에 속하는 마족임에도 그들은 큰 피해를 입었기 때문이다. 만약 중급에 해당되는 이가 그런 짓을 했다 하면 상상을 불허케 하는 사태로 들어설 수도 있는 일이었다.

그렇게 그때의 악몽에 큰 죄책감을 느끼고 있던 경비대장에게 이 이방인의 방문은 실로 반갑지 않은 것이었다. 더구나 최근 들어 여기서 멀지 않은 도시 하나가 마족들에 의해 사라진 뒤부터 최근 그의 긴장감은 더 커져만 갔다.

수하에게 급히 사제를 불러오라 한 그는 이방인을 살폈다. 평소보다 더 시간이 흘러갔음에도 수하와 사제는 오지 않았다. 생각보다 오래 시간이 걸리자 그는 그때서야 오늘 예배식이 있음을 기억했다. 아마도 사제라면 현재 중앙에 위치한 성당에 있으리라.

하지만 일반인이라면 이토록 오래 성문을 열지 않으면 짜증이 날 만도 한데 시간이 흘러도 이방인은 아무런 반응을 보이지 않고 있었다. 말수가 적거나 노련한 용병이라면 마찰이 싫어 그럴 수도 있는 일이지만, 긴장감에 잠시 판단이 흐려진 그는 이자가 마족일 수도 있다는 쪽으로 생각이 기울었다.

묵묵히 아무 말도 없이 성문이 열리기를 기다리던 사내는 경비대장의 따가운 시선이 느껴졌는지 고개를 들었다. 긴 앞머리 사이에 살짝 가려진 갈색 눈이 따스하게 빛나는 듯하다.

이방인을 바라보다 그와 눈이 마주친 경비대장은 자신도 모르게 주눅이 들었다.

그건 결코 마족에게서 느껴지는 위협이나 두려움 따위가 아니었다. 거대한 성당에서 가끔 느끼곤 했던 고고한 경외심이었다.

하지만 그런 감정을 인간에게 느껴본 적이 한 번도 없었던 그로서는 그저 눈이 마주친 것만으로 묘한 감정을 일게 한 이 이방인의 정체에 대해 더욱 의혹이 들었다.

'잘은 모르겠지만 평범한 이는 아닌 것이 분명하군.'

여러 의혹이 들었으나 그는 이자가 마족이 아님에 확신을 가졌다. 아니, 그는 자신이 느낀 이 감정을 신뢰할 수밖에 없었다. 그 강한 전율을 부정할 수 없었기 때문이다. 하나 한 치 앞도 모르는 것이 이 난세이기에 그는 긴장을 늦추지 않았다.

그가 그렇게 생각할 때쯤 요란한 말발굽 소리가 들려왔다.

오늘 드래곤 산맥을 내려선 마린은 오랜만에 느끼는 이 인간 특유의 가지각색 기운들을 느끼며 마음이 편안해졌다.

비록 이곳에 오기 전 멸했던 마족들 때문인지 묘한 의심을 산 것 같았으나 사제가 오고 나면 괜찮을 것이다. 자신의 검에 새겨진 마력석은 기사의 신분을 확신해 줄 것이니, 운이 좋아 고위 현자가 있다면 그리운 얼굴들을 조금이라도 빨리 보게 되리라.

곧 성 위로 사제가 나타났다. 태양신들을 모시는 고위 사제인지 붉은색 사제 옷 가슴 위에 이글거리는 태양이 황금빛처럼 새겨져 있었다.

사제는 환한 황금빛의 신성력을 마린에게 뿜었다.

저 위에서 묵묵히 자신을 감싸는 신성력을 바라보던 마린은 그것에 몸을 맡겼다. 무어라 표현할 수 없으나 알 수 있었다, 그것이 자신에게 도움을 주려 한다는 것을.

그렇게 그의 몸에 휩싸이던 신성력은 거세게 불어나기 시작하였고, 따스한 봄볕을 뿜어냈다. 그 빛은 성스럽고 위대하여 성문 위에서 그를 지켜보던 이들은 감히 쳐다보지 못하고 절로 몸을 숙였다.

그렇게 그 일대를 환히 비추던 그것은 이내 마린의 몸속으로 사라졌다.

마린은 자신의 몸속으로 사라진 그 기운이 내공과는 전혀 충돌치 않은 마치 다른 곳에 있는 것을 빌려 쓰는 것임을 느꼈다. 분명 그것은 자신의 기운이 아닌 다른 자의 것이었으나 마린은 자신이 원한다면 원하는 바대로 쓸 수 있음을 알았다.

하지만 그렇다 할지라도 그의 경지에 도움이 되는 것은 아니었다. 다만 이로 인해 마기를 더욱 예민하게 느끼고, 육체적으로나마 쉬이 지치지 않거나 내상을 입을 경우 빠른 속도로 회복할 수 있게 만들어주는 것이었다. 이는 그 상대가 어떻고 얼마나 되는지 알 수 없는 마린에게 있어 상당히 도움이 되는 것이라 할 수 있었다.

무란 사제는 잠시 이 믿기지 않은 광경에 아무런 말도 하지 못하였다. 그것은 가슴 깊이 벅차오르는 환희 때문이었다.

'신에게 선택받은 이……'

사람들의 마음마저 황폐해져 버린 세상에 이 소식은 사막에서 오아시스를 발견한 것과도 같을 것이다. 그의 옆에서 놀란 표정을 짓고 있던 사람들의 모습에 사제는 크게 웃음을 지으며 소리쳤다.

"하하하. 어서 문을 여시게나. 참으로 대륙은 오랜만에 반가운 손님을 맞이하는 것 같군."

끼이이익—

거대한 성문이 열리며 한 여행객을 맞이한다. 오랫동안 자리를 비운 용사가 드디어 본래의 자리로 돌아온 것이다.

대륙은 다시 돌아온 용사의 등장으로 인해 흥분의 도가니였다.

이제 끝이라고, 순순히 죽음을 맞이할 수밖에 없을 것이라 믿었던 미래에 새로운 희망이 나타났으니 그럴 수밖에 없다. 세상의 모든 시선이 지금 그가 있는 크로센 제국으로 향해 있었다.

해가 중천에 떠올랐다.

권왕을 잃고 이제 이왕이라 불리는 검왕과 악왕은 물론, 악몽의 항해라고도 불리는 위대한 항해에서 살아남은 이들은 현재 크로센 제국 황실의 중앙에 모여 있었다.

그들의 상석에는 황제와 아직 살아남은 여러 나라의 지도자들 또한 자리하고 있었는데 지난번의 회의와는 달리 조금은 들떠 있는 모습이었다.

부우우웅, 부우우웅―

입장을 알리는 나팔 소리가 전에 없이 크게 들려온다.

끼이이익―

문이 열리면서 그곳에 자리한 모든 이들의 시선이 열려진 곳을 향했다. 갈라진 문 사이로 한 사내가 들어서자 상석에서 앉아 있던 황제와 지도자들이 일어섰다.

또각, 또각.

기이한 열기와 함께한 침묵 사이로 들어서는 사내의 발자국 소리만이 들려온다. 수많은 사람들의 중앙에 도착하자 그는 예를 갖추었다.

"신 마린, 무사히 귀환하였습니다. 심려를 끼쳐 드려 죄송할 따름입니다."

그의 말에 상석의 지도자들은 물론 주위에 있던 사람들은 그제야 용사가 돌아왔음을 느꼈다. 여기저기서 환호성이 들려온다.

한동안 황궁이 들썩거릴 정도로 떠들썩했던 회의장 안은 황제가 손을 들자 그제야 조용해졌다. 잠시 조용해진 주위를 바라보던 황제의 입가 또한 다른 이들과 마찬가지로 미소가 가득했다.

"정말 그대가 살아 돌아와 주어서 고맙네. 그대가 온 것만으로 대륙은 다시 미래가 보이는 것 같군. 앞으로 마왕의 부활까지 시간이 얼마 남지 않았으나 그대가 있기에 다시 한 번 시작할 수 있을 것 같네. 용사여, 그 중심에서 잘 이끌어주시게. 부탁하네."

"신 마린, 황제 폐하의 명을 받습니다."

패기있게 자신의 명을 받는 마린의 모습에 황제만이 아니라 그곳에 자리한 모든 이들은 가슴이 두근거려진다.

회의장은 다시금 마왕의 부활을 저지하기 위한 준비로 활력을 띠어갔다.

전에 아로토 대륙으로 갔던 이들이 있었기에 계획은 생각보다 빨리 세워져 그날 저녁에 끝이 났다.

회의장에서는 황제와 지도자들이 있었기에 친우들을 제대로 반기지 못한 마린은 끝이 나서야 그들과 회포를 나눌 수 있었다.

"마린, 이 자식. 진짜 걱정했잖아. 어떻게 한번 사라지면 오랫동안 얼굴을 보지 못하게 하는지."

"어디 아픈 곳은 없냐? 흠~ 안색을 보니 없는 것 같네. 정말이지, 무사히 돌아와서 다행이다."

"전에 보다 더 강해져서 왔겠지. 훗~ 우리도 이제 공명 경지의 끝자락에 들어섰다. 예전의 우리로 생각하면 안 된다고."

"아하하하! 그 아로토 대륙의 망할 놈의 녀석들, 이번에는 꼭 다 쓸어버리겠어!"

"크크. 오늘 술이라도 한잔하자."

"어허~ 파니오, 아직 총각인 네 녀석은 모르겠지만, 마린은 루아라 누님과 그 애절하고도 간절한 사랑을 확인해야 하거늘 어떻게 우리가 그 길을 막을 수 있겠는가."

"아~ 젠장. 로단, 넌 입 좀 닫아라. 느끼한 녀석 같으니. 로미아가 어떻게 너에게 넘어갔는지 아직도 이해가 안 된단 말이야."

"녀석, 그건 그녀가 드디어 나의 진가를 알아주었기 때문이지. 이 사나이의 순정을 말이야."

"우웩……."

여전히 티격태격하며 오랜만에 보는데도 늘 변하지 않은 듯한 친우들의 모습에 마린은 마치 예전으로 돌아간 듯한 착각이 들었다. 하지만 얼굴과 몸에 새겨진 잔잔한 상처 자국들로 인해 세월이 흘러감을 느꼈다.

잠시 말없이 친우들의 모습을 바라보던 마린 또한 웃음을 띠며 말했다.

"녀석들, 여전하구나."

그 말에 세리온스가 발끈하며 소리쳤다.

"여전하다니! 그렇게 멋대가리없는 말을. 오랜만에 한다는 말이 겨우 그거냐. 얼마나 달라졌는지 안 느껴지냐. 우리가 얼마나 전장을 드나들며 실력을 키웠는데. 아~ 가슴 아프구나!"

뺨에 난 흉터 자국조차 타고난 미모를 가리지 못해 오히려 묘한 매력을 주는 세리온스의 말에 동조한다는 듯이 고개를 끄덕이며 따져드는 그들로 인해 곤란해하던 마린은 아레스와 함께 다가온 젤리에게 구원을 받았다.

"하하. 용사님이시여, 정말 오랜만에 뵙는군요."

"아레스 경도 참~ 오랜만이에요, 마린 경. 정말 무사히 돌아오셔서 다행이에요."

"하하, 아레스 경, 반갑습니다. 젤리 너도 이제 여인이 다 되었구나."

짧던 머리가 허리까지 길어졌고 고운 드레스를 입은 젤리의 모습에선 확실히 예전의 그 사내아이 같은 모습을 찾아볼 수 없었다. 하나 그 말에 아레스가 손가락을 까닥이며 말했다.

"어허~ 미래의 형수님에게 반말을 하다니. 그럼 안 되지, 마린. 안 그래, 젤리?"

"아레스 경도 참~"

"내가 틀린 말을 한 것도 아닌데 뭐~"

다정해 보이는 두 사람의 모습에 마린은 잠시 의아함을 감추지 못했다. 위대한 항해에서 동거동락하며 그 둘과 친해졌던 친구들은 그의 궁금증을 풀어주려는 듯 다가와 비아냥거렸다.

"저 두 사람 이번 달에 결혼하기로 했어. 참으로 도둑놈 심보지."

"암. 검왕이라 일컫는 아레스 경이 이런 일을 벌이다니. 순진한 악왕께서 그의 꾀임에 빠지고 말았으니 참으로 눈물이 앞을 가리는군. 크흑~"

"마린 너라도 저들을 말려봐. 한두 살 차이도 아니고 열한 살 차이나 난다 말일세. 이건 범죄야, 범죄."

"악왕이시여, 어서 이 추잡한 꾀임에서 눈을 뜨시오."

그들의 말에 아레스는 당황해 얼굴을 붉혔고 젤리는 부끄러워 얼굴을 붉혔다. 그런 그들 속에서도 아무 말 없던 로단은 비아냥거리는 친구들을 한심하다는 듯 고개를 저었다.

"도대체 너희는 무엇이 잘못되었던 것이더냐. 보이지 않느냐. 느껴지질 않느냐. 저들의 순결한 사랑이 말이다. 나는 가슴 저리게 느껴진다. 아~ 아레스 경, 그대는 진정 사랑이 무언지 아는 사내요. 악왕 그대도 사내의 순정을 정말 잘 알아주는 여인입니다. 이 혼돈의 세상 그대들이 있기에 세상은, 꿰에엑~"

"니가 저 녀석들보다 더 심해. 닥쳐!"

속을 느글거리게 만드는 로단의 말에 아레스는 어느새 그의 멱살을 잡고 있었고, 비아냥거리던 친우들은 고개를 설레설레 저었다. 그들의 모습에 소리없이 웃음 짓던 마린은 아쉬우나 이만 헤어지려 인사했다.

"미안하나 이만 나는 자리를 벗어나야 할 것 같네. 오랫동안 보지 못한 가족이 보고 싶은 나의 마음을 이해해 주길 바라네. 그럼. 아레스 경도 젤리 형수도 이만 실례하셌습니다."

말이 끝남과 동시에 그의 모습은 흐릿해졌고, 어느새 그의 신형은 저 멀리 황성의 성벽을 넘어서고 있었다. 그런 그의 모습에 모두는 혀를 내둘렀다.

"예전에도 진정 사람 같지 않다 생각했지만 지금의 모습을 보니 확실히 사람이라 생각되지 않는군. 눈 깜짝할 사이 사라져 버렸어. 무슨 마법을 쓴 것도 아닌데."

"여기 오기 전 그는 이미 신에게 선택을 받았다 하지 않았습니까? 마왕의 침입을 막을 진정한 용사일진대……."

아레스의 놀라워하는 목소리에 젤리도 그렇다는 듯 고개를 끄덕이며 이해하려 했으나 확실히 그의 말대로 마린 그가 사람이라 느껴지질 않았던 탓인지 말꼬리를 흐렸다.

그런 와중에 세리온스가 눈시울을 붉히며 아레스에게 물었다.

"아~ 진정 신에게 선택을 받았다 그랬습니까? 과연 나의 안목은 참으로 높았구나! 녀석들, 내가 그랬지. 마린 저 녀석이 신이 내리신 용사라는 것을 말이야. 이제 얼마 지나지 않으면 나의 마지막 꿈이 실현되는 순간이 다가오겠구나. 마왕과의 마지막 전쟁이 시작되는 것이다. 자! 이제…… 어? 다들 어디 간 거지?"

다시 도지는 세리온스의 그 괴상한 로망에 이미 주위의 사람들은 그곳을 비운 지 오래였다. 어색함에 머리를 긁적이던 세리온스도 이내 자리를 벗어난다.

용사 마린이 다시 모습을 보인 날로부터 벌써 보름이 지났다.

그동안 세상의 아직 살아남은 강자들뿐만 아니라 몬스터 대량 살상용의 무기들과 그것을 채울 수천 대의 거대한 배들이 준비되었다. 그저 마왕의 재봉인을 위해 떠났던 위대한 항해와는 비교가 되지 않는 규모였다.

그도 그럴 것이 어쩌면 이번이 그 지긋지긋한 마족과의 마지막 전쟁이라고 할 수 있는 것이기 때문이었다. 모든 것을 걸고 하는 것이기에 대륙의 각 나라에서는 최소한의 병력만을 남긴 채 이곳에 모두 집중되어진 상태였다.

그 대망의 마지막 전쟁이라 할 수 있는 모든 준비는 이제 끝이 났고, 마지막으로 재검토에 의해 모레부터 떠나게 되어졌다.

어제를 마지막으로 친구들뿐만 아니라 아레스와 그 밖에 수많은 강자들의 수련을 도와주었던 마린은 오랜만에 집으로 돌아와 휴식을 취하고 있었다. 아니, 조급한 마음을 애써 숨기려 하고 있다는 말이 어울릴 것이다.

마린은 스스로 알고 있었다. 검강의 그 지고한 경지에 들어서지 않는다면 이번에 가는 이 수많은 사람들만이 아니라 대륙의 모든 생물체는 죽을 것이라는 것을. 그중에는 자신의 사랑하는 가속과 진구들노 있다.

그것을 알기에 마린은 그동안 모든 인연을 끊고 수련에 좋은 환경을 주었던 세리온의 결계 속에서 자신마저 잊어버린 채 검을 닦았다. 그로 인해 수많은 깨달음을 얻어 그의 검은 끝을 알 수 없을 정도로 깊어졌지만 그래도 검강에 대한 실마리는 잡지 못한 채였다. 결국 어느 순간부터는 정체된 자신을 발견하게 되었고, 결국 마린은 20일 전 우연찮게 마왕을 멸할 방법을 알 것 같다며 벌써 반년 넘게 무언가에 빠져든 셀리온과 리트란에게 인사를 남기며 그곳에서 벗어난 것이었다.

어쩌면 자신의 그런 급한 마음이 검강으로 가는 길을 막고 있는 것이라 생각했기에.

그런 탓에 마린은 이제 습관이 된 아침의 운기행공을 하면서 그것에 대한 미련을 떨쳐 버리려 했다. 하지만 오늘 잠시 방심하여 아침부터 머릿속을 휘젓는 그것에 마린은 이미 골똘히 몰입해 있었다.

'내공은 이미 한 갑자를 넘어선 지 오래. 이제 자신할 수 있다. 마지막 초식인 매화만리향은 아직 그 오의를 다 깨닫지 못했다 하나, 그래도 그 외의 것은 모두 그 오의를 깨달았다. 그렇더라도 검강의 경지에 대해선 알면 알수록 혼란이 일뿐이니……. 그래도 최근 들어 생각지 못한 천지심법에 길이 있는 듯하니 이를 깊이 파고들어 간다면…….'

한참을 골똘히 생각하던 마린은 결국 그 끝이 허무하게 무(無)로 나타나자 쓴웃음을 지었다.

'하긴 나 같은 범인이 깨달을 수 있는 경지였다면 이미 무림에서 그와 같은 경지에 들어선 이들이 수없이 많았겠지. 그만 맘을 비우자 하였는데, 사람의 욕심이란 이리도 무서운 거로구나.'

잠시 후 자신의 세상에서 벗어나 현실로 눈길을 돌리자 저택 밖에서 가족의 따스한 기운이 느껴진다. 그런 그들의 기운에 따스함과 동시에 잃어버릴 것 같은 불길함이 상반되어 마린의 마음을 흔들어놓는다. 그에 다시 검강에 대한 집착이 마음에 들어섰으나 애써 무시하며 그것을 밀어내고 마린은 가족이 있는 곳으로 걸음을 옮겼다.

정원에선 저 높이 뜬 찬란한 태양보다 더한 아름다움을 지닌 여인과 겨우 대여섯 살 남짓한 여아가 웃음을 지으며 놀고 있었다. 벌써 한 달이 넘었건만, 그들의 모습을 볼 때마다 마린은 마음이 격렬하게 떨렸다.

'이 행복은 이어져야만 한다. 그러기 위해선 마왕의 침입을 꼭 막아야만 한다. 그것이 안 된다면 살아남을 확률은 전무하니.'

잠시 앞으로 있을 일들을 고민하던 마린은 자신을 발견하고 뛰어오는 아린의 모습에 어느새 웃음을 지으며 아린을 안았다. 그런 마린을 향해 루아라 또한 환한 미소를 지으며 다가온다.

황금 같은 이틀이 흘러갔다.

이제 더 이상 지체할 수 없는 그날이 온 것이다.

배 한 척에 승선한 사람 수만도 천 명이 넘어, 현재 그들이 가는 향로는 수백만 명의 대군이 몰려가고 있었다. 움직이는 이들이 많으면 동작이 느려지게 마련이나 각 나라의 책임자들의 적절한 지시에 이미 갈 길이 나누어져 있어 아침이 가기도 전에 그들은 이미 승선을 끝마친 뒤였다.

여러 인사의 투혼을 비는 짤막한 연설을 끝으로, 이번의 전쟁으로 평화가 찾아오기를 비는 수많은 사람들을 뒤로한 채 그들은 떠났다.

전설에서나 나올 법한 용사와 권왕이 죽어 이왕이 된 검왕과 악왕, 그 외 수많은 강자들과 강력한 무기들이 잔뜩 실은 거대한 수천 대의 배가 위용을 과시하며 떠나는 모습을 선박장에 있는 사람들은 무사귀환을 바라며 바라볼 뿐이었다.

그렇게 떠나온 지 이 주일이 지나 저번의 항해로 인해 빠른 지름길을 알 수 있었던 그들은 아로토 대륙에 도착할 수 있었다. 이미 경험한 바 있는 수십여 명의 사람들을 제외하고는 사람들은 그 어디 하나 자신들을 맞이하지 않으려 하는 대륙의 기운에 심신이 껄끄러워짐을 참을 수 없었다.

하지만 그렇다고 가만히 이런 환경에 적응하도록 시간을 허비할 수는 없는 일.

사람들은 빠른 속도로 배에서 필요할 물자와 무구들을 꺼내 들고 내려섰다. 배에서 내려서는 한 사람, 한 사람의 표정에서도 느낄 수 있을 만큼 그들은 이미 배에 다시 오를 생각이 없는 듯해 보였다. 그저 이곳 대륙에서, 이 자신을 몰라주는 이 고독하고 지독한 기운이 넘실거리는 대륙에 뼈를 묻는 각오로 내려오는 듯하다.

이미 이곳에 먼저 와본 적이 있는 이왕과 친구들은 아무 말 없이 저 대륙의 끝을 바라보는 듯한 마린에게 다가왔다. 이번 전쟁의 총군사를 맡은 라리온 후작 또한 그에게 다가와 어깨를 두드리며 말을 걸었다.

"휴~ 다행히 신이 보살펴 주셨는지 무사히 이곳까지 도착하였군. 아니, 이곳에 도착한 것을 무사히라고 해야 하나? 어떤가! 마린 경. 자네의 경지라면 아마 이곳에 숨겨진 녀석들의 기운이 느껴지겠지. 앞으로 어떻게 움직여야 할 것 같은가? 이런 대규모의 군단이면, 잘못하면 이 괴물들에게 발목을 잡힐 수도 있네.”

이제 세월이 흘러간 탓인지 흰 머리가 힐끗힐끗 보이는 라리온 후작의 모습에 새삼 시간의 흐름을 느끼던 마린은 이내 자신이 생각한 바를 이야기했다. 그건 현재 그만이 할 수 있는 일이기도 했다.

“다듬지 않은 이곳의 길을 이렇게 많은 이들이 열어간다는 것은 많은 시간을 잡아먹는 일입니다. 다행히 현재 군단의 대부분이 누구 하나 무시할 수 없는 강자들이니 많은 시간은 걸리지 않겠지만 예언의 날에 맞춰 간다는 것은 불가능한 일. 어쩔 수 없이 먼저 길을 뚫고 마왕의 부활을 저지할 수 있는 선발대와 그들의 길을 넓힐 군단, 또한 그 뒤를 따를 후발대로 나누어야 합니다. 이중 가장 중요한 것은 선발대라 할 수 있습니다. 이곳의 기운은 하르미안 대륙과는 역행하는 기운들이라서인지 마기가 거세어 웬만한 강자로도 힘이 부칠 정도. 아마 전에 위대한 항해의 선택자들 또한 이곳을 가기 위해 많은 희생을 치러야 했을 것입니다. 하지만 그때와 지금은 두 가지가 다릅니다. 이미 그것을 경험한 이들이 이곳에 자리하고 있고, 또한 저의 존재입니다.”

그의 말에 라리온은 잠시 의아함을 감추지 못했다. 마린의 말대로 경험한 이가 있다는 것은 이번 여정에 큰 도움이 되고 있었다. 하지만 비록 마린이 인간이라 느낄 수 없게 강력한 무위를 자랑할지나 그는 한 명이다. 결코 그 혼자로서는 다른 방법이 없다 할 수 있었다. 하나 마린이 이런 상황에 허튼말을 할 리 없으니 묵묵히 듣고만 있었다.

"예전이었다면 힘들지 모르지만 현재의 저라면 저희 군단이 지나갈 곳의 마족들과 군단들 정도는 그 일정 안에 멸할 수 있습니다. 아마 지금부터 급하게 움직여야 하겠지만. 물론 이왕과 친구들, 또한 선발대의 많은 이들이 도와주신다면 더 빨리 끝날지 모르나, 그들은 혹시나 있을지 모를 일에 대비해야 하니 일단 저 혼자 먼저 나설 생각입니다."

만약 마린의 무위를 직접 보지 못했다면 헛소리라 치부할 말이었다. 하지만 사라지기 전만 해도 그토록 강한 그였거늘, 지금은 얼마나 더 강해졌는지 상상키 어려운 일이라 그들은 지금 마린의 말을 믿어야만 했다.

아니, 믿고 싶었을 것이리라. 현재 모두가 죽기를 각오하고 배에서 내려섰다 할지라도 이번 전쟁은 어쩌면 개죽음이 될지 모르니 다들 전의가 많이 상실된 상태였다. 이럴 때 그런 기적과도 같은 일이 일어난다면 사람들은 그 희망에 매달려 다시금 지금의 전력 이상의 힘을 보일 수 있을 것이다.

라리온 후작은 마린의 말을 듣고 난 후 그의 담담하나 빛나는 눈을 바라보다 콧수염과 묘하게 어울리는 미소를 지으며 그에게 경의를 표했다.

"부탁하네, 용사여. 지금껏 대륙은 자네에게 준 것도 없이 많은 것을 바라고만 있군. 그래도 믿을 것은 자네밖에 없으니 내 얼굴이 두껍다 욕하지 말게나. 부디 기적을 보여주게. 저들에게 삶을 이어나갈 수 있다는 희망을 보여주게나."

잠시 라리온 후작의 갑작스러운 경의에 놀라던 마린은 그의 말에 미소를 지으며 예를 표했다.

"최선을 다하겠습니다. 그럼, 뒷일을 잘 부탁드리겠습니다."

라리온 후작에게 예를 표하던 마린은 주위를 쓱 한 번 둘러보며 자신을 바라보는 이늘에게 눈웃음을 싯는가 싶너니 이내 흰 선이 길게 뻗어지는 듯한 착각을 보이며 사라졌다. 저 멀리서 그런 그의 모습을 바라보던 친우들 또한 웃음을 띠었다.

"자~ 어서 우리도 빨리 움직이자고. 시간이 얼마 남지 않았어."

"그래. 두 왕께서는 뭐 하시오. 자, 어서 갑시다. 어라?"

"허~ 벌써 저기까지 간 것인가? 대단하군. 저 멀리서도 훤히 보이는 저 거대한 나무들이 막 쓰러지는군. 벌써 만났는가 본데?"

"저것이 용사의 힘이란 말인가? 흠~ 가슴이 참으로 벅차오르는군. 내 오늘 이곳에 묻힌다 하더라도 여한은 없다!"

세리온스의 그 말에 이번에는 파니오 또한 아무런 말도 하지 않았다. 그저 한 번 크게 웃음 지으며 앞장서 가는 일행들을 뒤따라갈 뿐이었다.

그 뒤를 이어 아레스와 젤리가 이미 한쪽에 자리 잡고 있던 저번 항해의 동지들과 새로 신성으로 떠오르는 인물들과 함께 따라나선다.

라리온 후작은 그런 선발대의 모습을 보며 갑갑한 이곳의 대기가 왠지 조금 가라앉는 듯한 착각을 느꼈다. 잠시 웅성이는 결사대를 바라보던 그는 대공성전에서나 사용할 법한 무기들을 옮기며, 점차 수백만 명이 되는 이들의 길을 뚫기 시작했다.

그렇게 시작된 결사대의 행군은 아로토 대륙을 가로질러 보름 만에 예언이 시작되는 곳에 도착하였다. 이는 그들의 생각보다 짧은 시간에 이루어진 것이었다. 또한 무엇이 나올지 모르는 이곳 대륙에 대해 생각해 보았을 때 그들의 예상을 깨고 생각보다 많은 이들이 살아남았다. 겨우 수백여 명의 사람들이 죽었을 뿐이니. 그것도 길을 만들다 기괴한 식물들이나 지형에 빠져 명을 달리한 것이니 수백만 명의 이동에 그 정도의 피해라 하면 거의 전무하다 할 수 있는 일이었다.

이런 기적 같은 일은 한 사람에 의해 이루어졌다.

용사라 호칭한 마린이 이룬 일이다. 생각하면 말도 안 되는 일이었다. 그도 그럴 것이 그 기나긴 대륙의 역사를 보아도 이런 일을 이룬 자는 존재치 않았기 때문이다.

마치 고대의 전투의 신이 강림해 마를 제압하는 듯한 모습을 보였다.

저 멀리 수천, 수만의 끔찍한 힘을 지닌 몬스터와 마족들을 검 하나로 조화를 부려 멸하기도 하였고, 또한 그의 검은 신의 무구가 되어 하늘에서 내리치는 뇌전으로 모든 것을 태우니 그 모습만으로도 사람들은 경이로움을 느낄 수밖에 없었다.

마침내 마왕의 강림이 일어난 곳, 저주의 문이 닫힌 그곳에 도착한 결사대는 그곳에서 조금 떨어진 곳에 자리를 잡았다.

그렇게 예언의 날로부터 이틀 일찍 도착한 그들은 앞으로의 결전에 대비해 무기들을 점검하여 당장이라도 쓸 수 있게 준비했다. 그들은 앞으로 수많은 죽음이 일어날 것을 알고 있음에도 여기저기서 웃음소리가 들릴 정도로 마음 한쪽은 편해져 있었다. 비록 자신은 죽을지라도 사랑하는 이들은 살아남을지 모른다는 희망을 용사의 그 절대적인 무위에서 보았기 때문이다.

마린의 친구들과 이왕은 선발대들과 함께 봉인의 문 근처를 살피고 있었다. 저번에 왔을 때보다 훨씬 짙어진 그 마기는 그들의 눈살을 저절로 찌푸리게 만들었다.

"확실히 짙어졌어. 각오하고 온 것이라곤 하지만 막상 이 기운을 대하니 나도 모르게 몸이 웅크려지는군."

"휴. 그러게 말이야. 어때? 세리온스. 네 녀석 기대처럼 결국 이 빌어먹을 날이 코앞으로 다가왔는데."

"……"

평소라면 장난스레 넘길 파니오의 비아냥거림이었지만 세리온스는 아무런 말을 하지 않았다. 이상하다는 생각에 친구들 또한 세리온스를 바라보니 그의 시선은 저 하늘 어딘가를 바라보는 마린을 향해 있었다. 뭔가 노려보는 듯이 바라보는 그의 모습에, 세리온스 또한 곧 그가 보는 하늘을 바라본 것이다. 또한 세리온스를 바라보던 그들도 무의식적으로 그곳을 바라봤다.

마린이 바라보고 있던 하늘은 지금껏 그들이 보았던 하늘처럼, 아니, 그보다 더 맑았다. 한 점 구름도 없는 것이 아무런 것도 보이지 않는다. 그저 푸른 하늘이 끝없이 펼쳐져 있을 뿐이었다.

잠시 긴장했던 파니오가 안도의 한숨을 내쉬며 마린에게 소리치려 할 때였다.

팍—

그가 대지를 박차며 하늘을 향해 검을 휘두르는가 싶더니 이내 수천 개의 검기가 그의 검에서 뿜어져 나갔다. 동시에 대지를 향해서도 매화 수백 송이를 떨궈뜨리며, 그가 사자후와 같은 내공이 충만한 목소리로 대기를 울렸다.

"마족, 그것도 군주 급은 넘는 마족들이오! 모두 전투 태세를 하시오."

그 말이 떨어짐과 동시에, 그가 펼친 검기와 매화는 하늘과 땅의 어딘가에 부딪치며 요란한 소리를 냈다. 그것은 흡사 거대한 유리 수만여 개가 일시에 깨어지는 듯한 소리와도 같았다.

그것이 깨어진 뒤 맑다 생각했던 하늘의 풍경이 칙칙한 죽음의 색깔을 입었고, 대지 또한 썩어 사기를 뿜어냈다. 그뿐만이 아니었다. 지금껏 아무런 존재도 느껴지지 않는다 생각했거늘 전체적으로 붉고, 파란색으로 도배한 두 사내와 흉측한 괴물, 그리고 거대한 거울을 들고 있는 한 여인이 농염한 미소를 띠며 나타났다.

아레스와 젤리는 즉시 검을 들고 소울 피아노를 소환했으나 함부로 움직이지는 못했다. 그것은 결사대 또한 마찬가지였다. 단 네 명의 존재건만, 그들이 뿜어내는 마기는 그곳을 장악할 정도로 대단했기 때문이다.

하지만 이미 마계의 총군사 파에톤을 상대한 것은 물론, 셀리온과 살다시피 한 마린에게는 아무런 감흥을 주지 않았다. 하나 군주라는 존재가 네 명이라는 것은 그에게 압박을 주었다. 검사의 경지에 들어선 그가 상대를 못할 것은 아니나, 문제는 그들의 공격으로부터 결사대를 보호하지 못한다는 것에 있었다. 벌써부터 저 멀리서 밀어닥치고 있는 마족과 몬스터들의 기운이 압박해 온다.

'어서 저자들을 멸해야겠군. 좋지 않다.'

생각을 굳히자마자 그의 검에서 반 장(1.5미터)에 가까운 검사가 모습을 보이더니 매화를 맺는다. 검끝에서 한 송이가 맺히는가 싶더니 이내 그것은 사라지고 나타남을 반복하며 그 수를 수십에서 수백 송이로 변화시켰다.

그것에 깃든 힘의 놀라움을 알았던지 그들 중 붉고 푸른 두 사내가 손을 뻗어 서로의 몸을 만지다 그들 앞의 공간을 일렁여 매화들을 엉뚱한 곳으로 보내 버린다. 또한 무서운 속도로 길게 뻗어진 마린의 검을 이번에는 거울을 든 여인이 가볍게 손으로 툭 하고 치자 거울 속에서 환영과도 같은 무언가가 나타나 마린을 향해 날아왔다.

놀랍게도 그것은 같은 초식을 펼치는 마린의 존재였다. 비록 검사를 일으키지 못한다 하나, 그 자체만으로도 거대한 폭발을 지닌 존재였다. 손을 대는 순간 그것이 폭발한다는 것을 안 마린은 매화접무의 초식을 펼쳐 그것을 하늘 높이 흘려 베어버렸다.

퍼어엉—

하늘에서 거대한 폭발이 터짐과 동시에 기괴한 괴물의 모습을 한 자가 모습을 드러내 몸에서 마치 거미줄과도 같은 끈적끈적한 것을 뱉어낸다. 찜찜한 느낌에 검사를 거두고 기가데인의 힘으로 전력을 펼치자 대부분이 고약한 냄새를 남기며 태워졌다. 그래도 그 양이 많아 모두 태우지 못해 일부가 땅에 닿게 되었고, 수많은 몬스터와 마족을 맞이하려 재정비하던 사람들 중 몇몇이 그것을 밟는 순간 움직임을 멈추었다. 순식간에 그것이 그자들의 몸을 감쌌기 때문이다.

결국 딱딱하게 굳어버리는가 싶더니 산들바람에 어느 순간 먼지로 화해져 버리는 그 지독한 모습에 마린은 침착히 눈앞의 존재들을 바라본다.

'확실히 마계의 군주란 말인가? 생각보다 까다롭겠군.'

일시에 처리하려 한 마린은 생각을 바꾸어 검사를 길게 뽑아 그들이 있는 곳을 갈라 버리고는, 그 자신은 뒤로 물러서 본격적으로 매화이십사수검법을 풀어냈다.

날아드는 검사의 범위가 상당하였던지 그 공격을 막지 못하고 피한 그들 중 붉고 푸른 두 사내는 서로를 보며 고개를 끄덕였다. 총군사 파에톤에게 들었던 바대로 마린의 공세가 엄청날 것이라 느낀 것이다. 비록 내색은 하지 않았으나, 그들은 매화들을 비껴 치는 데에 상당한 충격을 느껴야 했다.

끄덕이던 그 둘은 조금의 망설임도 없이 마주 보며 서로를 향해 달려갔고, 이상한 화학 물질처럼 꿈틀거린다. 그리고 곧 검은 빛을 뿜어내더니 이내 한 존재로 변했다. 자색의 모습을 한 키득키득거리며 웃음을 짓는 작은 사내였는데, 그 크기와는 달리 그에게서 느껴지는 힘은 그 옆에 자리한 군주보다 못해도 서너 배는 더한 마기의 기운을 뿜어내었다.

그런 그의 괴이한 모습에도 마린의 눈은 깊은 심연과도 같이 가라앉아 아무런 동요도 없었고, 그의 검 또한 그와 같아 천천히 움직이는 것조차 범상치 않는다.

그렇게 마린이 그들을 상대하고 있을 때, 지상에서도 아레스와 젤리를 중심으로 한 결사대가 끊임없이 밀려오는 마족들과 몬스터를 상대하고 있었다. 마법과 검이 난무하며 몬스터들과 마족들 사이를 오고 갔으나, 확실히 예전 위대한 항해의 생존자들이 말했던 바대로 하나하나를 죽이기는 버거워 보였다.

하지만 아직 전쟁이 시작된 지 얼마 되지 않았던 탓과 결사대의 존재 하나하나가 강자들인지라 아직은 결사대가 크게 밀리거나 하지는 않았다. 아니, 용사가 있다는 생각 탓인지 그들의 가슴에는 희망이 샘솟았고, 투지는 하늘을 찔러 오히려 압도하는 모습을 보였다.

시간이 흘러 전쟁에서나 느껴지는 그 광적인 흐름으로 물들 즈음 마린은 흉측한 괴물의 모습을 한 군주를 멸할 수 있었다. 그 끈적끈적한 것을 뿜어내는 탓에 결사대가 수없이 죽어나가면서도 그자를 집요하게 노린 결과였다.

한편 그자를 멸하자 그자 탓에 공간의 제약을 받았던 마린은 이제 거울을 든 여인에게 검을 펼쳐 갔다. 그때,

쿠구구궁─

마린은 어디선가 자신을 향해 들이닥치는 공격에 검을 거두고 그것을 쳐냈다. 그가 고개를 들어 돌아보자 언제 나타났는지 그의 뒤에는 흉악한 마기를 뿜어내는 군주 급의 마족 셋이 그를 바라보고 있었다.

마린에 의해 그사이 한쪽 팔이 잘린 자색의 마족이 키득거

리며 나타난 그들에게 말했다.

"키득키득. 그래, 끝내고 왔는가? 크크. 생각보다 빨리 왔군."

그의 말에 나타난 이 중 가장 패도적인 기운을 지닌 자가 어깨를 으쓱하며 대답했다.

"정말 싱거웠지 뭐야. 그래도 한때 아덴이 다스린 크로센 제국이라 하기에 가지고 놀 만한가 싶었더니만, 벌레같이 꿈틀거리는 인간들을 죽이는 데 반나절도 안 걸렸지. 크크. 도중에 자네가 부르지 않았다면 제국의 모든 것을 지우고 올 수 있었는데. 흠~ 확실히 이 용사라는 존재는 다른가 보군. 자네가 이만큼이나 밀리고 있다니. 신기를 쓰고 있는 것도 아닌데 말이야."

"비록 인간계에서 힘의 제한을 받았다 하더라도 파에톤님을 맞상대한 자 아닌가? 저 정도쯤 하는 거야 당연한 것이지."

"난 저것들이나 죽이고 와야겠군. 검왕이니 뭐니 해도 인간 따위가 설쳐 대는 것은 마음에 안 든다 말이야."

그들 중 검은색 안개로 몸을 휘감은 채 지옥 속에 들어선 듯 울부짖는 여인의 한이 흘러나오는 검을 든 사내는 그렇게 말하더니 전투가 한참 중인 그들 사이로 날아갔다.

마린은 갑자기 나타난 군주들의 이야기에 결코 변하지 않을 것 같던 눈가가 거칠게 일렁였다.

'멸하였다니…… 그녀가, 나의 아이가 죽었단 말인가?'

그 충격은 너무나 컸다.

가슴이 찢어질 것 같다. 너무나 아팠다. 아프고 너무 아팠다. 마린은 스스로 고통에 익숙하다 생각했는데, 부모님을 잃었을 때처럼, 아니, 그보다 더한 심적인 고통을 느꼈다. 허무하여 검조차 들 여력이 생기지 않는다.

그렇게 잠시 방심한 사이, 마린은 거대한 폭발 소리와 함께 수많은 이들의 비명 소리를 들어야 했다.

세리온스는 중급 마족 넷을 베고 다시 몬스터를 향해 나아가다 갑자기 자신의 눈앞에 마족이 나타나자 흠칫하였다. 그자의 기운은 물론이거니와 검에서 울려 퍼지는 여인의 울음소리가 그의 머릿속을 거칠게 휘저었기 때문이다.

공포가 그의 의지와는 달리 전신을 지배한다. 몸이 떨리고 식은땀이 흘러나온다. 하지만 그의 몸이 그렇게 공포를 느낌에도 그의 입가에는 그의 의지대로 요사스러울 정도의 미소가 지어졌다.

'이런 자를 상대한 거로군. 나의 용사는 말이야.'

이런 자를 하나도 아니고 넷이나 상대함에도 하나를 멸한 용사의 모습이 비록 눈을 돌릴 수 없어 보지 못했으나 마치 본 것처럼 눈앞에 그려진다. 그래서 그는 미소를 지었다. 비록 마왕과 용사의 대결을 못 보았다지만, 그 현장에 있었던 것만으로도 만족스러워서.

눈앞의 마족이 검을 들어 휘두른다. 주위의 대기가 마족이 들어올린 검에 끌려가는 듯하다. 높게 든 그의 검이 내려치려는 순간 세리온스는 몸에 있는 내공은 물론 그 밑바닥에 자리한 모든 힘을 검에 집중했다.

세리온스는 예전 마린이 해준 말을 이제야 깨달을 수 있었다.

"진정 강한 자는 일격에 모든 것을 담을 수 있어야 한다."

거친 대기의 기운과 함께 내려치는 마족의 검을 향해 세리온스는 오히려 한 발 더 다가갔고, 동시에 검을 뻗어나갔다.

카르르륵—

거대한 진기가 담겨진 세리온스의 검이 요란한 소리를 내며 마족의 어깻죽지를 갈라냈다. 그의 검에 떨어지는 마족의 한쪽 팔을 보며 세리온스는 크게 웃음을 지었다.

"하하하! 마지막 일검으로서 내 스스로 생각해도 부끄럽지 않군."

온몸의 기력을 다 짜낸 세리온스는 그렇게 쓰러지며, 자신을 향한 파멜라의 불꽃을 담담히 받아들였다.

퍼어어엉—

거대한 폭발과 함께 그의 육신은 먼지 하나 없이 사라졌고,

그런 그의 모습에 달려온 로단, 파니오, 하로인 또한 떨구어
진 검을 주워 들어 공간을 가른 그의 일검을 막지 못하고 죽
음을 맞이했다.

뒤늦게 악령과 함께 아레스의 붉은 검이 다시 제물을 찾는
그의 검을 막았으나, 아레스는 그 한 번의 격돌에 수십여 장
을 날아가야 했다. 또한 미친 듯이 퍼부어대는 그의 검에 중
심을 잃은 아레스는 결국 한쪽 팔을 날리고 말았다.

젤리가 그 모습에 놀라 소울 피아노로 치료의 곡을 연주하
려 했으나 언제 나타났는지 그녀의 주위를 둘러싼 오로라의
방어막을 뚫고 그 뒤에 새로 나타난 군주 중 하나가 그녀의
심장을 짓뜯었다.

콰지지직─

그것은 너무나 충격적인 일이었다. 악왕이라 칭한 그녀의
거짓말 같은 허무한 죽음이었다. 아무런 비명조차 지르지 못
하고 마치 바람같이 흔들리던 그녀의 손가락은 돌처럼 굳어
져 무겁게 떨구어졌다. 그리고 천천히 허공에서 떨어져 내렸
다.

자신의 눈앞에서 죽어가는 젤리의 모습에, 아레스는 깊은
절망과 함께 분노가 주체할 수 없이 일어났다. 한쪽 팔에서
피가 터져 나오며, 거대한 검에 자리한 붉은 기운이 짙어졌
다.

"크흐흐흐흑."

‘아버님을 잃고, 다시는 사랑하는 이를 잃고 싶지 않았는데. 왜! 왜 너마저 잃어야 하는가?’

울음을 터뜨리며 검을 휘두르는 아레스는 악령과 함께 젤리를 죽인 군주에게 무서운 속도로 다가갔다. 다가가는 그의 모습은 점점 붉어져 갔다. 그리고 군주를 향해 다가갔을 때 그의 몸이 번쩍였다.

그의 몸과 악령이 합쳐지며 검으로 빨려 들어간다. 그리고 아주 잠시였으나 검사 같은 기운이 일렁였고, 그와 동시에 기대한 폭발이 일어났다.

이 모든 일은 눈 깜짝할 사이에 벌어졌고, 마린이 뒤늦게 정신을 차려 고개를 돌린 뒤의 일이었다.

“으아아아아!!!”

모든 존재가 순간 그의 창룡의 울부짖음에 시간이 멈추는 것을 느껴야 했다. 그의 손이 쥐고 있는 검에서 일 장가량의 검사가 튀어나왔고, 동시에 하늘의 뇌전이 터지는 소리와 함께 모습을 감추었다.

스륵, 스륵—

사라진 그의 모습이 처음으로 나타난 곳은 그들 중에서도 가장 강력한 기운을 뿜어내던 자색으로 도배된 군주 앞이었다. 아니, 과연 그것을 모습을 보였다 해야 할까? 자색의 무언가가 베어지는 듯한 소리와 함께 어느새 소멸하는 그의 모습에 마린이 무언가를 벌였다 짐작할 뿐.

후두두둑, 후두둑―

군주가 멸하는 모습을 지켜보고 잠시 이해가 안 된다는 듯하던 거울을 든 여인 또한 뒤로 도망치려 하는 순간 몇천 조각으로 잘려졌다.

하나씩, 하나씩…… 사라졌다.

그 강대한 존재가, 그 끔찍한 존재들이, 마계의 거대한 영향을 끼치는 그들 마계의 군주들이 보이지 않는 마린의 검에 의해 사라져 갔다.

결국 눈 깜짝할 사이에 단 한 명의 존재만을 남기고 활화산같이 터져 오르는 눈을 지닌 마린의 모습이 나타났다. 노한 그의 얼굴은 마치 지옥의 악귀가 현신한 모습과도 같았다. 이 믿기지 않는 상황에 죽음의 공포에 질린 그는 마린의 그 압도적인 기세에 몸을 꼼짝달싹하지 못한 채 굳어 있었다.

천천히 굳어 있는 눈앞의 악마를 바라보던 마린의 입이 열렸다. 나직하지만 그의 말은 자조적인 분위기를 풍긴다.

"왜? 왜? 나는 왜 그들을 지켜주지 못한 것인가?"

자신의 가족뿐만 아니라 친구들의 죽음을 본 순간, 그것을 느낀 순간 그의 검은 한 발 더 앞으로 나가 있었다. 분명 그것은 무어라 할 수 없는 지독한 분노가 만들어낸 힘이기에, 그들마저 베었으나 그의 마음은 황폐했다.

마린은 자신의 눈앞에서 떨고 있는 군주가 순간 공간 이동을 하려는 것을 봄에도 동요치 않았다. 그저 검을 거칠게 한

번 휘둘렀을 뿐.

"크아아아악!"

그의 검에서 휘둘러져 나간 뇌전을 둘러싼 검사는 허공에서 무언가를 격추시키더니, 이내 시커멓게 태워진 군주가 맥없이 떨구어져 죽음을 맞이한다.

천천히 죽음을 맞이한 군주의 모습을 바라보던 마린의 눈가에서는 어느새 구슬픈 눈물이 흘러나오고 있었다.

그리고 잠시 후 예전 마왕이 봉인된 신에서 희미한 불빛이 일어나더니 맥없이 폭발하였고, 동시에 저 먼 하늘에서 거대한 기운이 넘실거리기 시작했다.

Chapter 8
마왕

하늘이 뒤집어진다.

잡을 수 없을 것 같은 저 검붉은 구름들은 사막의 사해처럼 걷잡을 수 없이 수천만 갈래 찢겨진 틈 사이로 빨려 들어가기 시작했다.

카오오오옥…… 크르르르륵.

마치 세상의 멸망을 알리는 비명 소리마냥 하늘은 미친 듯이 울어댔고, 인간들과 싸움을 하던 수많은 마족들은 몸을 뒤로 빼기 시작한다. 그리고 신을 받드는 신자처럼 경건한 모습으로 저 하늘을 받든다.

쿠구구구구…….

요동을 친다. 점점 더 커다랗게…… 세상을 찢어버릴 듯하게. 그렇게 요동을 친다. 그리고 저 하늘 어디선가 태초의 어둠마냥 짙은 어둠의 빛 한 줄기가 내려섰다. 그 빛줄기가 땅에 부딪치자 그 누구도 겪지 못한 지독한 기운을 뿜어내며 거짓말같이 아무런 기척도 없이 소멸한다.

열려서는 안 되는 문…….

결코 열려서는 안 되는……. 피의 축제, 아니, 모든 것을 무(無)로 돌려보낼 자의 방문이 열린 것이다.

그 험한…… 모든 무겁고 짙은 어둠이 일그러진, 그 파괴만이 전부인 마계에서도 절대자인, 아니, 오직 그자 하나만으로도 마계라 할 수 있는 진정한 마(魔)…….

하늘의 수많은 신들도 대수롭지 않은 듯한 그 오만한 자의 방문이 2천 년이라는 기나긴 세월을 넘어 다시 강림한 것이다.

마왕 바하모스. 그가…… 오랜 잠에서 깨어난 것이다.

인간들은 본능적으로 몸을 떨었다. 이곳에 심신이 올곧고 강하지 못한 자 없었으나, 그 생각지도 못한, 감히 상상치도 못한 거대한 해일과도 같은 어둠에 누구도 사고를 바로잡을 자가 없었다.

아니, 한 명 있었다.

마왕 바하모스의 그 거대한 기운을 느낌으로써 오히려 정신을 차린 이가 한 명 있었다.

거짓말같이 이 세상의 모든 인연을 눈앞에서 잃고 만 한 사내였다.

마지막 남은 피붙이도, 그토록 사랑한 여인도, 형제라 여기던 절친한 친구들도 눈앞에서 잃고 만……. 그토록 강력한 힘을 지녔음에도 아무런 소용이 없다는 듯이……. 그것은 부모의 죽음같이, 아니, 그보다 더한 고통이었고 또한 지독한 외로움이었다.

믿을 수 없는 일이기에, 부정하고만 싶은 일이기에…… 언제나 차가운 그의 머리는 터져 버린 화산처럼 걷잡을 수 없는 혼란만이 있을 뿐이다.

한없이 스스로의 심마에 빠졌던 그가 마왕의 기운을 맞이함으로써 정신을 차렸다. 찾은 것이다. 만난 것이다.

이 모든 것의 원흉을, 자신이 겪고 있는 이 죽음 따위는 쉽사리 느껴지는 그 고통과 괴로움을 준 그 원흉을…… 자신을 여기까지 오게 만든 그자를, 자신이 이곳에 오게 됨으로써 만날 그 운명이 지금 시작된 것이다.

"으아아아아아!"

하늘을 뒤집어 버릴 듯한 그 지독한 괴음을 일순간 거대한 창룡의 울음소리가 뒤덮는다.

그리고 그 뒤를 이어 이제 다 벌려진 듯, 마치 회오리 핵처럼 모든 것을 빨아들이는 하나의 거대한 시커먼 기운덩어리를 향해 그의 손에 잡힌 검이 떨리기 시작하더니 이내 환상마냥 수천 개의 매화들이 피어났다.

중간중간 모습을 감추며 그 검은 빛이 내려선 그 하늘로 날아가는 수천 개의 매화의 모습은 정말 대자연의 그것과도 같은 장관이었다.

쿠구궁! 콰과과과쾅―

마린의 그 환상과도 같은 공격에 놀라 막아서던 수많은 마족들은 매화들을 막지 못하고 맥없이 소멸당할 뿐이었다. 그의 검에서 펼쳐진 그 거대한 힘들은 검은 빛줄기를 향해 부딪치며 천둥이 치듯이 요란한 소리가 울려 퍼진다.

그 힘의 충격이 작지 않은 듯, 점차 넓어지는 그 방문자의 문이 멈칫거리고 있다. 예전 드래곤들이 모두 모여서야 잠시 멈칫한 그 어둠의 문이 단 한 명의 인간에 의해 멈춰지고 있는 것이다.

그 수천 개의 매화들이 소멸당하는 것과 동시에 신비로운 그 고고한 암향부동화 여덟 송이가 그의 검에서 생겨난다. 이제 검강을 눈앞에 둔 그이기에 한 송이 한 송이가 예사롭지 않은 힘을 지녀 마치 저 마왕이 들어설 문이라도 닫힐 듯 보인다.

마치 모든 것을 얼려 버릴 듯한 그 거대한 힘의 여파에 근처의 모든 마족들이 스스로의 의지와 상관없이 물러선다. 그리고 멍하니 저 무섭게 날아드는 문을 메워 버릴 암향부동화를 볼 뿐이었다.

그때였다.

그 검은 문에서 짙은 회색 구멍이 새겨난 것은. 그리고 그 구멍에서 마치 저 태양보다 더 강한 불꽃을 지닌 사내가 모습을 보인 것은.

마치 전생에 보았던, 지옥의 왕 중 왕이라 불리는…… 염라대왕 같은 부리부리한 눈빛과 기세를 지닌, 그 거센 기세와 모든 것을 짓누르는 압박감을 지니게 하는 힘을 지닌 그자는 나타남과 동시에 십여 장에 이르는 불기둥 여덟 개를 일으켜 암향부동화를 맞이했다.

여덟 개의 불기둥은 마치 살아 있는 생명체마냥 꿈틀거리더니 이내 입을 쩌억 벌려 그것을 잡아먹는다.

화르르르륵, 화르르륵—

하나 매섭게 잡아먹었던 암향부동화가 괴로웠던지 몸서리를 치는 불기둥들이었으나, 그 불기둥들은 한꺼번에 휘어잡는 아공간에 갇혀 소멸당한다.

그 모습에 마린의 붉은 눈썹이 꿈틀거린다.

'그자로군. 파에톤……'

익숙한 기운이 느껴진다 했더니 그자였다. 마왕 현신의 문을 닫으려는 자신을 막기 위해 나타난 것이다. 셀리온의 말을 듣자면, 그 예전에는 그것을 막기 위해 이자가 아닌 사신이라 불리는 그 자신과 동명이인인 셀리온이 드래곤들과 하루 밤낮을 넘는 싸움을 하였다고 했다. 그럼 이자가 마왕이 강림하기 전까지 시간을 벌 상대던가.

그러기에 이자는 너무 강하다. 이자만으로도 만약 자신이 없었다면 모든 것을 무로 돌려 버릴 만큼 절대자의 힘을 지녔다.

파에톤이 마치 먼지를 털 듯이 가볍게 손을 휘젓는다. 하지만 그 여파는 상상을 할 수 없을 만큼 거대했다. 이글거리는 불의 장벽들이 수백 장 범위로 생겨나더니 마린을 중심으로 연합군을 태워 버릴 듯했다.

수많은 현자들이 그 불꽃에 대항하기 위해 마법들을 펼쳤으나 소용없었다. 파에톤의 마법은 그들의 마법과는 궤를 달리했다. 그것은 마치 마법이라는 굴레를 넘어선 마치 거대한 자연을 변형시켜 펼치는 것 같았다.

예전 드래곤들이 펼친 신마법으로도 어찌하지 못한 그의 힘을 인간들이 막아낸다는 것은 사실상 어불성설이었다. 그렇게 어떤 마법으로도 어쩌지 못한 불의 장벽은 인간들에게 거대한 공포를 주었으나, 그것은 마린이 검을 휘두름에 의해 사라졌다.

매화성막.

매화의 꽃들과 빛깔이 고운 푸른 대나무들이 수백여 개가 거세게 내지르며 그 불꽃들의 기운의 맥을 끊어놓는다. 또한 남겨진 불꽃의 잔해마저 거센 매화의 돌풍에 사라졌고, 일순간에 세상을 뒤덮을 것 같은 불의 장벽은 사라졌다.

그에 파에톤이 고개를 돌려 마린을 보며 미소를 짓는다. 피에로였을 때와는 달리 그의 미소는 오만하며, 또한 만족스러운 모습을 보인다. 그리고 어느 순간 흐릿한 잔영을 남기며 그의 모습이 사라졌다.

흐릿한 그의 모습에 잠시 흠칫한 마린은 이내 자신의 코앞에 나타난 파에톤을 향해 매유청죽을 펼쳤다. 모든 것을 쪼개 버릴 듯한 한 수였으나, 오히려 파에톤은 그러한 공격은 대수롭지 않다는 듯 손을 뻗쳤다.

그르르르릉—

검은 불꽃을 태우는 뱀이 기묘한 소리를 내며 그의 손길을 따라 미끄러지듯이 따라간다. 미끄러져 가는 뱀이 그의 손길 끝에 놓이자 그것의 입이 쩌억 벌어졌고, 20여 촌은 넘는 검사를 잡아먹으려 한다.

자신의 검사를 잡아먹으려 하는 그 뱀의 모습에 마린이 즉시 검사를 거두는가 싶더니 어느새 그의 검이 파에톤의 이마를 향해 내리꽂히고 있었다. 그 모습은 마치 하늘에서 벼락이 내리꽂히는 모습과도 유사했다.

어느새 마린의 깊은 슬픔에 잠시 동화되어 혀를 차던 기가데인의 전력이 검끝에서 뿜어져 나왔기 때문이다. 그 전력은 예전 기가데인이 보여준 것과는 차원이 달랐다. 더욱더 거세어진 그것의 위력은 파에톤을 마치 태워 버릴 듯했다.

쿠르르르릉—

거대한 천둥 소리가 뒤따라 들려온다. 그 소리만으로도 주위의 생물체들이 주춤 뒤로 물러선다.

그런 거대한 힘을 맞이한 파에톤 또한 자신과 상극인 그 힘에 아미를 찌푸렸다. 검에 뚫린 이마를 찌푸리는 모습이 기괴하다.

"정말 더러운 기분이군."

몸에 휘돌다 못해 몸 전체에서 파지직거리는 전격을 맞이함에도 그는 그렇게 한마디 했을 뿐이었다.

그의 작은 중얼거림을 들었던 마린은 순간 오싹함을 느꼈다.

그리고 그의 몸이 사라졌다. 아주 짧은 순간에 매화이십사수검법의 오의라 할 수 있는 매화만리향이 어느새 펼쳐진 것이다.

과연 그의 육감이 느낀 바대로 무시무시한 결과가 나타났다. 그의 환영이 남은 그 자리에 거대한 폭발이 일어났다. 아니, 폭발이라고 하기에는 어색했다. 그것은 모든 것을 파괴할 듯싶었지만, 또한 다르게 말하자면 모든 것을 빨아들이는 모습이었기 때문이다. 그 중심에는 아주 작은 점과도 같은 것이 있었고, 그것은 한순간에 이십여 장(60미터)에 이르는 허공의 공기마저 빨아들여 진공 상태로 만들어 버렸다.

주위에 우연찮게 자리한 상급 마족이 진공 상태에 들어서다 그 기압 차를 이기지 못하고 몸이 부풀다 터져 죽어버린다. 피 안개가 퍼지는 그 가운데 아무런 영향을 받지 않은 파에톤의 모습은 너무도 사이했다.

그 모습에 주위에 있던 몇몇 마족은 뒤로 재빨리 물러섰다. 마왕군의 총군사 파에톤 그 소문만 무성했던 그의 힘이 어떤 것인지 알았던 것이다. 연합군 또한 그 무서운 힘에 떨리는 공포를 감추지 못했다.

너무나 상식을 벗어난 힘. 더구나 그는 마왕이 아니었다. 비록 총군사라 하나 마왕의 일개 수하일 뿐이다. 한데 이런 힘을 발휘한다. 만약 용사가 이곳에 존재하지 않았다면 자신들은 마왕이 아니어도 저자에 의해 전멸했을 것이 분명했다.

용사도 저자를 상대하는 것이 벅차 보였다. 어떻게든 마왕의 문은 열려서는 안 되는 것이다. 하지만 저 하늘 위에 고고히 자리 잡은 검은 빛은 점점 커져만 간다. 그들의 마음은 점점 초조해져 갔다.

매화만리향으로 백여 장 뒤로 물러선 마린은 길게 한숨을 내뱉었다.

'진정 상식을 벗어나는 이로군. 저것은 도대체 무엇인가.'

마린은 자신에게서 모든 것을 빼앗아간 존재를 상대하기는커녕 지금으로서는 눈앞의 파에톤조차 상대하기 힘들다는 생각에 가슴 깊이 숨겨둔 심화가 다시 들끓기 시작했다. 그때 기가데인이 그를 달랬다.

─마린, 진정하라. 냉정해야 한다. 너의 기분이 어떤지 조

금은 안다. 참으로 더러울 것이다. 하지만 그러한 것으로는 아무것도 이루지 못한다. 그것은 네가 더 잘 알지 않는가?

마린도 잘 알고 있다. 그러했기에 머리를 차갑게 식히며 침착하게 파에톤을 상대한 것이 아닌가? 하지만 지금 자신이 가진 힘으로는 저자에게 아무런 피해도 주지 못한다는 게 답답하기에 머리보다 가슴이 더 뜨거워지는 것이다.

"방법이 있다면…… 그렇다면 나도 이러진 않을 것이다!"

나지막하나 울부짖듯이 그가 소리친다. 그리고 다시 검을 들어 어느새 자신에게 다가온 파에톤을 향해 검을 펼치기 시작했다. 하나하나가 산을 갈라 버릴 듯한, 강을 쪼갤 듯한 위력이건만 도저히 파에톤에게는 통하지 않는다.

전력이 가득 담긴 검이 어느샌가 파에톤의 심장을 향해 꽂혀가지만 마린은 또다시 오싹한 느낌에 황급히 몸을 감추었다. 그리고 어느새 그 주위는 진공 상태가 돼버린다. 그 수많은 공격을 받아들이고도 멀쩡한 그의 모습과 점차 온몸의 세포조차 오싹하게 만드는 마왕의 기운이 퍼져 나오는 문에 그는 욕지거리를 내뱉었다.

"빌어먹을……."

그런 친우의 모습에 무언가를 생각하듯 하던 기가데인이 말했다.

―방법이 없는 것은 아니다. 멸한다는 것은 분명 불가능한 일이지만 물러서게 하는 것은, 아니, 다시 봉인하게 하는 것

은 방법이 있다. 하나 그에는 희생이 필요하다.

마린은 기가데인의 그 말에 반색하며 물었다.

"무엇인가? 희생이라 하였는가? 그것이 무엇이든 내줄 수 있다. 무엇인가?"

―…….

마린의 다급한 물음에 기가데인은 아무런 말을 하지 못했다. 재차 거대한 화염과 기괴한 뱀들의 공격들을 마린은 황급히 검을 휘둘러 막으며 소리쳤다.

"무엇이냐고 묻지 않았는가!"

기가데인 또한 응축해 두었던 거대한 전력을 내뿜으며 파에톤의 공격을 뒤로 물리며 뱉어내듯이 말했다.

―그건 네가 가진 마왕의 힘이 담긴 파편과 또한 너의 전부다. 너의 힘은 물론 너의 피, 살, 생명…… 또한 영혼이다. 모든 것을 바쳐야 한다.

섬뜩한 기가데인의 말에 마린은 잠시의 망설임도 없이 크게 웃음을 지으며 말했다.

"하하하! 무어라 했는가? 나 마린은 이미 생에 대한 집착이 없다. 모든 것을 잃었는데 그런 내가 사는 것이 무엇이 대수인가? 그저 나의 영혼을 팔아서라도 소중한 것을 잃게 한 이 자들에게 복수할 수만 있다면 그저 기쁠 뿐. 친우여, 나의 마지막 남은 나의 친우여, 그대는 아무 걱정 하지 말고 나에게 그 방법을 가르쳐 다오."

기가데인은 마린의 그 확고한 결심이 담긴 말에 태어나 처음으로 슬픔이라는 감정을 느꼈다.

―친우라…… 허. 그래, 넌 정말 빌어먹을 친우였다. 정말 나의 처음이자 마지막인 계약자이자 친우이다. 오냐……. 네가 원하는 대로 해주마, 이 빌어먹을 자식아. 이 빌어먹을…… 친우여.

다시 마린 그를 향해 날아오는 수많은 거대한 힘이 실린 공격들이 아주 짧은 순간 멈칫거린다. 그리고 봉인되었다 여겨진 기가데인의 한 팔이 검에서 불쑥 튀어나오더니 마린이 지니고 있는 파편을 쥐었고 이내 그의 심장을 꿰뚫는다.

―태초의 신이시여, 그대를 거스른 힘이 이곳에 내려서니 그대는 율법에 의해 모든 것을 그대가 정한 흐름에 되돌려주시오.

그 주문과 함께 마린의 모습이 큰 빛으로 화해졌다. 그리고 그것은 점차 커져 가더니 이내 모든 것을 잡아먹을 듯한 회오리로 변했다.

거세게 불어대는 그 힘에 오만한 표정을 보이던 파에톤의 안색이 창백해졌다.

"기가데인 이…… 미친 녀석! 설마 율법의 힘을 불러들이다니. 크으으윽."

모든 것을 원래대로 돌려놓는 그 거대한 힘에 파에톤은 침음성을 흘리다 결국 그 모습이 흐릿해지는가 싶더니 이내 자신이 왔던 곳으로 강제 소환당했다.

그것은 그만이 아니었다. 최상급 이상의 마족들 또한 마계로 소환당하기 시작했다. 또한 점차 넓어지던 마왕의 문 역시 좁아지더니 종내에는 굳게 닫혀 버렸다.

이 모든 일은 마치 시간이 멈춰 버릴 듯한 아주 짧은 순간에 일어난 일이라 할 수 있었다. 하지만 그것이 미친 영향은 엄청났다. 상위 마족을 중심으로 한 마족들과 몬스터들만이 살아남았을 뿐이다.

그 거대한 힘은 연합군에게는 아무런 영향을 미치지 않았다. 그들은 살랑이는 초여름 바람을 느끼게 할 뿐이었으니. 이제 연합군에게도 승리에 대한 작은 희망이 보이는 듯하다.

그렇게 거대한 빛의 물결이 퍼져 가던 그 중심부의 빛이 종내에는 사라지더니 그 대신 하나의 검이 허공을 휘저으며 대지에 꽂혔다.

퍼석—

아주 작은 소리였지만 연합군에게 그 소리는 작지 않았다. 무슨 일인지 모르나 방금 그 강렬한…… 그 놀라운 힘이 이 기적이 용사가 모든 것을 바쳐 만들어낸 것임을 안 것이다.

라리온 후작은 격정을 이기지 못하여 크게 숨을 들이쉬더니 소리쳤다.

"용사의 죽음을 헛되게 하지 말라! 이 눈앞의 것들을 모조리 멸하라!"

"우아아아아!"

거대한 함성 소리와 함께 목숨을 도외시한 연합군이 지도자들을 잃어버린 마족과 몬스터를 향해 나아갔다. 치열한 접전이었지만, 지금의 연합군은 수많은 전투를 이겨온 인류의 마지막 전력이었다. 더구나 사기가 오를 대로 오른 그들의 힘은 마족과 몬스터 군단과의 싸움에서 점차 승리를 점쳐갔다.

그렇게 하루 하고도 다시 반나절이 흘러갔고, 사제들에게 치료를 받으며 끝없이 밀어붙이는 연합군의 힘에 이제 마족과 몬스터들은 삼 분의 이로 그 수가 줄어들어 있었다. 점차 연합군의 승리는 확실해져 가는 것 같았다.

그때였다.

어디선가 무서운 태풍이 불어온 것은. 아니, 태풍이라 믿겨질 만큼 거대한 기세를 지닌 마기였다. 나타난 이는 온몸이 검은 것으로 둘러싸인 슬픈 눈을 지닌 셀리온이었다.

셀리온의 존재에 대해 모르는 연합군은 그 악마같이 거대한 힘을 지닌 마족에 의해 뜨거운 피가 식어짐을 느꼈다. 반대로 마족들은 그의 기운에 마치 왕을 배알하듯이 몸을 숙였다.

그런 마족의 모습에 셀리온이 손을 크게 내젓자 그들은 그의 손길에 따라 뒤로 물러섰다. 물러서는 마족과 몬스터들의 모습에 고개를 내젓던 그는 인간들을 향해 소리쳤다.

"끝난 것이 아니다! 아니, 이제 시작이다. 마왕 그가 오고 있다. 그대들은 피하라, 잠시라도 생을 유지하고 싶으면. 이제 누구도 막을 수 없다. 비록 율법의 어긋남에 태어난 나라 할지라도…… 혼자서는."

처음에는 크게 들리던 그의 말은 뒤로 갈수록 조금씩 떨리더니 종내에는 중얼거리는 듯이 작아졌다.

'아…… 조금만 더 빨리 그것을 깨달았다면 이리 되지 않았을 텐데.'

연합군은 갑자기 나타난 악마가 마족과 몬스터들을 물리며 한 말에 혼란스러움을 느꼈다. 눈앞의 이자의 정체도 궁금하나, 그보다는 마족임에도 진심이 담긴 그의 걱정스러운 말투 또한 이해할 수 없었다. 또한 그가 말하는 바는 너무도 거대한 파동을 주었다. 단순히 자신들을 속이려는 목적은 아님을 그들 또한 알 수 있었다. 저자가 마음만 먹는다면 지친 자신들을 없애 버리는 일은 혼자서도 불가능한 것이 아님을 느낀 것이다.

그리고 그의 말이 거짓이 아니라는 듯, 잠시의 시간이 흘러 하늘이 거세게 떨리기 시작했다. 그리고 다시금 하늘에 검은 빛이 조금씩 생겨나기 시작하더니 어느새 크게 번져 대지를 짓눌러왔다. 그 모습에 몇몇의 사람은 자신도 모르게 주저앉고 말았다.

기나긴 전투 속에서의 피곤한 심신보다 더한 것이 그들을 짓누른다. 그건 절망이었다. 숨 막히는 절망이었다.

셀리온은 점차 열리는 마왕의 문을 보며 그저 두 눈을 질끈 감을 뿐이었다. 자신이 지닌 기운으로 저곳을 공격한다면 오히려 이는 마왕 현신을 도와줄 뿐이다. 자신의 기운은 마왕과 너무도 유사한 것이니…… 현재 그로서는 이렇게 지켜볼 방법 이외는 없었다.

Chapter 9

화경(化境), 신과 맞먹는 무위

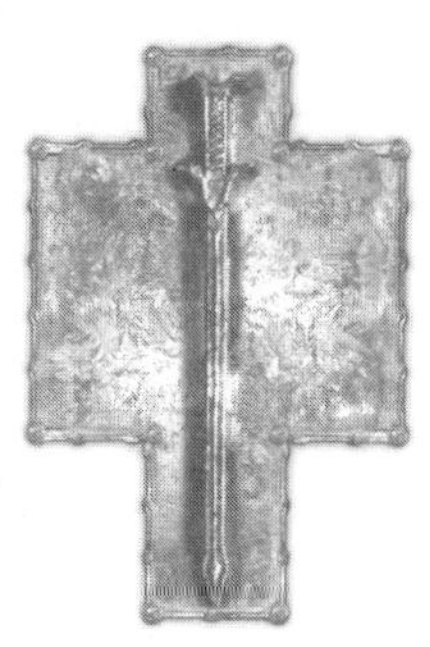

신을 버리고, 기를 잃고, 정을 버려 사라진 마린 대신 하나의 의념만이 남았다.

그것은 분명 존재하는 것이나 존재하지 않는 것이었고, 마린 그라고 할 수 있는 것이나 결코 그가 아니었다. 어쩌면 아무것도 아닌 존재일 수 있으나 절대 아무것도 아닌 존재가 아닌 하나의 의념이었다.

모든 것을 버려서야 알 수 있었던 하나의 의념.

그것은 어떤 계기가 주어지지 않는다면 그대로 사라져 버릴 먼지와도 같은 것이었다. 시간이 흘러간다. 그리고 그것은 결국 사라질 듯해 보였다.

검은 하늘의 빛이 아로토 대륙 전체의 십 분의 일을 차지할 정도로 커져 갔다. 그 검은 빛에 미처 피하지 못한 인간, 마족 할 것 없이 모조리 그것에 흡수되어졌다. 셀리온 또한 그에 맞서지 못하고 뒤로 몸을 피했다.

'지독하군. 설사 마린이 있었다 할지라도 이 일은 성공치 못하였겠구나. 과연 마왕의 호칭이 아깝지 않다. 이것이 아버지의 힘이던가?

그 자신 또한 스스로 강하다 생각했으나, 이 느껴지는 힘 앞에서는 아무것도 아니었다. 마왕이 아니라 마신(魔神)이다. 셀리온은 마신의 강림을 지켜보고 있음에도 아무것도 못하는 자신이 너무나 괴로웠다.

그리고…… 그때 어디선가 펑 하는 소리와 함께 대기가 찢어지며 하나의 존재가 나타났다. 마린에 의해 강제 소환당했던 파에톤이었다. 이제 완벽한 힘으로 들어설 수 있었던 탓인지 피에로의 모습에서도 불꽃과도 같은 사내의 모습보다 더한 압박감을 준다.

그는 빨갛게 칠해진 우스꽝스러운 코를 벌렁거리더니 이내 자신을 바라보는 셀리온을 향해 웃음을 지으며 반겼다.

"아하하하! 우리 셋째 도련님이 아니십니까? 이거 참으로 반갑습니다. 그토록 찾을 때는 보이지 않으시더니. 이런! 그러고 보니 정말 놀라울 정도로 성과가 있었나 보군요. 느껴지는 기운이 우리의 왕과 흡사하십니다. 그것참, 조금만 빨리

도련님이 나타났으면, 조금 더 빨리 왕께서 부활하셨을 텐데. 하아~ 아쉽군요."

장난스레 말하는 그의 말에 셀리온은 쓴웃음을 지었다. 그의 말에 자신이 생각했던 대로 아버지가 아들을 잡아먹어 부활한 것임을 안 것이다. 또한 비록 지난 세월 동안 강해졌다 자부한 자신의 힘이 아버지는커녕 눈앞의 이자도 버거울 것임을 느꼈다.

파에톤은 장난기 가득한 눈으로 셀리온을 바라보나 곧 꿈틀거리는 하늘에 집중했다. 하늘은 무언가 거대한 것이 나오는 것을 막으려는 듯, 대기만이 아니라 땅의 모든 기운이 그곳에 집중되어졌으나 그것 또한 곧 끝날 듯하다.

굳세던 대기가 점차 약해지기 시작했고, 땅은 이미 붕괴되기 시작하였으니…….

아무 말 없이 하늘을 바라보던 파에톤이 미소를 가득 띤 채 하늘을 향해 손을 뻗쳤다.

"온다, 왕께서……. 왕께서 오시는구나. 정말 오랫동안 기다렸습니다."

그의 말이 끝나는 것과 동시에 하늘에서 모든 것을 빨아들일 듯한, 강력한 중력을 지닌 끔찍한 힘을 지닌 거대한 검은 구슬이 천천히 모습을 드러냈다.

그 검은 구슬의 등장에 셀리온은 짐작할 수 있었다.

태어나 한 번도 보지 못한 아버지를, 그 강력한 힘을 지닌 아버지가 저 구슬 안에 있음을. 그리고 감히 자신이 저 아버지를 멸하겠다 생각한 것이 얼마나 어처구니없는 짓인지 그는 또한 알 수 있었다.

마계의 존재라면 느낄 수 있는 이 공포, 절대적인 이 공포심에 그의 몸은 덜덜 떨렸다.

"아아~ 이제 끝이구나, 모든 것이."

그의 넋두리 같은 그 말은 현재 살아 있는 모든 생명체들의 마음과도 같았다.

그런 세상의 울부짖음을 아는지 모르는지 그 검은 구슬은 천천히 색이 옅어지더니 이내 한 인영을 남기고 사라졌다.

마계의 지배자 바하모스.

그의 모습은 전체적으로 오색 빛을 띤 검은 피부의 20여 미르에 달하는 거대한 거인이었다. 그의 상징과도 같은 거대한 두 개의 뿔은 세상을 갈라 버릴 듯한 예기를 지녔고, 짙은 붉은빛이 나는 그의 두 눈은 세상을 불살라 버릴 듯했다.

어떤 것도 감히 상처를 입히지 못할 굳센 그의 팔 중 하나가 크게 한 번 휘젓자, 그의 손길을 따라 세상은 지옥으로 변해간다.

마왕의 그 공포스러운 힘에 넋을 잃었던 많은 사람들 중 반이 그 한 번의 손길에 피 한 방울 남기지 못한 채 죽음을 맞이하고 말았다. 아우성치는 인간들의 모습에 무표정하던 바하모스의 얼굴에서 미소가 번진다.

천천히 손가락을 저으며, 사람들을 지워내며 그 공포에 떠는 모습들을 즐기던 마왕이 한 걸음 발을 옮길 때마다 지옥의 불길이 그를 대신해 흔적을 남긴다. 등장과 동시에 이 대륙을 지옥으로 만들어 버리는 마왕의 무위에 어느새 여인으로 변한 파에톤은 황홀한 눈빛으로 마왕을 바라보았다.

"아! 왕이시여."

정신없이 황홀한 눈빛으로 바라보던 파에톤과는 달리 셀리온은 아버지가 가끔씩 바라보는 눈길에 제성신을 유시하기도 힘들었다. 그 혼자로서는 절대 승산이 없는 싸움이건만 자신의 여인의 존재가 눈에 밟힌다. 또한 그의 운명이 그를 도망치지 못하게, 굴하지 못하게 만들고 있다.

대항할 것인가? 아님 종속할 것인가?

그는 아버지의 눈길에서 종속하라는 의지를 읽었기에 이 두 가지의 선택의 기로에 섰다. 하지만 안다, 그 두 가지 중 어느 것을 선택할지라도 불행할 것임을.

그렇게 그가 고민하는 사이 아로토 대륙의 인간들은 이미 사라진 지 오래였고, 그의 발걸음은 저 멀리 바다 건너에 있는 하르미안 대륙으로 향하려 했다.

한편 마왕의 등장에 이제 곧 사라지려 했던 그 하나의 의념이 그 소멸의 순간을 멈추었다.

무엇 때문인지 그 의념조차 모른다. 이미 그는 살아생전 기억이 지워졌는데, 모든 것을 버렸음인데 왜 그가 마왕에 반응

한 것인지.

그것은 한참을 망설였다. 인간들이 죽임을 당할 때도 그는 망설였다. 울부짖는 인간들의 함성에 그는 조금씩 하나의 구체적인 무언가에 다가서고 있었다. 이미 아무것도 아닌 존재인데, 있는지도 모르는 그 존재는 무언가 하나의 결론을 내리려 한다.

그리고 마왕이 하나 남은 인간마저 죽이고 하르미안 대륙으로 가려는 순간 그 의념은 크게 흔들리는 듯하더니 이내 스스로 우주의 폭발을 홀로 맞이한다.

폭발에 소멸당한 그것은 멸함으로써 생명을 이끌었고, 또한 그로써 완성되어졌다.

'흠~ 참으로 나약하군. 이런 것들한테 봉인을 당했다니. 결국 그때 창조신이 개입하지 않았다면 저 거만한 천족들도 멸하였을 것을.'

2천 년간의 기다림 끝에 다시 시작되는 자신의 행보에 마왕은 왠지 모를 쓸쓸함을 느꼈다. 이대로 천족들에게 갈까 하는 생각이 든다. 이런 허약한 인간들에게서 신의 권능을 가지는 신들이라면, 그 자신만으로도 너무 간단히 끝이 날 것 같은 탓이었다.

'모처럼 유흥 거리를 가진다 싶었는데, 참으로 무료할지도 모르겠군. 전에는 드래곤이라는 생명체들이 그나마 재미를

주었는데 그마저 파에톤이 없앴으니…….'

절대자의 고독.

언제나 느끼는 그의 축복이요 고통이다. 하나 그는 마(魔), 그 자체. 그는 파괴를 할 뿐이다. 그리고 천천히 생명체가 득실거리는 하르미안 대륙으로 향하려 할 때쯤 그는 문득 걸음을 멈췄다. 그리고 천천히 고개를 뒤로 돌렸다.

그곳에는 하나의 존재가 있었다. 자신과는 상극인 존재. 빛과도 같은 선(仙) 그 자체라고 할 수 있는 존재. 그런 존재가 그곳에 자리하고 있었다.

인간과도 유사한 모습을 한 그는 마왕, 아니, 마신이라고 일컫는 자신과도 맞먹는 힘을 지닌 존재였다.

마왕 바하모스가 그 길고 긴 세월 동안 처음으로 느끼는 감정이었다. 창조신의 힘에 봉인당할 때도 이런 껄끄럽고 끔찍한 느낌은 없었다. 그저 강한 힘에 억눌린다 생각했을 뿐. 하지만 이 눈앞의 존재는 존재한다는 것만으로도 파괴의 욕구를 극으로 끌어올린다.

"그대는 누구인가?"

바하모스는 눈앞의 존재에게 물었으나 그는 그저 웃음을 지을 뿐 아무런 말도 하지 않는다.

아무런 말이 없는 그 존재에 바하모스는 더 이상 말하지 않는다. 하지만 그 뒤에서 바라보던 파에톤이 헛된 것을 보았다는 표정으로 소리쳤다.

"그대가 살아 있다니, 있을 수 없는 일이다! 절대…… 그런 일은……."

한참을 떨 듯이 말하던 그는 천천히 눈앞의 존재를 칭했다.

"아무리 용사라 할지라도…… 창조신이 개입하였거늘."

그런 그의 말에 용사 마린이 아닌 한 존재가 그의 물음에 답해주었다.

"쯧, 내 말이 그래. 어떻게 영혼조차 소멸하였음에도 다시 부활할 수 있는지 이해가 되질 않는다니까. 역시 넌 정말 상식이 통하지 않는 녀석이야, 마린."

본래의 힘을 되찾았는지 십여 장에 이르는 거대한 제왕의 위엄을 보여주는 기가데인이 자신에게 미소를 띠는 마린에게 가볍게 고개를 저어 보이더니, 아직 충격에서 벗어나지 못한 파에톤에게 말을 걸었다.

"크흠~ 뭐, 그럼…… 슬슬 각자 운명을 맞이할까? 파에톤, 이제 그 길고 긴 정령계의 치욕을 지워 버릴 수 있겠구나."

그의 말에 파에톤이 비웃음 가득한 표정을 지었다.

"과연 그때와 거대한 마기를 받아들인 지금의 내가 같을 것 같은가? 너 따위는…… 흐윽."

당시와는 비교할 수 없는 힘을 지녔으나 파에톤은 갑작스레 기가데인의 손에서 뻗어지는 그 거대한 뇌전에 방어막을 쳤음에도 충격을 느껴야 했다. 고운 아미를 찌푸리는 파에톤의 모습에 기가데인은 어깨를 으쓱하며 말했다.

"이봐, 너만 계약자가 잘난 게 아니란 말야. 저 녀석 안 보이냐? 나 또한 저 녀석으로 인해서 스스로를 넘어섰다고. 아마 재미있을 거야, 우리의 끝은."

"크윽. 장담하건대 그 끝은 네 녀석의 소멸일 것이다!"

창백할 정도로 여린 두 손에 회색의 힘을 모으는 파에톤은 날카롭게 소리치며 기가데인에게 회색의 기류를 뿌렸고, 그런 거대한 힘에도 기가데인은 웃음을 지었다.

"글쎄, 과연 그럴까?"

곧 하늘에서 뇌전과 회색의 구름이 서로를 부딪치기 시작하였고, 수천 개의 뇌전이 하늘과 땅을 뒤엎으며 거대한 소리가 터져 나왔다.

거대한 힘의 소용돌이에서도 아무런 동요가 없는 두 존재.

마린과 마왕 바하모스.

서로를 마주 보던 그들은 그 자신을 껄끄럽게 하는 기운을 더 이상 견디기 힘들었던지 움직이기 시작한다. 마린의 양손에서 거대한 두 개의 희뿌연 무언가가 십여 장이 넘게 생성된다.

그것은 검강.

모든 것을 멸하는 그 무엇도 그 앞을 가로막지 못하다는 절대적인 힘, 검강이었다. 그것을 십여 장이나 넘게 뽑았음에도 아무런 지친 기색이 없는 것 자체만으로도 마린의 경지는 이미 화경(化境), 즉 신에 다다른 무위를 지닌 것이라 할 수 있었다.

바하모스는 이 눈앞의 존재가 생성한 두 개의 순수한 절대적 힘에 그 또한 천계에서 쓰려 했던 자신의 힘을 꺼내야 했다.

둥근 모양을 한 거대한 하나의 힘이었다. 또한 모든 것을 빨아들일 듯한 거대한 그것은 눈앞의 순백한 색의 검강을 보며 그 힘을 증폭시킨다. 자신과 반대의 힘을 지닌 검강을 멸하려는 듯.

무구조차 그들은 상극 관계였다.

그렇게 그들의 무구가 움직이기 시작한다.

매화이십사수검법을 풀어냄으로써 수많은 매화들이 그 모습을 보이며 대자연의 힘을 보인다. 매화 한 송이조차 산을 허물어 버릴 듯하니, 마린이 풀어내는 힘은 참으로 거대하다 할 수 있었다.

하지만 마왕 바하모스의 무구는 그에 못지않았다.

그 거대한 힘들을 모조리 흡수해 버린다. 어떤 힘이라도 그것에 들어서는 순간 끝없이 빠져 들어가 버린다. 그것이 어디로 사라지는지 모른다. 하지만 그 거대한 힘들을 순식간에 흡수하는 것을 보면 끝없이 펼쳐진 우주와도 같은 곳일 것이다.

비단 바하모스의 무구는 방어만이 뛰어난 것이 아니었다. 그것은 환영과도 같이 분리되어 저 멀리 사라진 마린을 흡수하려는 듯 곁에 나타나기도 하였고, 검강마저 잡아먹을 듯 검강과 부딪칠 때마다 천지가 뒤흔들리는 듯했다.

또한 그들의 힘이 부딪쳐 생기는 여파가 땅에 닿으면 그 기반이 무너져 천 리 낭떠러지의 모습을 보여준다.

반나절이 지나도 그들의 싸움은 끝이 날 줄 모른다. 결국 마린은 매화이십사수검법의 마지막 초식 매화만리향을 펼치기 시작했다.

검강의 경지에서 펼치는 매화만리향은 그 말 그대로였다.

어떤 적이라도, 그 적이 어디 있던지 그의 일검은 피하지 못한다. 또한 마왕의 그 흉악한 무구조차 그를 건드리지 못했다. 말 그대로 마린은 무적(無敵)의 모습을 보인다. 마왕은 그에게 수많은 공격을 허용하고 말았다.

그 하나하나의 공격을 허용할 때마다 마왕은 처음으로 고통이 어떠한 것인지를 알았다. 태어났을 때부터 절대자였기에 이 생소한 고통은 참으로 끔찍하였다. 그러하였기에 파괴로 가득 찬 그의 마음에는 생소한 하나의 감정이 생겨났다.

그것은 그로 인해 다른 존재만이 느꼈던 감정, 바로 공포였다.

최대한 힘을 발휘하여 이 세상을 뒤집으려 무구를 크게 확장하려 하면, 마린의 검강은 어느새 그 흐름을 끊어 오히려 지독한 고통만을 느끼게 할 뿐이었다. 건들지도 못하는 존재에게서 끝없이 느껴야 하는 이 고통은 그로서는 너무나도 끔찍했다.

“크아아아아악!”

마왕의 고통에 찬 소리가 세상을 뒤흔든다.

고통에 찬 마왕의 울부짖음은 생각보다 더 듣기 거북했다. 마린은 최대한 이 싸움을 빨리 끝내야겠다고 생각했다.

비록 매화만리향에 의해 현재 이 전투의 흐름이 자신에게 있는 듯하였으나 사실 그뿐이었다. 마왕이 고통을 느끼는 듯하나 그 이외에는 아무런 것도 변한 게 없었다.

검강으로 베어낸 곳이 잠시 후에는 언제 그랬냐는 듯 재생이 되었다. 마린의 검은 마왕의 영혼조차 베어버리건만, 마왕의 권능은 순식간에 영혼조차 복구해 버린다.

‘역시 셀리온의 말대로군. 그를 상대할 힘은 있다 할지라도 멸할 수 없다 하더니.’

마린은 이 싸움의 여파 속에서 최대한 자신을 보호하고 있는 셀리온을 잡아, 싸움의 여파에서 먼 곳으로 이동시킨 뒤 다시금 마왕에게 검을 휘두름과 동시에 물었다.

“그대가 이곳에 존재한다는 것은, 마왕을 멸할 방법이 있음이 맞는가? 그대 스스로가 말하기를 그대는 마왕을 멸할 존재라 하였으니.”

전음 따위가 아닌 불가에서 혜광심어라 불리는 마음으로 물어 그 뜻을 그에게 전하자 셀리온은 놀라 아무 말도 못한 채 주위를 둘러본다.

“놀라지 말게, 이 경지에 들어 자연스레 익힌 잔재주이니.

그대가 나의 물음에 생각만 하면 내 그 뜻을 알 수 있네."

그에 셀리온은 이것이 마린이 한 일임을 알고 곧 대답했다.

'그대는 결국 그대가 말한 경지에 들어섰군요. 놀랐습니다. 마왕을 이렇게 밀어붙이는 존재가 있다고는 생각지 못했습니다. 그럼 말씀드리겠습니다. 마왕을 멸할 방법은 단 하나, 저 스스로 하나의 념이 되어 마왕의 영혼을 멸하는 것입니다. 오직 자신과 같은 기운을 지닌 저이기에 할 수 있는 방법. 하지만 영혼의 힘은 제가 약세이니, 들어선다 하더라도 그 확률은 반의반도 미치지 못합니다.'

마왕을 멸할 방법이 평범치는 않을 것이라 생각했던 마린이기에 그의 이야기를 듣고도 그저 고개를 끄덕일 뿐이었다.

"그러한가? 그러면 다행이군. 다행히 마왕은 고통에는 익숙지 못한 존재. 이미 나의 검에 의해서 죽지도 살지도 못하는 고통을 느껴 정신이 황폐해지고 있네. 시간이 더 흐른다면 그대가 마왕의 영혼을 능히 몰아낼 수 있을 것이네."

그의 말에 셀리온은 안도의 한숨을 내쉬었다.

'그렇습니까? 허락하신다면 전 하나의 념으로 돌아가 그대의 몸속 한 부분에 자리 잡겠습니다. 그대가 보아 이만하면 되겠다 싶으면, 그의 몸 안에 저를 집어넣어 주십시오.'

"알겠네."

그 말을 끝으로 하나의 념으로 변한 셀리온을 받아들인 마린은 더 거세게 마왕을 밀어붙이기 시작하였다.

마왕과 마린의 전투가 그렇게 지나갈 때쯤.

뇌전과 천둥을 불러내며 싸우던 기가데인은 저 멀리 마린이 마왕을 난도질하는 모습에 소름 끼친다는 듯한 표정을 지으며 중얼거렸다.

"정말 무시무시한 녀석이라니깐. 저게 정말 그때의 그 애송이가 맞는지 원……."

처음 마린에 의해 소환당했을 때를 생각하던 기가데인은 처참하게 변한 파에톤을 바라보며 물었다.

"정말 그렇게 생각지 않아?"

그렇게 묻는 기가데인의 모습에 파에톤은 이 믿기지 않는 현실에 고개를 내저었다. 절망적인 그의 모습에서는 광기가 엿보인다.

"어떻게, 어떻게 이럴 수가 있단 말인가? 나는 분명 놀라울 정도로 강해졌거늘. 어떻게 너 따위에게 이렇게 밀릴 수가 있는 것인가?"

파에톤의 말에 기가데인은 피식 웃음을 지으며 천지창조라 말하더라도 과함이 없는 전투를 가리켰다.

"니 눈은 장식이냐. 저것 봐라. 니가 그렇게 자신하던 마왕이 나의 계약자에게 저렇게 말리고 있지 않냐. 하하. 바로 니 빽보다 내 빽이 더 큰 때문이지. 또한 내가 원래 잘난 놈이기도 한 것도 있지만."

그 와중에도 콧대를 세우던 기가데인은 악을 쓰며 회색의 기류를 뿌리는 파에톤을 향해 온 힘을 다해 전력을 내뿜었다. 수천만 개의 거대한 뇌전이 회색의 기류를 소멸시켰고, 결국은 파에톤을 뇌전의 감옥에 가두었다.

"크흐흑…… 끄윽."

사방에서 흘러나오는 뇌전에 고통을 표하는 파에톤의 모습에 기가데인은 한숨을 내쉬더니 이내 펼쳐진 손을 모으며 말했다.

"이제야 끝이다. 질긴 인연의 끈이 이렇게 끝내는구나."

"끄으으……."

천천히 소멸당하는 파에톤의 모습을 바라보던 기가데인은 종국에는 사라져 버린 파에톤의 모습에 시원하면서도 섭섭한 감정이 들었다.

"네 녀석 때문에 힘들었지만 덕분에 깨어나게 되었으니……. 이제 다 끝났으니 앞으로 무얼 해야 할지 모르겠구나. 에휴~ 일단 계약자 녀석 하는 꼴이나 볼까? 어이쿠. 거참, 마왕 저 녀석. 진짜 이계에 괜히 와서 죽도록 고생하는구나."

팔짱을 끼며 저 멀리서 그들의 전투를 바라보던 기가데인은 고통의 신음을 흘리는 마왕의 모습을 바라보며 고개를 내저었다.

바하모스는 미친 듯이 갈라오는 마린의 검에 이제 이지를 잃어갔다. 그의 무시무시한 무구는 사라진 지 오래였고, 마린의 검이 지나갈 때마다 그는 숨 막히는 공포를 느껴야 했다.

지옥의 불과도 같은 바하모스의 눈은 이미 흔들려 그 절대자와도 같은 강렬한 힘이 느껴지질 않는다.

'이만하면 되겠구나. 이제 그를 바하모스의 몸에 심어줄 뿐.'

곧 그는 몸에 자리한 념을 검끝에 놓아 마왕 바하모스의 몸을 베며 그를 심었다. 그리고 그가 성공할 수 있게, 더 세차게 태풍과도 같이 그를 갈가리 찢어놓았다.

잠시 후… 밖에서는 마린이, 안에서는 셀리온이 공격하자 그것이 확실히 효과가 있었던지 바하모스의 영혼은 점차 제자리에서 벗어나기 시작하였고, 그 영혼은 점차 조금씩 멸해지기 시작했다.

그리고…… 어느 순간 마왕의 내부에서 거대한 폭발이 일어났고, 그로 의해 아로토 대륙 또한 환한 빛에 감싸여졌다.

Chapter 10

그 후…….

장삼은 둘째이자 장남이기도 한 장류빈이 태어난 뒤부터 참으로 살맛이 났다.

그가 태어나기 전, 거친 가뭄에 선조들이 개척한 땅들을 조금씩 팔아치워 이제 겨우 한 식구가 먹고살 만한 땅만이 남았을 뿐이었다. 그래도 첫 아들을 낳은 뒤부터는 십여 년 간 몇 번은 가뭄이 들었으나 그리 흉작은 아니라 살아갈 수 있었다.

하지만 재작년의 가뭄은 신이 노하셨던지 서른 평생 처음 당하는 가뭄이었다. 공들여 키운 작물은 모두 메말라 버려 회생이 불가능해 보인다.

어떻게 해야 할지 앞일이 막막하여 손을 놓았을 때, 그래도 장남이라고 겨우 열 살밖에 안 된 장류빈이 나뭇가지라도 주워 판다며 산에 가는 모습에 장삼은 참으로 눈물이 앞을 가렸다.

변변히 해주는 것도 없어, 바짝 곯아버린 녀석이 애쓰는 모습이 아비 된 그로서는 참으로 슬프면서도 대견스러웠다.

'그래, 내가 이러면 안 되지. 우리 류빈이도 이렇게 힘을 내는데, 내가 이러면 안 되지. 어디 품삯 받을 일이라도 찾아봐야겠다.'

그렇게 나선 장삼이었지만, 해가 기웃기웃 넘어갔음에도 그는 아무런 일거리도 찾지 못했다. 올해는 너무 흉작이라 마을에서 가장 부자라 소문난 이 촌장댁도 부리고 있는 하인들을 내치고 말았다 하니 어디서 일거리를 구하겠는가.

낙심하여 그렇게 집으로 돌아온 그는 평소와는 달리 무엇이 좋은지 오랜만에 미소를 짓는 부인을 볼 수 있었다. 무슨 일이냐 물어도 아무런 대답 없이 키득거리며 어서 방 안으로 들어오라는 부인의 말에 들어가 보니, 비좁은 방 안에 둥글게 자리 잡은 식구들이 보인다.

"다녀오셨습니까, 아버지."

인사하는 장류빈을 보며 고개를 끄덕인 장삼이 무슨 일이냐고 묻자, 그 아들은 대답 대신 보따리를 건네주었다.

소중하게 싼 보따리를 눈을 휘둥그렇게 뜨고 쳐다보는 식구들의 시선을 느끼며 풀었던 장삼은 그 내용물에 깜짝 놀라 뒤로 넘어질 뻔했다.

"사…… 사, 삼… 산삼!"

한 번도 보지 못했으나 예전 자신의 아버지가 촌장댁에서 보았다 하는 산삼과 그 모습이 유사했다. 한동안 놀라 아무 말도 못하던 그는 한참 동안이나 가슴을 진정시키다 곧 장류빈에게 물었다.

"이것이 어디서 난 것이더냐."

그 질문에 장류빈이 아닌 그의 부인이 호들갑을 떨며 말했다.

"어디긴요. 우리 아들이 저 뒷산에서 캔 거래요. 아니, 글쎄, 얘가 산에서 여기저기 떨어진 나뭇가지를 줍던 중이었는데 한쪽으로 기울어진 돌 더미 밑에서 무언가 흐느적거렸다지 않수. 그래서 얘가 이상하다 싶어, 다가갔는데…… 글쎄 그게 바로 이거라지 뭐예요. 호호호."

부인의 말에 그것이 참말이더냐는 눈으로 쳐다보자 장류빈은 대답 대신 미소를 지으며 고개를 끄덕였다. 잠시 멍하니 산삼과 아들을 바라보던 그가 너털웃음을 짓는다.

"허허허. 진정 네가 복덩어리다. 아무리 명산이라도 자랄 수 없는 것이 삼이요, 하늘이 주는 것이 아니면 캘 수 없는 것이 삼이라 하였는데 그것을 뒷산에서 캐다니. 그래, 이것이면 우리 식구들은 다시 살 수 있겠구나. 이제 먹을 것 걱정 없이 잘살 수 있겠구나. 허허. 정말 류빈 네가 복덩어리다."

복덩어리다라는 말을 마치 주문처럼 말한 장삼은 그렇게 다음날 이곳에서 가까운 도시에서 그것을 내다 팔았다.

족히 100년은 묵은 것이라 당시 그것을 팔아 받은 돈이 무려 은자 50냥이었다. 이십 년산짜리가 은자 세네 냥을 받았으니, 그만하면 상당히 후하게 받은 것이리라.

그렇게 돈을 받은 그는 그중 삼분의 일은 만약을 위해 숨기고, 그 외에는 가뭄이라 근심인 촌장댁의 땅을 좋은 값에 샀다. 그리고 소와 돼지 또한 여러 마리 사서 비축하였다.

그렇게 다음해에 농사를 지어 그해 풍년이 들어 더 이상 장삼의 식구들은 배곯을 필요가 없게 되었다.

그렇게 집에 복을 물고 온 아들 생각에 흐뭇해하던 그는 이제 열두 살이 된 아들의 낫질을 보며 고개를 끄덕였다. 슥슥, 하는데 맥없이 넘어지는 벼들은 벌써 한 짐이 되어 아들의 그 작은 손에 묶이고 있었다.

'녀석…… 정말 천생이 농부 체질인가 보군. 어찌 저리 잘할꼬? 평생 이 짓만 한 나도 슬슬 힘에 부치는데 지치기는커녕 아직도 생생하지 않은가? 낫질 한 번에 벼가 저리도 많이 쓰러지는 건 내 어느 사람에게서도 못 봤어. 정말이지 하늘이 점찍은 농부 체질이야.'

아닌 게 아니라 일손이 부족한 촌락은 어린아이고 노인이고 할 것 없이 이맘때면 모두가 농사일을 한다. 그런 그들 중 눈에 확 뜨이게 잘하는 이가 장류빈이었다. 겨우 열두 살밖에

안 된 아이가 웬만한 장정 두어 명이 할 몫을 거뜬히 해치우
니 마을 사람들은 혀를 내두를 수밖에 없었다.

해가 슬슬 중천에 뜨려 하자 아낙들이 참을 가지고 왔고 사
람들은 일손을 멈추며 굳은 허리를 편다. 장삼 또한 뚜둑거리
는 허리를 펴고 나가려다 저 멀리서 아직도 일하고 있는 아들
에게 소리쳤다.

"인석아, 그만 하고 참이나 먹자꾸나!"

"네. 이것만 마서 하고요."

어느새 한 볏단을 베어버린 아들의 모습에 장삼은 너털웃
음을 짓더니 논을 나섰다.

푸스스—

볏단을 묶어내는 소리가 정답게 들린다. 볏단을 다 묶은 장
류빈의 허리가 오랜만에 쭉 다 펴진다.

사라락, 사라락—

벼를 흔드는 바람 소리가 요란히 들려온다. 어깻죽지까지
늘어진 머리카락이 가을바람에 요란스레 흔들린다. 방울방
울 맺힌 땀이 열기와 함께 사그라져 갔다.

눈을 감으며 몸을 열어 바람을 맞이하던 장류빈은 바람이
지나가자 곧 제 몸만 한 볏단을 옮겼다. 사람들이 모인 곳에
서는 벌써 백건아를 꺼내어 마시며 흥겹기 그지없어 보인다.
그런 그들을 바라보던 장류빈의 입가에 미소가 가득하다.

'흠~ 벌써 12년이 지나갔군. 이제 10년이 남았던가?'

그가 알고 있는 미래라면 자신이 스물두 해 때이니 아직
10여 년이 남은 것이 맞았다, 그가 이곳을 벗어나야 하는 때
가.

장류빈, 아니, 한때는 마린이라 불리던 그는 다시금 환생했
다. 그것도 전생으로 다시금 되돌아온 것이다. 모든 것을 찾
기 위해 그는 다시 한 번 기적을 찾았던 것이다. 그가 그렇게
다시 한 번 기적을 행한 것은 그저 운이 좋았다고밖에 말할
수 없었다.

마왕의 죽음의 여파는 거대했다. 아로토 대륙을 먼지조차
남기지 않고 사라졌으니. 하지만 그로써 대륙의 살아남은 많
은 생명체는 미래를 보게 되었으니 기쁠 뿐이었다.

그렇게 마왕이 죽음으로써 새로운 마왕이 탄생하게 되었
다. 바하모스 마왕이 지닌 권능이 그가 소멸함으로써 다른 이
에게 옮겨진 것이다. 그는 바로 예전 창조신의 저주로 태어난
셀리온.

그는 자신의 약속을 지키기 위해 대륙의 남은 마족들은 물
론 몬스터들 또한 마계로 데리고 갔다. 그의 영원한 동반자인
리트란과 함께.

그렇게 마린은 예전 부모님에게 한 약속을 지킬 수 있었다.
많은 이들이 그토록 바랐던 그의 사명을 끝낼 수 있었다. 마
왕을 멸하고, 비록 이 세상의 마를 멸하지는 못했으나 다른

세상으로 보내 멸했다고 할 수 있으니 그의 사명은 그로써 끝난 것이었다.

자신의 일이 끝나자 그는 앞으로 무엇을 해야 할지 몰랐다. 막막했다. 만약 자신이 살아남는다면, 그동안 자신과 이어진 인연들과 함께 행복하게 살아가는 것을 바랐건만. 이제 자신이 아는 인연들이 모조리 죽음을 맞이하자 그는 자신이 살아도 살아 있는 것이 아니라는 생각이 들었다.

'혼조차 없는 하나의 넘에 불과했던 그대로 그냥 그렇게 사라졌다면 좋았으련만, 왜 나는 다시 부활한 것인가?'

아마도 많은 이들이 그토록 바랐던 그 사명 때문일 것이다. 그렇기에 마왕의 기운을 느낌으로써 다시 부활한 것이다. 해탈하여 모든 것을 벗어난 자신이 다시 돌아선 것이다, 죽어간 이들의 바람을 거절치 못하여.

낙심하여, 그렇게 멍하니 셀리온이 마기가 들어선 모든 존재를 데리고 마계로 돌아가는 것을 바라보던 마린의 귓가에 수많은 함성 소리가 들려왔다. 미래를 다시 살아갈 수 있게 되어 기뻐하는 사람들의 함성 소리가 들려온 것이다.

'그래, 이제 끝이구나……'

퐁당.

사라진 아로토 대륙의 하늘 위에서 많은 이들의 함성을 듣던 그는 맥없이 떨어져 바다로 빠졌다. 깊고 깊은 심해로 그렇게 내려섰다. 하루가 넘도록 내려서자 거대한 중력이 그의 몸을 압박해 왔으나, 이미 화경에 들어선 그에게는 깃털의 무게조차 느껴지지 않았다.

며칠이 지나 어쩌면 바다의 가장 깊은 곳에 자리한 마린은 그렇게 검은색보다 더 어두운 공간 속에서 휴식에 빠져들었다. 아니, 잠이 들었다.

셀 수 없이 많은 시간이 흘러갔다.

그렇게 잠이 든 마린은 어느 날 눈을 떴다. 다름이 아니었다. 세상의 가장 깊은 곳에 있는 그에게 찾아온 방문자 때문이었다. 그자는 바로 마왕의 칭호를 이은 셀리온.

마왕의 칭호가 붙여진 그였지만 그의 눈은 여전히 순박한 시골 청년 것과도 같았다. 미소를 띠던 그는 가만히 눈을 뜬 마린에게 마음으로 말을 건네었다.

"이곳에서 무엇을 하고 있습니까, 마린님."

"세상에 내가 할 일이, 나의 사명이 없어져 버려 이렇게 있네. 나의 인연들 또한 그렇게 사라져 버렸으니 나로서는 더 이상 살아가기도 싫고 아무것도 하기도 싫어 이렇게 있다네."

그의 말에 셀리온은 웃음을 지으며 말했다.

"사명은 끝이 났다지만 인연은 새로 만들면 되지 않습니까?"

"그럴지도 모르지. 하지만 그러고 싶지 않네. 나의 마음은 굳게 닫혀졌다네."

"그렇다면…… 만약 예전의 인연을 다시 잇는다면, 그럼 어떻겠습니까? 그렇게 된다면 어떻겠습니까?"

"그건 있을 수 없는 일. 불가능한 일일세."

죽은 이가 다시 부활한다는 것은 불가능한 일이다. 비록 그 자신이 부활한 이라고는 하나 자신은 이미 연단에 성공하여 마지막 죽음의 순간 깨달음을 얻어 탈피한 것. 엄연히 그들의 죽음과는 다르다.

그렇기에 마린은 단언했다, 불가능한 일이라고.

하지만 셀리온의 생각은 다른 모양이다. 그저 미소를 띤 채 그것이 아니라는 확신을 가지는 눈빛을 빛내는 것이.

"그것이 과연 불가능하다고 생각하십니까? 생각해 보십시오. 전대의 마왕이 이곳에 강림하였을 때 이미 이곳은 죽음으로 이루어졌어야 했습니다. 하지만 당시 아덴과 동료들에 의해 그것은 미루어졌죠. 또한 마린님이 이 세상에 온다는 것은 불가능한 일이었습니다. 차원이 다른 이곳에 온다는 자체는 신조차도 못할 일. 하지만 마린님은 해냈습니다. 그리고 불가능할 것이라 생각한 마왕을 무찔렀죠. 그렇게 불가능한 일은 많았지만 시간이 지남으로써 그것은 결코 불가능한 것이 아님을 알게 되었습니다. 한데 마린님은 어찌 되지 못한다 생각할 뿐입니까?"

그의 말에 마린은 고개를 저으며 자조적인 웃음을 짓곤 말했다.

"그건 태초의 신이 남기신 신의 눈물이 있었기에 가능한 일이었네. 그것이 아니고서는 더 이상의 기적은 바랄 수가 없네."

셀리온은 그제야 입가에 새겨진 미소를 지우며 마린에게 말했다.

"그럼, 만약 그것이 존재한다면, 신의 눈물이 있다면 그것은 가능하단 말씀이시겠군요."

"아마도 그것이 있다면 가능하……."

마린은 더 이상 말을 잇지 못했다. 그의 말이 무슨 뜻인지 알았기 때문이다. 너무나 오랜만에 그의 입가에 미소가 번졌다.

"그것이 참말인가? 정말이던가?"

"물론입니다. 넋을 잃은 그대의 모습이 안타까워 오랫동안 찾았습니다. 저는 신의 저주로 인해 태어난 자. 그로 인해 몇 가지 태초의 신의 뜻을 알았던 자. 저는 신의 눈물이란 것이 분명 마계에도 존재함을 알 수 있었고, 그리고 결국 그것을 찾게 되었습니다."

"아아! 고맙네. 정말 고맙네. 이 은혜를 어찌 갚아야 할지……."

"아니, 아닙니다. 그대가 아니었으면 저 또한 이곳에 있지 못할 일. 이런 작은 일로 마린님에게 은혜란 말을 들을 수 없습니다. 자~ 그럼 그것을 드리겠습니다."

셀리온은 아공간을 열어 예전 전생의 그가 지녔던 구슬과도 유사한 모습을 한 구슬을 꺼내주었다. 따스하게 일렁이는 빛깔은 깊은 심해의 어둠 속을 환하게 비추었다.

그렇게 몇 년이 지나 마린은 다시 탄생하게 되었다. 물론 이번에도 그는 놀라워하였다. 설마 차원과 시간을 넘어서 전생으로 돌아왔을 줄은 몰랐으니.

볏단이 쌓인 곳에 자신이 들고 온 볏단을 쌓아놓고 넹하니 서 있던 장류빈에게 이웃집 사람이 백건아를 흔들며 어서 오라고 소리친다. 잠시 동안 과거를 회상하던 장류빈은 곧 알겠다는 듯이 고개를 끄덕이더니 이내 걸음을 빨리했다.

가을 하늘답게 가득 낀 구름이 달의 모습을 감춘다.

그러자 밤의 시골 길답게 한 치 앞도 보이지 않는 적막함이 흘러간다.

달칵—

방문이 열리는 소리가 들리며 그 적막함을 깨뜨린다. 그 적막함을 깬 이는 장류빈이었다. 늦가을이기도 하고 또한 밤이라 제법 쌀쌀할 것이 분명한데 얇은 무명옷만 입었음에도 추위를 타는 기색이 보이지 않는다.

그렇게 그곳을 나선 장류빈은 천천히 어딘가로 향하기 시작했다. 오늘에서야 끝이 난 가을 농사 탓에 동네 사람들 모두가 힘들었던지 간간이 느껴지던 인기척 또한 오늘은 느껴지지 않는다.

천천히 걸어가던 장류빈의 모습이 점차 빨라지더니, 이내 일반인으로서는 눈으로 따라잡기도 벅차졌다.

마치 새가 나는 듯 어느새 마을을 벗어난 그는 자신이 살고 있는 촌락과 멀리 있는 한 이름 모를 산의 중턱에서 멈추었다. 거대한 나무들이 우거진 그곳은 의외로 들어서니 아무런 것도 존재치 않는 황량한 들판만이 있을 뿐이다.

들판에는 거대한 바위가 있었는데, 기이하게도 그 바위 중앙에는 나무라도 자라난 것인지 질 좋은 나무의 한 부분이 튀어나와 있었다. 이상한 그 바위는 장류빈이 그것을 잡음으로써 그 기이함의 정체를 드러냈다.

그가 그것을 잡는 것과 동시에 불쑥 뽑혔기 때문이다. 너무나 자연스럽게 뽑혀 미처 보지 못했다면 사람들은 바위에서 나무가 자란다는 식으로 생각할 수밖에 없으리라.

그렇게 바위에서 뽑아낸 그것은 하나의 검이었다. 비록 그 재질이 나무였으나 그것이 다듬어진 것을 보았다면, 분명 그것의 가치를 볼 줄 아는 있는 이라면 그것이 얼마나 대단한 것인지를 알 것이다.

분명 깎여졌음에도 그것은 하나의 생명체처럼 살아 있었으니.

그런 대단한 것을 쥐고 있음에도 장류빈의 얼굴에는 아무런 감흥이 없었다. 그도 그럴 것이 그것을 만든 게 본인이니 그럴 수밖에.

그는 뽑아 든 검을 가만히 쳐다보는가 싶더니 어느 순간 움직이기 시작했다.

그것은 화산파의 기본 무공인 매화이십사수검법이었다.

비록 그것이 기본 무공이라 하지만 그가 펼침으로써 그것은 다시없을 절세의 검법으로 둔갑했다. 이미 그것만으로 대성하여 마왕을 무찔렀던 그이니만큼 그가 펼치는 매화이십사수검법은 환상처럼 보는 이로 하여금 몽롱하게 만든다.

그렇게 검법을 펼쳐 가던 그의 검에서 순백의 매화들이 만들어지기 시작했다. 그것들은 모습을 감추고 사라짐을 반복한다. 놀랍다. 그저 대단하다고밖에 말할 수밖에 없는 검이었다.

사실 지금 그가 펼치는 매화이십사수검법은 화산파에서 내려오는 것과는 확연히 달랐다. 그 오의는 그대로이나 그 오의로 가는 길은 월등히 뛰어났다.

매화이십사수검법이 탄생된 배경에는 하나의 전설과도 같은 이야기가 전해져 내려온다.

화산파의 조사는 무공과는 그리 상관없는 이였다. 신선이 되기 위해 내단을 공부하던 한 도사였을 뿐인데 그가 화산파를 일으킬 수 있었던 것은 다름이 아니라 황제와의 약속 때문이었다.

오대 송 초 때에 진단이라는 도사가 있었다. 자는 도남(圖南), 호는 부요자(扶搖子)이며 진원(眞源:지금의 안휘성 박현) 사람이었다. 그는 '잠의 신' 이라는 별명을 가지고 있었으며 '화산노인(華山老人)' 이라고도 했다. 전설에 의하면 화산이 그의 소유였기 때문이다.

송나라 개국군주인 송태조 조광윤(趙匡胤)은 왕위에 오르기 전 화산에 올라갔다가 한 노인을 만나 바둑을 두게 되었다. 노인은 그의 이름을 말하면서 장래 황제가 될 것이라고 예언한다. 조광윤은 웃으면서 자기가 황제가 되면 화산을 그에게 주겠다고 약속한다. 그리고 과연 그는 황제가 되어 약속을 이행했다는 것이다.

그걸로 인해 화산파가 개파되었다.

화산의 본래 목적인 내단을 공부하는 화산파의 수많은 제자들이 있었으나 그들은 그저 내단을 모으기만 할 뿐 효율적으로 활용하지 못했다. 이대로는 이들 중 그 끝을 보는 이가 없겠다고 판단한 그는 어느 날 내단 공부의 끝을 보아 신선이 된 후 동방 끝에 있는 산에서 만난 한 신선과 검에 대한 이야기를 하다 무언가 얻은 것이 있어 제2대 장문인의 꿈에 나타나 그 깨달음으로 만들어진 검에 대한 이야기와 검식을 가르쳐 주었고, 그것이 화산의 최초이자 기초 검법인 매화이십사수검법이 되었다.

하지만 그는 원래가 내단으로 끝을 보아 신선에 들어선 이.

깨달음을 얻어 신선이 된 그이기에 그가 검을 들어 펼치는 것이 어찌 속세의 사람들과 같을 수 있겠는가. 사실 그러하기에 그가 가르쳐 준 검법은 속세의 사람들로서는 달빛을 보지 못하고 그것을 가르치는 손가락을 볼 뿐이었다.

결국 그것의 오의를 이해한 자가 화산파에 단 한 명만이 나타났을 뿐이니 그것만으로도 그가 가르쳐 준 매화이십사수검법이 얼마나 지극히 어려운 것인지 알리라.

하지만 장류빈은 검으로서 화경에 들어서 검선의 반열에 오른 자. 아니, 사실 그대로 검선으로 들어설 수 있었으나 마왕의 침입이 그를 그렇게 붙잡았다. 그런 그이기에 매화신선이라던 우내오존의 하나인 진무천이 하지 못한 새로운 매화이십사수검법을 만든 것이다.

비단 그가 만들어낸 것은 매화이십사수검법뿐만이 아니었다. 그에 못지않게 대단한 것은 그가 만들어낸 새로운 심법이었다.

그것은 천고에 다시없을 대단한 심법이었다.

그는 그것을 만들고 그 명칭을 그 모태가 된 천지심법(天地心法)을 따서 천지조화심법(天地調和心法)이라 명했다. 그것은 비단 천지심법처럼 세상의 가장 순도 높은 기운을 모았을 뿐 아니라 그 모이는 속도도 삼류라 칭하는 천지심법과는 비교조차 할 수 없었다.

특히 그가 그 심법을 운영할 때는 사공이나 마공처럼 괴이할 정도로 빨랐다.

그것은 전생의 그가 경험한 바 있는 대로 태아 때부터 심법을 운기하였기에 그의 몸에 탁기가 티끌만치도 없기 때문이었다. 그렇게 깨끗한 몸을 지닌 그이기에 심법의 운영 속도는 자연스레 두세 배가량 빠를 수밖에 없는 것이다.

그에 새로운 심법은 그렇게 모이는 순도가 높음에도 일반적인 심법과도 같으니 벌써 12년이 훌쩍 지난 지금 그는 벌써 반 갑자를 넘어선 절정의 끝자락을 보고 있었다.

비록 절정에 들어선 지 이 년밖에 지나지 않았으나 이미 그는 검의 끝자락까지 가본 이. 그의 검의 깨달음은 내공이 그것을 받쳐 주지 않을 뿐.

지금 현재 검기만으로도 능히 검사를 휘날리는 십대고수와 자웅을 겨룰 수 있었다.

이는 정말 놀라운 이야기다.

겨우 열두 살밖에 안 된 어린 소년이 그런 경지에 들어섰다는 것 자체가 그 길고 긴 무림 역사 속에서 처음이자 마지막일 것이라 확실할 수 있는 이야기이니.

그렇게 대단한 검을 지니고 있음에도 그는 만족치 않는다.

그것은 자신이 앞으로 해야 할 일을 행하기 위해서는 이 정도로는 어림도 없음을 알기 때문이었다.

어느새 밤의 끝자락이 다가온다.

장류빈은 그제야 검을 접었다. 그리고 천천히 넓적한 바위에 다가가더니 검을 꽂는다. 아무런 저항 없이 검을 스르륵 받아들이는 바위 위로 그는 노곤한 몸을 이끌고 올라가 가부좌를 틀었다.

천지조화심법을 운기하는 그의 몸은 놀라울 정도로 구석구석에 있는 세맥까지 활기로 채워졌고, 텅 빈 단전 또한 빠른 속도로 채워지고 있었다.

슬슬 동이 터 오른다. 새벽이 온 것이다.

저 멀리서 닭 울음소리가 들리더니 마지막 닭의 울음소리와 함께 그의 운기행공 또한 끝이 났다.

이제 집으로 가야 한다.

그는 곧 가까운 개울가로 가서 몸을 씻고, 가져온 옷으로 갈아입으며 집으로 돌아갈 차비를 끝냈다. 그렇게 떠날 듯했지만 그는 잠시 주위를 둘러 쑥을 캐기 시작했다.

이계 세상에서의 경험으로 인해 확인하였던 쑥의 효능 때문이었다. 절정을 넘어서 강렬하게 불어 오르는 내공은 만약 쑥이 아니었다면 그가 그 나이에 결코 절정에 들어서지 못하게 했을 것이다.

중원의 쑥은 그 세상의 쑥과는 달리 품질이 형편없었고 또한 독소를 품은 것이 많았다. 하지만 이미 절정에 들어선 것과 한 점 터럭의 탁기도 없는 그이기에 그 정도의 독은 그에게 아무런 영향을 끼치지 않았다.

또한 그가 이곳을 수련장으로 삼은 이유 중 하나가 이곳이 바로 쑥이 들어서 살기에 좋은 곳이기 때문이었다. 그렇기에 그는 일 다향의 시간도 되지 않아 오늘 몫의 쑥을 캘 수 있었고, 곧 자신이 만든 나무 그릇에 손으로 짓뭉개어 순식간에 즙을 짜내었다.

벌컥벌컥, 그 쓴 쑥을 시원스레 들이마신 그는 곧 경공을 펼치는가 싶더니 순식간에 점으로 화해져 갔다.

뜨거운 여름.

체계적인 훈련과 오랫동안 해온 심법에 깨끗한 몸을 지닌 그는 과거의 전생과는 달리 6척의 키와 누구나 호감을 주는 인상을 지닌 사내대장부가 되었다.

그동안 해왔던 것처럼 나무 검이 꽂혀진 바위 위에서 운기행공을 하던 그는 서서히 눈을 떴다.

찬란한 광채가 그의 눈가에서 일렁이는가 싶더니 이내 심연과도 같은 눈동자에 잘 갈무리되어 사라졌다.

"흡~ 후우……."

맑은 아침의 공기가 그의 폐 속 깊이 들어차다 뱉어진다. 그렇게 몇 번 숨을 쉬다 뱉던 그는 잠시 무언가를 생각하는가 싶더니 곧 그의 꾹 다물어진 입술이 열렸다.

"벌써 스물둘이군."

덤덤히 말하는 그였으나 그의 심정은 살짝 들떠 있었다.

어찌 안 그렇겠는가? 그가 환생을 하려는 이유가 이 때문이었는데. 그토록 오랜 기다림이 끝나는가 싶은데, 그것이 시작하려 하는데.

"흡~ 후우……."

다시 심호흡을 하며 살짝 상기된 마음을 다잡은 그는 천천히 일어섰다. 그리고 언제나와 같이 가까운 개울가에서 몸을 씻고 옷을 갈아입은 다음 집으로 성큼성큼 걸음을 옮겼다.

한참을 그렇게 가던 그가 문득 걸음을 멈춘다. 그리고 아직 그의 온기가 식지 않은 그 바위로 다시 돌아왔나.

"잊을 뻔했군. 이래서 옛사람들이 그렇게 습관이 무섭다 하는 것이었어."

그가 잊고 간 것은 하나의 목검. 그것도 십여 년간 바위에 꽂히기를 수만 번을 해야 했던 특이한 사연을 지닌 목검이었다.

그렇게 목검을 손에 쥐고 이제 그 신법이 나는 새보다 더 날쌔어진 그는 일각도 안 되어 집에 도착하였다. 그렇게 돌아온 그는 가족들에게 긴히 할 말이 있다 하였다.

평소 말이 없는 그였기에 소를 몰고 일을 나서려다 말고 가족들은 두말없이 안방에 모여 앉아 그의 말이 시작되기를 기다렸다.

그 중심에는 벌써 불혹이 지났건만 여는 젊은이처럼 기운이 넘치는 아버지가 앉아 그가 하고 싶은 말을 짐작이라도 하듯이 미소를 짓고 있었다. 아버지의 그런 미소에 그 또한 담담히 미소를 짓는가 싶더니 이내 말을 꺼낸다.

"한 몇 년간 밖을 나갔다 와야겠습니다."

그의 말에 아버지인 장삼을 빼고 자신의 어머니와 동생들, 그리고 누나는 물론 결혼한 매형까지 놀라 웅성거린다. 이십 년을 넘게 촌락을 벗어나지 않던 이가 갑자기 하루 이틀도 아니고 몇 년씩이나 밖으로 나갔다 오겠다고 하니 그들의 반응은 당연하였다.

하지만 어렸을 때부터 아들을 유심히 보았던 장삼은 아들이 그런 말을 할 줄 알고 있었다. 아니, 기다리고 있었다. 비록 그 자신이 평범한 촌가 사람이라 하나 그의 아들은 이런 촌에서는 결코 만족할 수 없는 거대한 그릇임을 알고 있었던 것이다.

대기만성이라. 언제 그때가 올 것인가? 그저 생각하며 기다리던 그는 오늘 아들이 기다렸던 말을 꺼내자 웃음을 지으며 말했다.

"껄껄껄. 그래, 언제 떠날 것이더냐."

"오늘 나설 생각입니다."

덤덤히 오늘 나설 것이라 말하는 그의 말에 다시금 주위의 가족들은 웅성거렸지만 장삼이 큰 헛기침을 터뜨리며 그들의 입을 막고는 고개를 끄덕였다.

"그래, 좋겠지. 암~ 사내가 그러해야지. 이번 해에 네놈이 나가지 않으면 내가 쫓아내려 했다. 껄껄. 옜다, 이거 가져가

거라."

그가 꺼낸 것은 좋은 비단으로 만들어진 주머니로 묵직한 것이 들어 있었다.

"네가 무슨 일을 할지 모르나 사내의 주머니가 가벼워서는 그 뜻을 시작하기도 어려운 법이다. 가져가거라. 그리고 다시 돌아올 때에는 비워진 너의 그릇을 가득 채우고 오거라."

아버지의 말에 장류빈은 이내 고개를 끄덕이고는 그것을 품에 넣었다. 그리고 일어서 절을 하곤 방을 나섰다.

어제 꾸려둔 행낭을 메고 밖으로 나서는 그의 모습이 확고해 보여 아버지의 말씀도 있었지만 차마 가지 말라고 하지 못한 식구들은 급작스럽게 떠나는 그에게 무사히 잘 돌아오라고 말할 뿐이었다.

언제 쌌던지 여기저기 먹거리와 말린 음식들을 부랴부랴 가져와 들려준 어머니는 애써 눈물을 보이지 않으려 노력하며 아들을 배웅했다.

그런 어머니의 모습 때문인지 잠시 떠나는 그의 발걸음이 무거워졌으나 이내 곧 그것을 떨쳐 버렸다.

늦여름의 더위는 마지막이 아쉽다는 듯 뜨겁기 그지없었다.

특히 지금 몸 곳곳이 난자되어 피를 흘리며 신법을 펼치는 두 사내는 그 뜨거운 여름에 마치 지옥 불에 들어선 듯한 착각마저 일었다.

"하아하아……. 천하의 낭만검객인 이 진소휘가 이렇게 죽음을 맞이해야 하는 것인가? 세상의 그 많은 미녀들이 나의 죽음을 슬퍼하겠군. 크흑~ 하아."

"하아~ 진소휘, 정말 너를 대단하다 해야 할지……. 이제 죽음이 눈앞에 다가와서 그런지 몰라도 짜증도 안 나는군……. 하아~ 네 녀석이 만약 소식통에 능하지 않았다면 절대로 너와 같이 움직이지 않았을 것이야……."

얼굴이 날카롭게 생긴 그는 그렇게 같이 뛰고 있는 동료에게 불만을 내뿜더니 한참 신법을 펼치다 어느 순간 걸음을 멈추었다. 그리고 가지고 있는 전서구에 무언가를 써서 발에 묶어 날려 보내고는 신경질을 내며 검을 뽑아 들고 뒤돌아섰다.

"아, 더 이상 못 움직이겠다. 차라리 싸우다 죽는 것이 낫겠다. 뭐, 전서구를 보냈으니 운이 좋으면 무림맹에 도착하겠지."

그의 모습에 진소휘라 불린 사내 또한 헐떡거리는 거친 숨을 가누며 말했다.

"이봐! 냉유성, 또 그놈의 신경질이 도졌냐."

"아! 나도 몰라. 어차피 이렇게 가다 몇 시진 지나지 않아 죽을 건데, 어차피 죽는 거라면 내 하고 싶은 대로 하고 죽어야지."

그의 말에 진소휘는 어깨를 으쓱하더니 그 또한 검을 뽑아

들었다.

"뭐, 그것도 나쁘지는 않겠군. 검을 쥔 자가 마지막은 자신이 원하는 대로 장식한다라. 캬~ 이거 뭐 나오지 않겠어?"

"크크. 네놈의 헛소리도 이제 마지막이라 생각하니 그거 하나는 괜찮군."

"하하하! 앞일은 모르는 거지. 내 기필고 살아 네 무덤 앞에서 내가 죽을 때까지 헛소리를 지껄여 주마."

"그럴 일은 없겠지만, 만약 그런 일이 생긴다면 그것 또한 지옥이겠군."

지난 오 년간 무림맹의 소식통으로 그 이름을 날리던 두 사내가 포함된 풍음조는 하나의 사실을 캐려다 이미 떼죽음을 당한 상태였다. 간신히 살아남았던 두 사내는 신법을 극한으로 펼쳐 도망치고 있었으나 자신들이 결국 죽을 것을 알고 있었다.

자신들을 쫓고 있는 자들이 멸천대라 불리는 마교 힘의 십분의 일이 실렸다 하는 자들이니. 최근 그들의 움직임이 심상치 않아 무림맹에서 파견 나갔던 그들은 그들의 움직임이 곤륜파를 향하고 있음을 알았다.

하지만 동시에 적발되고 말아 일이 좋지 않게 흘러가고 있었으니, 결국 아니 움직인만 못하게 되었다.

곧 멸천대의 육 개 조 중 가장 빠른 신법을 가진 음향조가 그들을 발견하였고, 이내 그들을 감쌌다.

가슴에 멸(滅)이란 글자가 새겨진 옷을 입은 그들은 아무 말 없이 검을 뽑아 들어 그들에게 검을 날린다.

진소휘와 냉유성은 서로의 등을 마주하며 무림맹에서 배운 음양진을 펼쳤다. 서로에 대한 믿음이 확고해야만이 펼칠 수 있는 이 진을 펼치는 것을 보면 그들이 티격태격해도 사이가 상당히 각별함을 알 수 있었다.

음양진은 두 사람이 한 사람이 된 것처럼 움직이는 것으로 만약 그것이 제대로 발휘된다면 대단한 효능을 보이는 진법이다. 하지만 대단한 만큼 그 힘의 소모가 컸는데, 그 때문에 그들이 펼친 음양진은 일각이 지나자 이제 한계에 다다라 있었다.

"휴~ 이제 검도 못 올릴 것 같아. 미치겠군."

"뭐, 그래도 천하의 멸천대의 음향조를 상대로 일각을 버텼으니 자랑할 만하지 않은가?"

"자랑은 개뿔……. 조장은 움직이지도 않았는데."

"그런가? 아~ 막상 죽는다고 생각하니 진짜 조금만 더 살고 싶구나."

"…오는구나. 운이 좋으면 이번에도 막겠지. 재수없으면 죽는 거고."

따다다다당―

날아오는 일곱 명의 사내의 검을 일일이 쳐내던 그들은 결국 네 명의 검을 막았을 뿐 세 명이 내찌른 검을 막지 못했다.

운이 없게도 검이 날아오는 곳은 다들 사혈(死穴)에 속하는 곳이라 그들은 자신이 이제 죽는구나 싶었다.

그렇게 무의식적으로 눈을 감은 그들은 조금의 시간이 흘렀음에도 아무런 고통이 느껴지지 않자 천천히 눈을 떴다. 눈을 뜸으로써 그가 본 것은 열여덟 명으로 구성된 음향조가 고통에 신음을 흘리며 무릎을 꿇고 있던 모습과 검게 물든 무명 옷을 입은 나무 검을 든 한 사내였다.

음향조의 수장이던 자가 고통을 억지로 이겨내며 소리쳤다.

"그대는 누구인가? 누구이기에 이런 악독한 짓을……. 차라리 죽여라. 무인으로서 깨끗이 말이다."

진소휘와 냉유성이 보아하니 다들 단전 부위를 움켜쥔 것이 이 눈앞의 사내가 자신들이 눈 감은 그 짧은 시간 동안에 단전을 파괴시킨 듯했다.

음향조의 수장의 말에 나무 검을 든 사내는 흥미가 없다는 듯이 아무런 대꾸도 않고 검을 허리춤에 꽂았다. 자신을 무시하는 그에 이를 갈았던 그였으나, 무림은 약육강식의 세계, 그는 침음성을 삼키고 스스로 자결해 버렸다. 그들 수하 또한 그 수장과 같은 길을 걸었다.

잠시 그런 그들의 모습에 혀를 차던 사내는 자신을 멍하니 바라보는 두 사람에게 포권을 취하며 말했다.

"무림맹의 사람이십니까? 저는 이제 막 무림에 들어선 장류빈이라는 사람입니다. 다행히 일찍 그대들을 발견해서 큰 변은 없는 것 같군요."

자신들에게 예를 표하는 그에 잠시 이 놀라운 사실에 멍하니 바라보던 두 사람은 황급히 포권을 취하며 마주 인사했다.

"큰 은혜를 입었습니다. 저는 광검 냉유성이라 합니다."

"저는 친우들에게 낭만검객이라 불리는 진소휘입니다. 참으로 큰 은혜를 입었습니다."

"아닙니다. 은혜랄 것까지야. 그저 해야 할 일이 있어 소주로 가던 중 잠시 부족한 검을 펼쳤을 뿐입니다."

"하~ 멸천대에서도 유명한 음향조를 눈 깜짝할 사이에 멸하신 분이, 더구나 죽이지 않고 제압하신 것만 보더라도 그대의 실력이 가히 절정의 끝자락에 있음을 압니다."

"세상에 기인이 많다더니, 장 대협께서 그러시군요."

자신을 보고 연신 감탄을 터뜨리는 그들에게 장류빈은 웃음을 지어 보였다. 왠지 익숙한 기운이 느껴져 황급히 이렇게 왔건만 역시 그러했다. 이계에서 자신들의 친우였던 로단과 파니오 그들이었다.

한쪽은 대단한 무위와 그러면서도 젊은 사람답지 않은 겸손한 마음에 이끌렸고, 한쪽은 이미 전의 세상에서 친우였기에 그들은 만난 지 얼마 되지 않아 빠르게 친해졌다.

결국 소주에 자리한 무림맹의 지부로 자신들이 알아낸 소식을 적어 전서구로 다시 날린 후 그들은 장류빈과 함께 한 기루에서 술을 마시며 서로의 정을 쌓아갔다.

장류빈은 그들과 이야기를 함으로써 그들 친우 중에 황보대휘라 불리는 이가 하로인임을 알았다. 또한 현재 무림맹의 군사 중 하나로 활약하고 있는 제갈자가 레이센이라는 것도 알았다. 마지막으로 모험심이 많은 남궁세가의 남궁휘라는 자가 세리온스임도 역시 알 수 있었다.

단지 이 세상에서는 남궁휘로 태어난 세리온스가 그녀의 누이인 남궁화련보다 일찍 태어나 오빠라는 사실이 낯설었지만.

그렇게 서로의 술잔을 채우고 비우며 정을 쌓던 진소휘와 냉유성은 다음날 자신들이 해야 할 일이 있어 먼저 떠난다며 지니고 있던 무림맹의 패를 주며 그에게 나중에 꼭 들러 자신들을 찾아달라 했다.

처음에는 이 눈앞의 친구가 무공은 물론 인간미가 멋져 무림맹에 천거하려 했으나 그가 그보다 급히 해야 할 일이 있다 하여 이를 이루지 못한 것이다.

장류빈은 그렇게 신법을 펼치면서도 서로 토닥이며 다투는 두 친우가 사라지는 모습을 보며 웃음을 짓다 천천히 소호를 향해 발걸음을 떼었다.

반짝이는 소호는 여기저기 뱃놀이를 하는 곳이 많았다. 아름다운 꽃들이 너무도 맑아 마치 거울을 보는 듯한 소호에 떠다니는 모습은 참으로 이색적인 풍경이었다.

그런 아름다운 꽃들과 여인들이 가득한 곳에서도 장류빈의 마음은 한순간도 흔들리지 않았다. 그저 담담히 소호 근처에 멋들어지게 자리한 나무 그늘 아래서 누군가를 기다리고 있을 뿐이었다.

마치 추억에 잠긴 듯한 그의 눈은 누군가가 오기만을 기다리고 있었다.

그렇게 날이 저물고 밤이 오고 다시 아침이 왔다. 하루가 꼬박 지났음에도 그는 자리를 떠나지 않았고, 또한 그의 시선은 한결같았다. 그리고 해가 중천에 떠오르던 그때, 그는 심장이 두근두근 뛰기 시작했다.

그녀였다. 고운 천에 가려져 있어 자세히 볼 수는 없었지만 그녀의 짙은 향기가 벌써부터 그의 마음에 와 닿는 듯했다.

그날 그는 시간이 가는 줄을 몰랐다. 자연과 동화되어 주위 사람들이 그가 있음에도 알아보지 못하였기에 마음껏 그녀가 뱃놀이를 즐기는 것을 볼 수 있었기 때문이다. 해가 지고 무표정한 표정에서 아쉬워하는 기색이 드러나는 그녀는 호위무사들과 함께 그곳을 벗어났다.

그녀의 뒷모습을 말없이 바라보던 그가 그 순간 조용히 읊조렸다.

"다시는, 다시는 그대를 잃지 않을 것이오. 절대로…… 절대로."

남궁화런은 누군가의 시선 탓에 고개를 돌리다 한 사내와 눈이 마주쳤다. 빠져들며 다시는 헤어 나오지 못할 그런 눈을 가진 자였다. 그와 눈이 마주치자 빙화라 불리는 그녀의 마음이 잠시간 크게 흔들렸다.

놀라 고개를 돌렸던 그녀가 다시 돌아보았을 때는 이미 그는 사라진 후였다.

그리고 그렇게 한 달이 지났다.

뱃놀이를 하러 올 때마다 자신을 바라보던 사내가 오늘따라 보이지 않자 그녀는 왠지 모르게 가슴이 허전해졌다.

그렇게 즐겁던 뱃놀이도 재미가 느껴지질 않는다. 그녀가 그렇게 생각하던 때였다.

"소저, 혹시 실례가 되지 않는다면 차라도 같이 하지 않겠소?"

중저음의 듣고 있으면 마음이 편해지는 목소리였다. 그 목소리의 주인은 그녀를 허전하게 했던 사내였다. 어느 순간부터 마음 한쪽에 자리한 그가 오늘은 이렇게 말을 건네니 그녀는 들뜬 마음에 잠시 갈팡질팡하였다.

아무 말 없는 그녀에 좌우에 자리한 호위무사 중 우측에 있는 이가 한 걸음 나서 검을 들어 그를 막았다.

"그대는 누구인데 아씨에게 무례를 하는 건가?"

그의 말에 장류빈이 포권을 취하며 말했다.

"전 이제 막 무림에 들어선 장류빈이라 하는 무인입니다.

소저가 너무나 고와 한동안 고민하다 이렇게 나서게 되었습니다. 실례가 되지 않는다면, 그쪽의 아씨 되시는 분과 대화를 나누고 싶습니다."

장류빈이라는 생소한 이름에 그는 이자가 삼류 나부랭이라 생각했다. 그도 그럴 것이 이미 완전히 기도를 감춘 그의 실력을 알아보기는 이제 이류에 들어선 그로서는 불가능한 것이었다. 그러하기에 호통을 쳐 쫓아내려 했는데 그 순간 남궁화련이 손을 들어 말리자 이내 자신의 자리로 돌아갔다.

"장류빈이라 하셨습니까? 저는 남궁세가의 자제입니다. 실례되지만 저는 강한 이가 아니면 껄끄럽습니다. 스스로 이보다 못하다 싶으면 물러가시면 좋겠습니다."

그녀는 이제 막 일류무인에 들어서고 있었다. 까마득한 장류빈의 경지를 그녀가 알아볼 수 없는 것은 당연한 일이었다. 그렇기에 그가 삼류에도 속하지 못한다 생각해 몸소 공명을 울리어 남궁제천검법 중 일식을 펼쳤다.

화려하면서도 실리가 있는 그녀의 검법은 그녀와 상당히 잘 어울렸다. 그런 그녀의 검법을 펼치는 모습에 미소를 머금은 그는 허리에서 나무 검을 뽑아 들었다.

"그럼 변변치 못하나……."

그의 검에서 순백의 기운이 번쩍이는가 싶더니 한적한 강물로 크게 들이닥쳤다. 거센 힘이 날아갔지만 그렇다고 그것에 의해 크게 물벼락이 펼쳐진 것은 아니었다.

그건 참으로 놀라운 한 수였다.

이 장가량의 폭 정도가 소호의 중앙에서 순간 그 중간에 벼랑이라도 생긴 듯 길게 그어졌으니 말이다. 잠시 후 아무 일 없었다는 듯이 잔잔해지는 소호의 모습에 그 자리에 있던 수많은 사람들은 그 신기에 놀람을 감출 수 없어했다.

"하아~"

꽃봉오리 같은 그녀의 입술에서 감탄사가 살짝 터져 나왔다. 그건 비단 그녀뿐만이 아니었다. 방금 전 그에세 호통을 치려 했던 호위무사는 간이 오그라지는 것을 느꼈다.

'만약 아씨께서 말리지 않으셨더라면……'

그렇게 놀람을 감추지 않은 그들 중 빙화 남궁화련이 조금은 떨리는 목소리로 말하였다.

"약속이니 변변치 못하나 차를 대접하겠어요."

"고맙소, 소저."

그렇게 차를 대접하겠다는 그녀를 따라 장류빈은 남궁세가로 들어설 수 있었다. 예전엔 감히 신분의 차가 너무나 커 결코 넘지 못한 이곳을 이렇게 아무런 제지 없이 들어설 수 있다니, 그는 묘한 기분이 들었다.

그렇게 귀빈들을 모시는 방으로 들어간 그는 그녀가 손수 끓여주는 차를 마시며 말없이 그녀를 바라보았다. 그리고 차가 식어갈 때쯤 그녀에게 말했다.

"차 맛이 참 좋습니다. 하지만 그보다 그대가 눈앞에 있는 것이 더 좋군요."

그의 말에 빙화라 일컫는 그녀의 심장은 두근거려졌다. 그 때문인지 몰라도 어느새 그녀의 두 볼은 도화빛으로 변하였다.

묘한 분위기가 그들 사이를 흘러간다.

쾅—

그들의 분위기가 그 소리에 깨어졌다. 시원스레 문이 열린 곳에는 여자라 보아도 믿겨질 만큼 아름다운 사내가 웃음을 띠고 있었다.

"하하하. 정말이구나. 남궁화련이 사내를 데리고 왔다 하더니. 거짓말인가 싶었는데. 이야~ 이것을 믿어야 할지. 그렇다고 눈앞에 있는데 안 믿을 수도 없고."

그의 등장에 남궁화련은 도화색이 된 피부가 순식간에 가라앉더니 장류빈에게 살짝 인사를 하고는 휙 하고 방을 나섰다. 그런 동생의 모습에 아쉬운 듯 쩝 하며 입을 다시던 그는 곧 자신을 바라보는 장류빈에게 고개를 돌렸다.

"이야기는 들었습니다, 장 형. 일검에 소호를 갈랐다고요. 더군다나 강호의 초출이시라 하니. 아~ 이 어지러운 난세의 종지부를 찍을 영웅의 등장이로군요. 하하하. 친하게 지냅시다. 전 남궁휘라 합니다."

그의 붙임성과 엉뚱한 사상이 과연 예전 세리온스의 기행을 보여주는 듯했다.

오랜만에 만나는 친구의 그 모습에 웃음을 짓는 그에게 남 궁휘는 묘한 매력을 느껴 말했다.

"사내대장부가 서로 만났는데 곡차는 무슨 곡차. 자! 술이 라도 한잔합시다. 내 술은 잘 못하지만 그쪽과는 며칠 동안이 라도 마시고 싶소."

"저야말로 이곳에 와 남궁 형 같은 호인을 만나니 참으로 반갑소."

그의 말에 들떠 하인에게 주상을 차려오게 해 서로의 잔을 비우던 남궁휘는 자신이 단언했던 것과는 달리 한 시진도 안 되어 잠들고 말았다. 이런 일이 한두 번이 아닌 듯 하인 두 명 이 능숙하게 그를 업고는 그의 방으로 데리고 갔다. 그런 그 의 모습에 장류빈은 담담히 미소를 지을 뿐이었다.

그렇게 그곳에서 머무는 동안 장류빈은 남궁세가의 가주 인 남궁지한을 만났다. 그 또한 한 번의 대련에서 강한 무공 과 겸손한 마음을 지닌 장류빈을 잠룡(潛龍)이라 높게 평가했 다.

또한 그가 자신의 장녀인 남궁화련에게 관심을 가지는 듯 하자 반겼고, 그녀 또한 자신의 마음을 설레게 한 그에게 빠 르게 빠져들어 서로 연정을 나누는 사이로 발전했다.

그렇게 한 달이 지난 어느 날 오후, 장류빈은 남궁세가로 날아오는 전서에 이제야 올 것이 왔음을 알았다.

'생각보다 빨리 왔군. 역시 중간에 음향조를 없앴던 것이 그들에게 조바심을 주었던 것인가?

그의 예상대로 전서를 받은 가주는 삼 일 안에 도착한다는 멸천대에 장로들과 회의를 한 결과 결사의 각오로 그들을 맞이할 것을 결정했다. 현재 무림맹에서 지원할 수 있는 병력은 거의 없었다. 산서성에서의 대규모 전투에 많은 인력이 빠져나갔기 때문이다.

물론 따로 지원이 오지 않는다 할지라도 단순히 무인들이라면, 많이 기울어졌다 하나 남궁세가도 그들을 막지 못할 바는 아니었다. 하지만 멸천대의 대주 갈장호가 문제였다. 그는 현재 무림의 십대고수 중 하나. 검사를 다루는 그 하나만으로도 남궁세가는 멸문할 것이다. 비록 절정의 고수가 십여 명은 넘는다 하나 최절정의 고수 하나를 막을 방법은 없었으니.

그렇기에 남궁세가는 자신의 현재 상황을 알려 결사의 다짐이 없는 이들은 나가기를 명했고, 그러함에도 오는 이들을 하나같이 귀인으로 모셨다. 물론 장류빈은 그곳에 남았다. 그가 이곳에 있는 이유가 그 때문이 아니었던가?

하지만 남궁지한은 장류빈이 남는다는 소리에 고맙기도 하고 또한 아쉽기도 했다. 저 젊은 나이에 검기를 다룰 이라면, 어쩌면 자신의 조상님 다음으로 오랜만에 무림은 검강의 경지를 볼지 모른다는 생각이 들었기 때문이다.

그러나 가주의 입장에서는 절정의 고수가 이곳에 있음을 거절한다는 것은 말도 안 되는 일. 그는 그저 그에게 고마움을 표할 뿐이었다.

그렇게 이틀이 더 지났다.

멸천대는 전서구에 실린 대로보다 하루 더 빨리 도착하였
다.

어둑한 새벽 남궁세가에 흉악한 기세를 풍기며 자리 잡은
그들이 굳게 닫혀진 문을 향해 날 듯이 달려왔다. 하지만 무
어가 벽이라도 있는 것인가? 그들은 일정 거리를 유지한 채
맥없이 신음을 지르며 땅 밑으로 떨어져야 했다.

한 번에 십여 명이 그렇게 바닥으로 추락하자 멸천대주 갈
장호는 즉시 손을 저으며 후퇴를 명했다. 그렇게 명하는 동안
그의 시선은 어둑한 대문 옆에 자리한 한 사내를 향해 있었
다.

"놀랍군! 나조차 보는 것이 어려운 한 수였네. 그대는 누구
인가?"

"장류빈이라 하오. 혹시 이곳을 치러 온 것이라면 그만 물
러서 주기를 바라오."

장류빈의 말에 그는 건조한 얇은 입술을 혀로 축이며 검을
뽑아 들었다.

"그러고 싶지 않군. 요즘 시시한 애송이들을 처리하느라
실증이 나던 차. 그대라면 나를 만족시킬 듯한데 말이야."

그의 악명과 같이한 혈인검이 한 자가량의 붉은색 검사를
입는다. 무시무시한 기운이 소용돌이치거늘 그런 모습에도

장류빈은 눈 하나 깜짝하지 않는다.

"난 이미 말했소, 물러서기를 바란다고."

"하하하. 날 물러가게 하고 싶으면 그대가 직접 해보거라!"

장류빈 또한 검을 뽑아 들었다. 그의 손에 들린 것은 나무 검이었지만 갈장호는 우습게보지 않았다. 그의 기세만으로도 그가 검을 잊는 단계는 넘어섰음을 말해주었으니. 이는 눈앞의 자가 못해도 절정의 끝자락에 있는 무인이라는 뜻이었다.

그 둘이 그렇게 서로를 바라보고 있을 때, 남궁세가 또한 분주하게 움직이고 있었다. 설마 밤중에 그들이 습격해 올 줄은 몰랐던 것이다. 무시무시한 기운의 압박감은 기감에 밝은 무인들에게 상당히 강렬하게 다가왔다.

"크흠. 갈장호 그가 검을 뽑아 들었던 것인가? 장로들, 이미 얘기한 대로 남궁십천진으로 상대하기 위해서는 최대한 본가의 안쪽으로 그를 끌어들여야 합니다."

그의 말에 장로들은 걱정하지 말라는 듯 검을 들어 방어 수식을 갖춤과 동시에 뒤로 물러설 준비를 했다. 준비가 끝나자 남궁지한이 소리쳤다.

"문을 열어라! 오늘 죽음을 맞이하더라도 남궁씨에 한 치 부끄러움이 없이 죽기를 바란다!"

내공이 충만한 그의 목소리에 세가의 거대한 문이 열린다. 그리고 그들은 그 순간 놀람을 감추지 못했다. 갈장호 그와

한 젊은이가 대치하고 있는 상황이었으니. 갈장호의 표정에서 긴장한 기색을 읽은 이들이라면 특히 더 그러했다.

더구나 그 젊은이가 현재 귀빈실에 묵고 있는 장류빈이라는 것에 참으로 그 놀라움이 컸다.

잠시간의 대치 상황에서 먼저 검을 움직인 이는 갈장호였다. 장류빈이라 하던 사내가 검을 뽑기 전에는 몰랐으나, 검을 뽑고 나니 놀랍게도 그가 태산처럼 느껴졌다. 또한 갈장호의 모든 신경은 그의 검으로 향해졌다.

칠 것인가 말 것인가를 고민하던 갈장호는 결국 검을 휘두를 것을 선택했다. 설마 아무리 천재라는 족속들이 있다 할지라도 저 나이에 최절정에 들어섰다고는 믿을 수 없었기 때문이다. 하지만 그의 선택은 뼈아픈 선택이었다.

장류빈의 검이 마치 정지하는 듯 천천히 움직이는가 싶더니 어느 순간 강렬한 광채가 그의 검에서 일어났고, 그와 동시에 갈장호가 뒤로 뒹굴었다.

간신히 뒹구는 몸을 멈춘 그의 검을 쥔 팔은 이미 잘려 바닥에 나뒹굴고 있었다. 지독한 고통이 밀려왔건만 그는 아무런 내색도 않은 채 한 손으로 포권을 취하더니 이내 수하들과 함께 사라져 갔다.

갈장호 그는 강자였고, 또한 무인이었다. 자신의 눈으로 확인조차 못한 강자와 검을 섞었다는 것만으로 장류빈을 존경할 수밖에 없었던 그로선 당연한 선택이었다.

잠시 그런 장류빈의 놀라운 신기에 멍하니 있던 남궁세가
는 그에게 은혜를 입었음에 고마움을 표하였다. 뒤늦게 북궁
세가의 사람들이 찾아왔으나 그들은 발품 값도 하지 못한 채
자신들의 세가로 돌아갔다.

그로부터 3년이 흘러갔다.

못해도 10년은 갈 것이라 했던 정마대전은 불과 2년 6개월
만에 끝이 났다. 그것은 예상치 못한 한 명의 인물 덕분이었
다.

천하제일인 장류빈.

그의 등장은 그의 평범한 겉모습과는 달리 화려하였다. 일
검에 당시 십대고수 중 하나라 일컫던 갈장호와 멸천대를 물
린 것이다. 그 소식을 들은 무림맹은 그를 정중히 모셔 백호
당주로 임명했고, 그는 백호대를 이끌며 마교의 계략과 수많
은 함정들을 파헤쳐 그들의 핵심 세력을 하나씩 멸해갔다.

팔다리가 하나씩 잘려진 마교는 그 힘을 잃었고, 결국 장류
빈의 손에 의해 마교의 교주 갈천마 또한 목이 베여 죽음을
맞이했다.

그렇게 마교의 교주를 베어버린 그는 천생연분이라 일컫
는 남궁화련과 혼인을 하였고, 현재 그는 그녀와 함께 부모님
이 있는 곳으로 향하고 있는 중이었다.

그 와중에 아이를 가져 배가 남산만 해진 남궁화련은 자신

의 배에 귀를 대고 있는 장류빈에게 물었다.

"당신은 첫 애가 딸일 것 같아? 아님 아들일 것 같아?"

"음, 당신은 어땠으면 좋겠는데."

"나는 딸이었으면 좋겠어. 첫딸은 살림을 잘한다잖아. 나는 아직 살림이 서툴러서 말이야."

그녀의 말에 웃음을 짓던 마린은 자신의 딸이었던 아린이 생각났다. 자신의 자식임에도 많은 사랑을 주지 못하고 결국 지키지도 못했던 그녀에게 미안한 감정이 들었던 것이다. 그는 이번에 태어난 아이가 아린의 영혼을 지녔으면 하고 바랐다. 그러함으로써 그녀에게 전에 주지 못한 것을 보상하고 싶었기에……. 그는 그렇게 간절히 소망하며 말했다.

"그래, 당신 생각대로 우리 아이는 딸일 거야."

"그랬으면 좋겠다."

그들을 태운 마차 밖으로 장류빈의 고향인 촌락의 모습이 저 멀리서 보여진다.

『마린』 4권 끝

청 어 람 신 무 협 판 타 지 소 설

최고의 신무협 작가 『설봉』의 최신작!

다시 한 번 당신을 잠 못 들게 만들
불후의 대작!

사자후
獅 子 吼

사자후(獅子吼) / 설봉 지음 .

깊게 깊게 빠져드는 몰입의 세계!
온몸을 전율케 하는 찌를 듯한 강렬함을 느낀다!

그에게서는 묘한 악취가 풍겼다. 그가 창을 겨눴을 때……

화염이 이글거리는 눈동자를 보았을 때……

비로소 악취의 정체를 짐작해 냈다.

피와 땀이 켜켜이 쌓여 자연스럽게 뿜어져 나오는 살인마의 냄새.

그는 허명(虛名)을 좇아 비무를 즐기는 낭인(浪人)이 아니라 야성(野性)이 살아서 꿈틀거리는 진짜 살인마였다.

투지가 끓어올라 활화산처럼 꿈틀거렸다.

그의 눈길을 정면으로 맞받으며 묘공보(妙空步)를 밟기 시작했다.

우리의 첫 만남은 그렇게 시작되었다.

- 환봉개(幻棒丐)의 회고록(回顧錄) 中에서 -

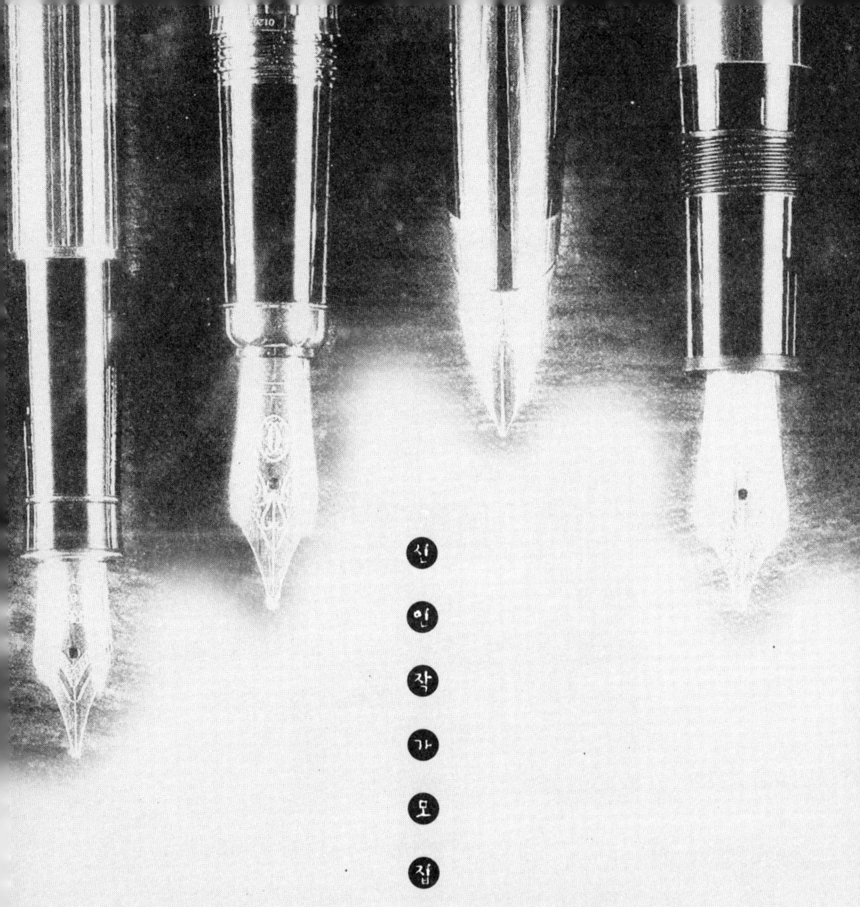

초등학생이 반드시 읽어야 할 좋은 책 49권

각 학년별로 초등학생이 반드시 읽어야할 좋은 책을 선정하여 통합논술의 기본이 되는 '올바른 독서법'을 일깨워 줍니다.

교과서와 함께하는 초등학교 통합논술

초등1학년 | 값 12,000원 / 초등2학년 | 값 9,500원 / 초등3학년 | 값 11,000원 / 초등4학년 | 값 9,500원 / 초등5학년 | 값 9,500원 / 초등6학년 | 값 11,000원

♣ 혼자 할 수 있어요.

엄마가 책 읽는 방법을 가르쳐 주어도 좋아요.
독서지도하는 선생님이 가르쳐 주어도 좋답니다.
"초등 교과서와 함께하는 통합논술 시리즈"는
아이 스스로 독서할 수 있도록 꾸며진 책이에요.
엄마와 선생님은 요령만 가르쳐 주시면 된답니다.

♣ 교과서의 중요한 내용이 총정리되어 있어요.

각 학년별로 중요한 교과 내용이 함께 수록되어 있어요.
초등학생은 교과서 내용을 충실하게 공부해야 합니다.
아울러 그와 병행한 독서가 대단히 중요하지요.
"초등 교과서와 함께하는 통합논술 시리즈"는
두 가지 방법 모두 알려준답니다.

♣ 이 책은 훌륭하신 선생님들이 함께 쓰신 책이랍니다.

동화작가 선생님들이 쓰셨어요. 소설가 선생님도 쓰셨답니다.
국어 논술독서지도 선생님들도 함께 쓰셨지요.
"초등 교과서와 함께하는 통합논술 시리즈"는
엄마의 마음으로 모든 선생님들이 함께 꾸민 책이랍니다.

입소문을 통해 아는 분은 다 알고 계십니다!
올 한해 공인중개사 최고의 화제작!

1~2권 합본 | 이용훈 지음
3~4권 합본 | 이용훈 지음
5~6권 합본 | 이용훈 지음
용어해설 | 이용훈 지음
1~2차 문제풀이집 | 이용훈 지음

수험생 기본 필독서
만화 공인중개사

제목 : 만화공인중개사 쓰신 분에게 감사드립니다.

학원을 두달 다녔어요. 근데 과연 그 숫자 외우기 그렇게 몇 문제나 나올까 생각을 했어요.
아니라는 생각이 드네요. 학원강의를 뒤로 하고 서점을 갔어요. 내 머리에 가장 이해될 수 있는
책이 없나 하구요. 거기서 만화를 발견했어요. 무조건 세번 봤어요. 3개월 걸렸어요. 문제 집을
보라고 했는데 그건 시행을 못했어요. 근데 합격을 했네요.

어떻게 감사의 말을 해야 될지…

도서관에서 만화책 들고 다니니까 사람들이 비웃더라구요. 만화책으로 공인중개사를 공부한
다고 미친사람처럼 보더라구요. 근데 그거 다 감수하고 했던 내가 자랑스럽습니다.

어떻게 감사의 말을 해야 할지 정말 감사합니다.

부디 행복하세요. 제 나이 41살에 좋은 스승을 만난 거 같습니다.

엎드려 감사드립니다.

-본사 홈페이지에 독자분이 올린 메일 中에서 발췌-

잘나가고 싶은 사람은 읽어라!

그에게 한눈에 반했다! 그것은 분위기 탓?
애인과 나란히 걸어갈 때 당신은 좌, 우 어느 쪽에 서는가?
이성은 왜 서로 끌리는 걸까? 그 심층 심리를 해명한다!

30초의 심리학

■ 30초의 심리학
아사노 하치로우 지음 / 계일 옮김 | 값 8,500원

처음 본 사람인데 와 닿는 느낌이
너무나도 강렬한 사람이 있다.
흔히 하는 말로 '필이 꽂힌 사람',
그래서 잊혀지지 않는 사람,
한눈에 반했다고 하는 것이 바로 그것이다.
이런 인간의 감정을 논하는 데
남녀의 구분이 있을 수 없다.
사랑하는 그, 혹은 그녀를
생각하는 것만으로도 가슴이 두근거린다.
이상할 것 없다. 당연히 그럴 수 있는 것이다.
그렇기에 인간을 감정의 동물이라 하지 않는가.
그러나 그렇게 좋아하는 그 사람이
어느 날 갑자기 싫어지는 경우는 왜일까?

Psychology